**Nederlands letterenfonds
dutch foundation
for literature**

Книга издана при финансовой поддержке
Нидерландского литературного фонда

Аннет Схап

# ЛАМПЁШКА

*Перевод с нидерландского Ирины Лейченко*

Москва  Самокат

УДК 821.112.5(02.053.2)
ББК 84(4Нид)6-44
С92

**Схап, Аннет.**

С92 Лампёшка: [для младшего и среднего школьного возраста] / Аннет Схап; пер. с нидерл. Ирины Лейченко; ил. автора. — М. : Самокат, 2020. — 336 с. : ил. — ISBN 978-5-91759-805-5.

Аннет Схап — известный в Голландии иллюстратор (она оформила более 70 детских книг). «Лампёшка» (2017) — её писательский дебют, ошеломивший всех: и читателей-детей, и критиков, и педагогов. В мире, придуманном Аннет Схап, живёт мечтательница Эмилия по прозвищу Лампёшка. Так её прозвал папа, смотритель маяка. Чтобы каждый день маяк горел, Лампёшка поднимается по винтовой лестнице на самый верх высокой башни. В день, когда на море случается шторм, а на маяке не находится ни одной спички, и начинается эта история, в которой появятся пираты, таинственные морские создания и раскроется загадка Чёрного дома, в котором, говорят, живёт чудовище. Романтичная, сказочная, порой страшная, но очень добрая история.
В 2018 году книга удостоена высшей награды Нидерландов в области детской литературы — премии «Золотой грифель».

Copyright text and illustrations © 2017 by Annet Schaap
Original title Lampje
First published in 2017 by Em. Querido's Uitgeverij, Amsterdam

© Издание на русском языке, перевод, оформление.
ООО «Издательский дом «Самокат», 2020
Цитата из «Русалочки» Х. К. Андерсена на стр. 9 приведена в переводе А. Ганзен.
Цитата из «Трёхгрошовой оперы» Б. Брехта на стр. 9 приведена в переводе С. Апта.

ISBN 978-5-91759-805-5

# Оглавление

**ЧАСТЬ 1. МАЯК**
Спичка 12
Шторм 16
Корзинка 23
Скала 27
Вина 32
Пощёчина 38
Наволочка 45
План мисс Амалии 48
Взаперти 54
Марта 56

**ЧАСТЬ 2. ЧЁРНЫЙ ДОМ**
Похороны Йозефа 66
Ночь 70
Семь лет... День первый 74
Вёдра и швабры 81
Тайна 84
Кровь 88
Чудовище 93
Зловоние 97
Охотники 102

**ЧАСТЬ 3. МАЛЬЧИК ПОД КРОВАТЬЮ**
Монстр под кроватью 110
Колыбельная для чудовища 116
Женщины с хвостами 120
Кофе с Мартой 125

Как приручить чудовище 130
Эта безмозглая девчонка 137
Купание 139
Как проходят дни 146
Ограда 150
Платья 154
Зев ночи 160

## ЧАСТЬ 4. ЛЕТО
Раскаяние 166
С-О-Н 168
Лето 175
Отцы и ноги 180
Плотницкая 186
Тележка 189
Выходной 195
Занозы 198

## ЧАСТЬ 5. РУСАЛКА В ШАТРЕ
Умопомрачительные уроды 206
Глаз 212
В пути 217
Сердце учительницы 220
Четвертак 227
Миссис Розенхаут 233
Сияющий Алмаз 238
Эйфу улыбается удача 246
Вечер у костра 253
Письмо 258
Рыб плывёт 260

**ЧАСТЬ 6. ГЕРОЙСКОЕ ТЕСТО**
Прощание на пирсе 266
Фотокарточка 272
Адмирал сходит на берег 280
Ежевичный пирог 285
Ник 294
Пора 300
Адмирал смотрит в окно 305
Лодка 310
Гвозди 313
Порт 317
Шторм 324
Скала 328
«Чёрная Эм» 331

*Моей младшей сестре Мириам*
*Детям, которыми мы были*
*Лету, когда мы валялись на сене и читали, читали...*

— ...и станешь ты пеной морской!
— Пусть! — сказала русалочка, побледнев как смерть.
— А ещё ты должна мне заплатить за помощь, — сказала ведьма. — И я недёшево возьму!

*Ханс Кристиан Андерсен. «Русалочка»*

И умчится со мною
Сорокаорудийный
Трёхмачтовый бриг.

*Бертольт Брехт. «Трёхгрошовая опера»*

# ЧАСТЬ 1
## МАЯК

## Спичка

От берега отходит узкий перешеек, на дальнем его конце, как зуб на ниточке, — остров, точнее полуостров. На полуострове стоит высокая серая башня — маяк, луч его по ночам описывает круги над маленьким приморским городком. Благодаря маяку корабли не расшибаются о скалу, торчащую посреди бухты. Благодаря маяку ночь не кажется слишком тёмной, а бескрайняя земля и безбрежное море — слишком бескрайними и безбрежными.

В доме у маяка живут смотритель Август с дочерью. При доме есть небольшой сад и кусочек каменистого пляжа, куда прилив всегда что-нибудь да вынесет. Раньше Август с дочерью просиживали там, под блуждающим высоко над головами лучом, целыми вечерами. Август разводил костёр, а из бухты на шлюпках приплывали пираты. Они рассаживались вокруг огня, ели жаренную на костре рыбу и всю ночь распевали песни — застольные, кручинные, а порой и жуткие, про тайны морские, от которых девочку охватывали вместе дрожь и радость, и она забиралась к маме на колени.

Но пираты к ним больше не заплывают, и отец её больше не разводит костров.

С наступлением сумерек маяк уже должен гореть. Зажигает его всегда девочка. Каждый вечер она взбирается по шестидесяти одной ступеньке наверх, открывает ржавую дверцу светового колпака, запаляет фитиль, заводит вращающий линзу механизм, закрывает дверцу — и готово.

Когда она была совсем маленькая, эта работа давалась ей с трудом, но теперь её руки окрепли, а ноги легко взбегают и сбегают по ступенькам дважды в день. Или трижды, если она забывает спички. Такое случается, и тогда её отец ворчит:

— Темнеет уже, а маяк ещё не горит! Что, если корабль собьётся с пути, — а, дочь? Что, если он наткнётся на скалу и я буду виноват, хотя на самом деле — ты? Живо наверх! Или мне самому идти? Ну, так и быть...

Он поднимается с кресла.

— Да иду уже, иду, — бурчит девочка и вынимает из выдвижного ящика коробок спичек. Она встряхивает его и по звуку понимает: спичка осталась всего одна.

«Завтра надо купить ещё, — думает она. — Не забыть бы».

Попробуй не забудь! Ведь в голове вечно крутится столько всего: песни, истории, то, чему ей ещё нужно научиться, то, что она хочет забыть, но что упорно не забывается. Когда что-то хочешь запомнить, оно часто улетучивается из памяти, а когда не хочешь вспоминать — как ни старайся, не выкинешь это из головы.

Поднимаясь по лестнице, она придумывает трюк. Что там надо было запомнить? Ах да, спички. Она мысленно берёт полный коробок и кладёт на стол, который стоит у неё в голове, прямо посередине. На столе — лампа, свет от неё падает прямо на коробок, так что первым, что она увидит, проснувшись утром, будут спички. Хотелось бы надеяться. Что за лампа? Так себе, обычная лампёшка. С зелёным эмалированным абажуром и стёршимся золотым ободком. Та, что стояла раньше на тумбочке у маминой кровати.

А вот об этом девочка хотела бы забыть.

— Придумай другую лампёшку, Лампёшка, — говорит она себе, ведь Лампёшка — ещё и её имя.

Вообще-то зовут её Эмилия. Но так звали и её маму. А отцу и прежде не нравилось, что на его зов всегда откликались обе, а теперь он это имя и слышать больше не хочет. Вот и прозвал дочь Лампёшкой.

— Но светила из тебя не выйдет, Лампёшка, — говорит он каждый раз, когда она что-нибудь забывает или обо что-нибудь спотыкается — бывает, что и с тарелкой горячего супа в руках.

Лампёшка поднимается наверх с последней спичкой. Нужно быть осторожней, нельзя, чтобы спичка погасла раньше, чем займётся огонь, ведь тогда... Погибшие корабли, разъярённый отец. И ещё неизвестно, что хуже.

Она подкручивает фитиль и немного распушает его, чтобы поскорей загорелся. Потом вынимает из коробка спичку и строго на неё смотрит.

— Ты уж постарайся! А не то...

А не то — что? Чего больше всего боится спичка? Потухнуть? Переломиться посередине? Нет, вот чего!

— ...а не то брошу тебя в море, — шепчет Лампёшка. — И ты так промокнешь, что никогда больше не загоришься.

Но это, конечно, пока спичку не вынесет на берег... На какой-нибудь горячий пляж, и она высохнет на солнце, и тогда...

— Лампёшка! — голос гремит у неё в ушах, хотя отца и дочь и разделяет шестьдесят одна ступенька. — Фитиль! БЫСТРО!

Обычно в это время отец давно уже похрапывает в своём кресле. Но как раз сегодня ему не спится. Девочка чиркает спичкой. Не искра, а смех один. Ещё раз. Загорается аккуратный огонёк, пахнет серой. Вот, молодец! Она прикрывает огонь другой рукой, подносит спичку к фитилю. Ну, давай же! Огонёк медлит, потом нерешительно разгорается.

— *Огонёк мой, гори, фитилёк мой сожри...* — напевает она, не сводя глаз с яркого пламени. Узел, который завязался было у неё в животе, ослабляется.

Закрыть дверцу, завести механизм, и готово.

— *Спички нужны — одна, две, три...* — мурлычет она, спускаясь по ступенькам. — Не забыть бы!

Но она всё-таки забывает.

Шторм

И, разумеется, на следующий день разражается шторм. Лютый.

Весь день стоял полный штиль, а теперь беспокойно надрываются чайки и не переставая воют псы. Они чуют опасность, предупреждают хозяев и тревожно всматриваются в небо.

К концу дня тучи на горизонте сгущаются. Небо над морем становится свинцовым, солнце прячется.

— *Сумерек сегодня не будет,* — шепчет солнце. — *Я ухожу.*

За окном всё погружается во тьму.

По другую сторону стекла перед пустым выдвижным ящиком стоит побелевшая от страха девочка.

Целый день она искала на скользких камнях мидий — они вкусные и не стóят ни гроша. Для кур она насобирала морских червей, а для очага — прибитые к берегу коряги и положила их сушиться в саду. Потом она ещё поискала, не вынесло ли море какую-нибудь необычную раковину или бутылку с посланием, но ничего не нашла. Наконец, подняв глаза, она обнаружила, что уже стемнело и пора зажигать маяк. И тут девочка вспомнила то, о чём за весь день не вспоминала ни разу.

Тьма за окном бесшумно сгущается. У города ещё есть время, но совсем чуть-чуть: можно успеть снять с верёвки развешенное бельё и захлопнуть ставни. Запереть лавки, позвать с улицы детей.

— Ма-а-ам, я ещё немножечко!..
— Никаких «немножечко»! Домой, живо!

Совсем чуть-чуть: старые рыбаки ещё успеют покивать и, блеснув глазом, пробормотать: «Да-а-а... нынче опять громыхнёт. Как тогда-то... и тогда-то... Как тогда на Пасху... и как тогда в феврале, в нордкапский шторм, когда по небу летали овцы, а корабли швыряло о берег... Хотя так-то, конечно, уже не заштормует... Или заштормует?» Они маленькими глотками прихлёбывают молоко. В старину было страшно, ясное дело, — а ну как бывает и хуже? А ну как самое страшное ещё впереди?

Поднимается ветер.

— Лампёшка? Лампёшкагдетытам? — У отца все слова липнут друг к дружке. — Лампёшкагоритмаяк?
— Сейчас-сейчас, — бормочет Лампёшка. — Вот только спичек куплю.

Она обматывает шею шарфом, хватает корзинку и выбегает из дома. Ветер рвёт дверь из рук и захлопывает за спиной.

— Спасибо, ветер, — говорит Лампёшка: со штормом

лучше повежливей. И она припускает через сад, по скользкой каменистой тропинке — в город.

Волны накатывают на каменистый пляж, одна выше другой.

От полуострова к берегу ведёт перешеек — узкая тропка из камней, неровная, как плохие зубы. Камни торчат над водой даже в прилив. Лампёшка перепрыгивает с камня на камень. Ветер дует ей в лицо, тянет из рук корзинку с отрезком замши внутри. Замша — это чтобы спички не промокли на обратном пути, ведь ей ещё возвращаться. Девочка старается не думать об этом. Впрочем, ветер и так выдувает из головы все мысли.

— Спасибо-спасибо, ветер!

«Вообще-то ветер — мой друг», — надеется она.

Друг пытается опрокинуть Лампёшку в море. Башмаки уже промокли и скользят на камнях. Время от времени она хватается за вбитые вдоль перешейка столбики, чтобы перевести дух.

Уже близко, думает девочка, — но тропинка еле видна. В лицо летит песок и всё, что ветер подобрал на пляже. По щекам бьют водоросли, ветки, обрывки верёвок.

— *Это тебе подарочки, Лампёшка. Гляди!*

Она проводит рукой по волосам, стряхивая мусор. Милый ветер, злой ветер! Не нужно мне подарков, ничего не нужно. Кроме спичек.

Ветер, похоже, сердится, начинает швыряться дождём. Миг — и Лампёшка промокла до нитки. А он ещё обдувает её холодом...

— Хватит! — задыхается девочка. — Уймись, ветер! Лежать!

Ветер не собака, никого не слушает. Он снова разгоняется и — у-у-у-у!

Но вот и пристань, и базальтовые ступеньки. Лампёшка оскальзывается, падает, ушибает колено, но хватается за перила и вытягивает себя наверх, на берег.

В порту канаты бьются о мачты. Шум и грохот — как от целого оркестра: дробь барабанов, вой духовых и первые громовые удары литавр. Лампёшка бежит, не слыша собственных шагов. Шторм пытается сбить её с пути, но она знает дорогу даже во тьме.

На улице никого. Дома́ стоят крепко, не боятся, что их сдует. Деревья роняют листья и ветки. Мимо с грохотом катится железное ведро. Все ставни на запоре, лавки закрыты.

Улицы, переулки. Осталось немного, но тут дождь леденеет, и ветер швыряет горсть града ей в лицо. Ай-ай! Лампёшка прикрывает лицо руками и бежит дальше. Вот и улица, где находится лавка мистера Розенхаута. Ветер в последний раз пытается вырвать у девочки из рук корзинку.

— *Ну отдай, чего ты? Такая хорошая корзиночка, ею можно кидаться, унести далеко-далеко, в другую страну, или...*

— Не трожь! — кричит Лампёшка и крепче сжимает ручку корзинки.

Ах, так?! На́ тебе ещё граду — блямс!

Но она уже на месте: вот бакалейная лавка. Ящики с овощами убраны внутрь, свет не горит. Ставни заперты, дверь тоже. Неудивительно: кто ж в такую пору отправится за покупками?

— Я! — кричит Лампёшка. — Это я! Мистер Розенхаут! Отоприте!

Ветер уносит её слова — может, она их и не кричала вовсе? Девочка сама теперь не уверена. Она колотит в дверь.

— Мистер Розенхаут!

— *Глупышка, пискля! Никто тебя не услышит, и не надейся. Я сдую твой голос, я сдую тебя, я передую тебя надвое. А все спички, что ты зажжёшь, потушу — мне это раз плюнуть, ха!*

Её друг, который никакой не друг, покатывается со смеху.

«Он прав, — думает Лампёшка. — Разве мне с ним сладить?» Ей холодно, ноги дрожат. Неужели придётся возвращаться? Без спичек?

Она кричит ещё раз, изо всех сил:

— Мистер Розенхаут!

В глубине магазина загорается огонёк. Кто-то идёт к двери со свечой в руке. Это бакалейщик, мистер Розенхаут, в халате и в намотанном на шею шарфе. Узнав Лампёшку, он ускоряет шаг, отодвигает засов и открывает дверь. Мощный порыв ветра вдувает Лампёшку в лавку. Подвешенный над дверью колокольчик трезвонит как сумасшедший.

— Здравствуйте! — дрожащим голосом произносит девочка. — У вас ещё остались спички?

— Дверь, дверь! — кричит мистер Розенхаут, и вместе они толкают дверь против ветра.

Наконец им удаётся её захлопнуть, и тут же воцаряется тишина. Град стучит в окна, но теперь это снаружи. Лампёшка отдувается, с её платья стекает вода.

— Ты что, девочка, с самого маяка сюда пришла, в такой шторм?

— Спички кончились. А маяк надо зажечь.

Мистер Розенхаут пугается:

— Он ещё не горит?! Конечно, надо зажечь! Тем более сегодня! Но обратно в такой шторм тебе нельзя.

— Надо, — отвечает Лампёшка. — Иначе никак.

Девочка пытается говорить уверенно, но из горла вырывается какой-то странный писк. Она выжимает свой шарф и замечает, что стоит в большой луже.

— Пойдём-ка наверх. — Бакалейщик кладёт руку на её мокрое плечо. — Дам тебе сухую одежду, тёплого молока... Ох, да ты вся продрогла! Нельзя же так...

Она сбрасывает его руку.

— Мне надо обратно! Два коробка, пожалуйста. Запишите на наш счёт... если можно.

— Беда!.. — Мистер Розенхаут качает головой. — Пропадёшь ведь!

Но и сейчас он прежде всего бакалейщик, и его руки уже копаются в шкафу.

— «Ласточка»? Высшего качества? Но сперва тебе нужно согреться. Не понимаю, как можно ребёнка в такую погоду...

— Фредерик! Кто там? — доносится сверху голос миссис Розенхаут.

— Это Лампёшка, за спичками.

— Лампёшка с маяка?

— Послушай, сколько Лампёшек ты знаешь?

— Пускай поднимается сюда!

— Я уже и сам сообразил.

Вздыхая и качая головой, мистер Розенхаут забирает у Лампёшки насквозь промокший шарф, вешает его на бочку с маслом и отдаёт девочке свой. Шерсть царапает её мокрую щёку.

— Башмаки оставь тут, мокрое снимешь наверху, а там уж мы найдём тебе что-нибудь...

— Нет, спасибо, — говорит девочка. — Мне надо домой.

Шарф соскальзывает на пол, но она его не поднимает, а заворачивает спички в замшу и кладёт в корзинку. И выбегает на улицу.

## Корзинка

Тем временем Август, чертыхаясь, ковыляет по комнате.

Он вывернул на пол все выдвижные ящики, вывалил из шкафа всю одежду. На полу валяются кастрюли и рубашки, чашки и сухой горох. Спичек нет. Нигде.

Он проклинает Лампёшку и себя самого. Очаг только что погас, плита холодная как камень. Он швыряет в угол бесполезную керосинку. Поднимает, опять швыряет. В окно барабанит град. Что же делать? А что тут поделаешь. Ну куда запропастилась эта девчонка?

Он карабкается по лестнице, подпрыгивая на здоровой ноге шестьдесят один раз. Девчонки нет и наверху. Ветер едва не перекидывает его через ограждение.

Волны бьются о башню. Волны высотой с дом, огромные зелёные чудища — они хотят поглотить, своротить всё на своём пути. За башню он не боится, он боится за корабли, которые ветер в этой непроглядной тьме несёт в бухту. Сквозь вой ветра ему уже чудится хруст корабельных носов. Это он виноват. Нет, виновата девчонка, эта дрянная девчонка. Да где же она?

Август пытается пронзить тьму глазами. Прошу тебя! Пожалей меня. Прошу тебя, не свались в море, вернись домой целой и невредимой. Прошу...

Он отгоняет эти мысли презрительной усмешкой. Проси не проси — его самые заветные желания никогда не сбываются, а сбывается то, чего он больше всего на свете не хочет. Как будто до него есть кому-то дело!

Так пропади оно всё пропадом! Пускай корабли искрошит в щепки, ему-то что! Пускай эту дрянную девчонку унесёт ветром...

Дрянная девчонка продирается сквозь шторм к дому. Во всяком случае, пытается.

С ветром она больше не разговаривает. Они уже давно не друзья, он дует ей прямо в лицо.

Лампёшка еле продвигается вперёд. Спотыкаясь, она пересекает площадь, усеянную листьями и ветками, и добирается до порта, до пристани.

Перед базальтовыми ступеньками Лампёшка в испуге останавливается. Ветер загнал море на ступени, почти до самого верха. Тропу к маяку можно разглядеть только по белой пене, которая бурлит вокруг камней. Неужели придётся плыть?

Она смотрит на маяк, чернеющий на фоне тёмного неба. Внутри отец, наверное, сердито ковыляет кругами — она видит, какой он злой, какие свирепые взгляды кидает на дверь, она ясно видит эту дверь, ручку двери, надо лишь протянуть руку и дотронуться до неё...

Она прижимает корзинку к груди и ступает в воду.

Поначалу всё не так плохо, поначалу Лампёшка ещё

нащупывает столбики, а её ноги находят под водой камни. Ветер свистит:

— *Здравствуй, здравствуй, подружка! Вернулась? Пришла наконец со мной поиграть? Маячника дочь, скажи, не робей: неужто ты моря и ветра сильней?*

— Да! — Лампёшка пытается перекричать шторм. — Представь себе! Я — сильнее!

Она упрямо перебирается с камня на камень. Вокруг клокочет тёмная вода, поднимается всё выше, кусает холодом её лодыжки, колени, бёдра. Сердце Лампёшки бьётся как безумное.

Подняв глаза, она видит, что преодолела уже полпути. Самый опасный отрезок ещё впереди, но половина пройдена.

— Видишь, ветер?! Всё равно ты меня не...

Ветер выхватывает у неё из рук корзинку. Подбрасывает высоко, крутит над головой, просто из вредности, и уносит — вместе со спичками. Подальше, за море, на берег чужой, пусть будет подарок девчушке другой... Лампёшка видит, как крошечная точка исчезает в тёмном небе. Она визжит от ярости, и ветер заливает ей рот морской водой, солёной и холодной, а она и так продрогла, и всё потеряно. И слёзы тоже солёные — никакой разницы.

Она смотрит вперёд, потом назад. Маяк так же далеко, как и берег, такой маленькой девочке в таком большом море не добраться ни туда, ни туда. Но домой теперь, без спичек, можно и не возвращаться.

Вода поднимается всё выше, и её ноги отрываются от камней. Плавать она умеет, но не пытается.

«Мама, — думает она, — я уж лучше к тебе. Отцу, конечно, будет грустно, но он и так всегда грустный».

Она тонет.

Лампёшка не чувствует, как к ней подплывают холодные тела, как её хватают холодные руки. Облака зелёных, как водоросли, волос колышутся в волнах. Смешки, хихиканье:

— Ах, бедняжка, детёныш, утопший детёныш...

Её голову поднимают над водой, её тащат к маяку, на полуостров, и бросают на камни:

— В нашей воде двуногим не место!

Там, у двери своего дома, и лежит теперь Лампёшка, а тем временем в бухте гибнет корабль.

## Скала

И, как всегда, на следующий день вновь встаёт солнце. Вода в бухте лежит неподвижно, словно пристыжённая:

— *Волны? Да как можно!*

— *Шторм?* — еле слышно шепчет ветер. — *Нет-нет, я тут ни при чём!*

Он ласкает лицо девочки, будто поглаживая рукой.

— Мама... — Лампёшка приходит в себя. — Мама... Я умерла? — в замешательстве спрашивает она.

Мама у неё в голове тихо смеётся:

— *Нет, девочка моя. Ты не умерла.*

— Нет? — Лампёшка почти разочарована. — Правда не умерла?

— *Правда. Твоё время ещё не пришло. Разве ты не слышишь криков чаек? Не чувствуешь запаха воды? Ты всё ещё здесь.*

Лампёшка чует запах солёной воды, слышит ор птиц. В спину ей врезаются камешки, платье мокрое насквозь. Она приоткрывает глаза и сквозь ресницы видит прямо над собой высокую серую башню — маяк, а ещё выше —

облака. Она не знает, как сюда попала, но всё остальное помнит.

— Я опоздала, мама.

— *Да, милая девочка. Ты опоздала.*

— Папа сильно разозлился?

— *Да, сильно.*

— На меня.

— *И на тебя тоже. И на меня. И на себя.*

— Но что я могла поделать?! — кричит девочка облакам. — Я так старалась. Правда старалась!

— *Знаю. Ты очень смелая.*

— Недостаточно смелая.

— *Ещё как достаточно! Храбрее моей дочери никого не сыскать. Ну же, вставай, иди в дом. Ещё простудишься тут.*

— Да, простужусь, — говорит Лампёшка и на минуту зажмуривается. — Страшно простужусь, а потом умру. И буду с тобой.

Она видит, как мама качает головой.

— *Нет, этому не бывать. Вставай, милая.*


Лампёшка вздыхает и с трудом поднимается. Она замёрзла, всё тело затекло и покрыто синяками. Девочка ступает на крыльцо и открывает дверь.

— Папа?

В комнате темно, по полу рассыпано содержимое шкафов и ящиков. Дверь печки распахнута, а отцовское кресло опрокинуто и валяется посреди носков, гороха, золы. Самого отца нигде нет, только в закутке, где стоит его кровать, видны скомканные одеяла.

Горох хрустит под ногами. Лампёшка, оскальзываясь,

подходит к лестнице.

— Папа? Ты там?

Неужели он взобрался наверх? А как же нога?

Август стоит наверху, опираясь на перила, белые от птичьего помёта, красные от ржавчины. Он всматривается в море. Лампёшка останавливается рядом. Они молчат, мягкий ветер треплет им волосы.

Внизу, привалившись к подножию скалы, что высится посреди бухты, лежит корабль. Льнёт к камням, как хворое дитя к матери. Нос разнесён в щепки, мачты переломаны и торчат во все стороны. Паруса безвольно поникли. Повсюду плавают доски, бочки, обломки корабля. С берега доносятся крики, в порту отчаливают и причаливают шлюпки.

Лампёшку пронизывает ледяной холод, она закусывает губу. Это она виновата. Это всё из-за неё.

Она поднимает глаза на отца. Рыжеватые, уже седеющие волосы, щетина на подбородке. Глаза красные. Неужто всю ночь не спал? Лампёшка пробует украдкой уловить запах его дыхания, но чует только соль и ржавчину. Он ужасно рассержен на неё, это понятно. Может, он больше ни слова ей не скажет, до конца жизни.

Но Август всё же заговаривает с дочерью.

— Слушай меня. — Его голос скрежещет, будто он очень давно им не пользовался. — Запоминай хорошенько. Я всю ночь пытался починить линзу. Механизм линзы.

— Он что, сломался? — удивляется Лампёшка. — Вчера ещё работал.

Она хочет посмотреть, что там такое с линзой,

но отец сжимает её руку — крепко.

— Нечего там смотреть! — говорит он. — Слушай. Слушай и повторяй за мной. Мой отец...

— Э-э-э... мой отец... — повторяет Лампёшка.

— Всю ночь пытался...

— Всю ночь пытался...

— Починить линзу.

— Починить линзу. А кому я должна буду это говорить?

— Любому, кто будет задавать вопросы. Починить удалось только к утру, но было уже поздно.

— А... — говорит Лампёшка. — Но...

— Повтори.

— Починить удалось... э-э-э... только к утру, но...

— Было уже поздно.

— ...было уже поздно. Но ведь это неправда, механизм работал. Выходит, это враньё?

Отец бросает на неё грозный взгляд.

— А что мне прикажешь говорить? Что моя дочь, вот эта самая девчонка, забыла купить спички, что это она виновата?

— Нет, — пищит Лампёшка.

— То-то же. Запомнила, что отвечать?

Девочка кивает, и отец отпускает её руку.

— А можно сказать, — говорит она, — что я тебе помогала... э-э-э... подавала отвёртки, плоскогубцы разные?

— Можно, — отвечает Август. — Мне всё равно.

— А ещё мы можем перепачкать руки, чтобы было похоже, что мы...

Отец хватает её за плечи и трясёт.

— Это тебе не шутки!

— Я и не говорю, что шутки, — шепчет Лампёшка.

Она смотрит на свои руки, вцепившиеся в перила. Смотрит сквозь ограждение на разбитый корабль в бухте. А что, если там утонули матросы?

— Ну что, запомнила?

— Да, папа.

— Тогда повтори.

— Э-э-э... мой отец... э-э-э... всю ночь пытался починить маяк... то есть линзу... она сломалась, починить удалось только...

— К утру.

— ...к утру. Но было уже поздно.

— Вот так и скажешь.

Отцовские руки всё ещё сжимают её плечи, ей больно, но Лампёшка молчит. Она надеется, этим он хочет сказать, что рад, что она не утонула и благополучно вернулась домой. А в том, что её порой память подводит, нет ничего страшного. С кем не бывает, и с ним тоже, так ведь? Она не виновата.

И, может быть, Август действительно хочет всё это сказать.

Но не говорит.

## Вина

Август молча сидит на стуле, положив обрубок ноги на табуретку. Лампёшка принесла чаю — но он не пьёт чай, а потом тарелку с едой — еда так и стоит нетронутая. Девочка научилась не приставать к отцу, когда он такой, держаться подальше, не попадаться на глаза.

Потому что скажи она что-нибудь, или зашуми, или засмейся... В последнее время стало хуже, иногда она даже рада, что вместо ноги у отца обрубок, что она быстрее его, может спрятаться и переждать, пока его не отпустит, пока не вернётся его обычный взгляд и он снова её не увидит.

Август так зол, что внутри у него всё дрожит. И ещё он напуган. Кораблекрушение — это серьёзно. Будут искать виноватого, без этого не обходится. А с виной как? Вина — она как протухшее яйцо, которое перебрасывают из рук в руки, подальше от себя. Никому не хочется его ловить, никому не хочется, чтобы вся мерзость вылилась именно на него.

Он мысленно представляет себе яйцо, перелетающее из одних рук в другие. Хозяин судна обвиняет перевозчика.

Перевозчик, потерявший груз, перебрасывает яйцо капитану. Капитан винит во всём стихию. Такой шторм! Такие высокие волны! И эта проклятая скала посреди бухты! Всё так, но скалу на скамью подсудимых не посадишь. Не выжмешь досуха, капля за каплей, чтобы вернуть все деньги... Только пальцы себе переломаешь.

Но кто же, кто же тогда поймает яйцо, кому достанется вина? Минуточку!.. А маяк-то не работал! Халатность городского начальства! Мэр бросает сердитый взгляд на своего заместителя, заместитель в ужасе смотрит на начальника порта, а начальник порта оглядывается вокруг и ищет того, кто... И внезапно все они поворачиваются в одну и ту же сторону.

Смотритель маяка! Ну конечно! Вот кому достанется яйцо! Август видит, как оно летит к нему, сейчас расшибётся. Он уже чует мерзкий запах.

Как же невыносимо хочется выпить, но всё уже выпито. Осталась одна ржавая вода.

Днём Лампёшка отправляется по каменистой тропе в город за новым коробком спичек. Как же ей не хочется снова туда идти... но надо. Нельзя, чтобы и следующая ночь прошла в темноте.

В порту необычная суета, причаливают и отчаливают большие и малые шлюпки. На берег выгружают обломки корабля, сундуки, бочки. Приглядываться Лампёшка боится, но утонувших матросов вроде не видать. Зато много ловкачей и воришек, в тени пирса доверху нагружающих свои судёнышки всем, что плавает на волнах. Над головами кружат чайки, выхватывают всё съедобное.

Лампёшка поднимается по ступенькам и быстро шагает сквозь портовую толчею. Она боится — вдруг кто-то её узнает, вдруг закричит: «Эй, *а ты разве не... Почему маяк ночью не горел? Вы что там, с ума посходили?*»

На улице, где находится бакалейная лавка, поспокойнее. За прилавком стоит миссис Розенхаут. Она на две головы ниже своего мужа, её маленькие глазки холодно смотрят на Лампёшку.

— Ах, жива всё-таки. — Похоже, жена бакалейщика не особо этому рада. — А ведь муж мой, Фредерик, вчера за тобой побежал. Ты слыхала, как он тебя звал? Нет, не слыхала? А он побежал. В бурю, в град. И всё, чтобы обмотать тебя шарфом. И, ясное дело, сам простудился, такой уж он у меня. А ты, выходит, и знать про то не знаешь?

Лампёшка качает головой. Со второго этажа доносится кашель мистера Розенхаута.

— Теперь вот лежит в постели и хрипит. А лавкой кто будет заниматься? И вдобавок за ним ухаживать?

Можно, конечно, ответить «Вы, наверное» — но девочка благоразумно сдерживается.

— Два коробка «Ласточки», будьте добры, — говорит она. — Запишите, пожалуйста, на наш счёт.

Жена бакалейщика склоняется над прилавком:

— На ваш счёт, говоришь? Опять! А ты знаешь, сколько там всего уже записано?

Лампёшка пожимает плечами. Примерно знает, но не точно. Много. Покупки за несколько недель. В последнее время денег совсем нет.

Миссис Розенхаут мгновенно достаёт откуда-то листок

бумаги, словно приготовила его заранее, и подталкивает к ней.

— Вот, — говорит она. — Читай-ка. Думаю, сама ужаснёшься.

Лампёшка смотрит на слова, написанные на листочке. Видит в паре мест букву «Э» — первую букву своего имени. Видит, как чёрточки и точечки медленно расплываются и перетекают друг в друга. Она не хочет плакать. Она не хочет разговаривать с этой женщиной, она хочет получить спички, пойти домой и зажечь маяк. И потом юркнуть в постель.

Миссис Розенхаут забирает у неё листок и прочищает горло.

— Картофель, — начинает она. — Два с половиной мешка. Восемь литров молока, восемь! Бобы. Шесть буханок хлеба, три булочки с изюмом... Какие могут быть булочки, когда вы даже за хлеб заплатить не в состоянии, — ума не приложу! И это я ещё не дошла до спиртного. Там целый список.

Лампёшке хочется всё бросить и выбежать из лавки. С мистером Розенхаутом договориться легко, он просто записывает её покупки, когда у неё нет денег, и всё. А иногда и не записывает — по секрету от жены. Лампёшка вздыхает.

— Я завтра заплачу́, — говорит она. — Честное слово. Но мне нужны спички, миссис Розенхаут. Нужно зажечь маяк.

Сверху доносится какой-то грохот, затем опять кашель.

— Зажечь, конечно, нужно, — отвечает миссис Розенхаут. — Но почему за наш счёт, вот что ты мне объясни!

Лампёшка не отвечает, да и что тут ответишь?

Миссис Розенхаут снова берёт в руки список.

— Тут уже записано: три коробка спичек, причем самых дорогих.

Ну и не надо, думает Лампёшка. Пусть будет ещё одна тёмная ночь, пусть погибнет ещё один корабль.

— Да ты вообще знаешь, сколько стоит...

— Хил! — доносится с лестницы голос мистера Розенхаута. — Дай девочке коробок спичек!

— С чего это вдруг?

— Сейчас же!

Лампёшка видит, как по лестнице спускаются большие босые ступни и пижамные штаны в синюю полоску.

— Совсем ты сдурела!

— Я? — кричит женщина. — Я сдурела?! Сам ты сдурел, вот что! Шарфы раздаёт! Мало того, что пол-лавки уже раздал, так ещё и... Нет уж, раз слёг, то и лежи наверху!

Мистер Розенхаут спускается вниз и, покашливая, заходит в лавку.

— Ещё и босиком! — Женщина показывает на его ноги. — И без шарфа. И всё ради какой-то... Но я молчу, уже молчу...

— Кхе! — грозно кашляет мистер Розенхаут. — Вот и молчи, и будет прекрасно!

Он берёт большой коробок спичек и протягивает его девочке:

— Бегом домой! — Он кладёт руку ей на плечо и легонько подталкивает к двери. — Уже смеркается.

Лампёшка бросается к выходу, мимо полки со звенящими бутылками спиртного, но это пусть отец сам покупает, а она рада, что отсюда вырвалась.

— Я всё запишу! — доносится из лавки голос миссис Розенхаут. — Получается четыре коробка спичек. Четыре!

Взобравшись на башню, девочка зажигает лампу. Её руки слегка трясутся. Она не смотрит на корабль, который всё ещё лежит в бухте. Её взгляд скользит в другую сторону, к городу, к порту, где вода мирно облизывает берег. Там в сумерках можно различить какое-то движение.

Цепочка людей семенит уже по каменистой тропе перешейка. В вечернем свете фигурки кажутся почти чёрными. Это мужчины в шляпах и с тросточками. Последней идёт женщина в платье. Она ступает неуверенно, оскальзывается на неровных камнях и немного отстаёт от других. Когда она подходит ближе, Лампёшка узнаёт её: это учительница из той школы, куда девочка ходила недолго. «Как же её зовут?» — пытается вспомнить Лампёшка. Вереница медленно приближается к маяку.

Лампёшка чувствует, как у неё сводит живот. Вот чего они с отцом весь день ждали и боялись, внезапно понимает она. Она несётся вниз, почти скользит по гладким ступеням.

— Пап, там идут...

— Вижу, — огрызается Август. Он стоит у окна спиной к ней. — К себе комнату, быстро!

— Но...

— И не выходи, пока я тебя не позову, поняла? — Отец захлопывает дверь у неё за спиной. — Ты всё запомнила? Всё, что я тебе утром говорил? — шепчет он в щёлку.

«Что же он говорил?..» — думает Лампёшка. Ах, да!

## Пощёчина

Август стоит, опираясь на трость. Нога дрожит, но садиться он не желает: не хочет быть ниже чужаков, которые разгуливают по его дому.

Толстый шериф взял с собой двух помощников, двух молодых пареньков, — оба в прыщах и с жёлтыми, как пакля, волосами. Они расхаживают всюду как у себя дома, лапают всё подряд. Им позволено. Август не может взять и выгнать их взашей.

Дамочка в сером платье ничего не лапает. Просто стоит и смотрит на него и на всё, что есть в комнате, словно ей к такой гадости и прикасаться-то противно. От этого Августу не по себе.

Что он будет им говорить? Главное — не терять спокойствия. Ровно дышать. Не заводиться. Не грубить. Отвечать «да, сэр». Иначе будет только хуже.

«Да, сэр. Конечно, сэр. Приношу свои глубочайшие извинения, сэр, это больше не повторится». Не кричать, не сквернословить. Со всем соглашаться.

Когда-то об этом твердила ему Эмилия: *«Не кричи, Август. Не бей посуду, милый. А шерифа — тем более...»*

А теперь её нет в живых, так что приходится помнить самому. Август вздыхает. Получается у него не очень, но он старается. Для Лампёшки.

— М-да... — ведёт свою речь шериф. — Вот я и говорю. Ну и шторм, а? Такой забудется нескоро. А тот корабль? Бабах о скалу! Слыхал?

— Видал, — говорит Август. — С башни было видать.

— Ещё бы... — шериф качает головой. — Ещё бы... А ведь на башню, пожалуй, поди залезь, с твоей-то ногой. Бабах! Хрясь! Разнесло надвое! Чудо, что никто не утоп. Знаешь, сколько стоит такой корабль, Ватерман?

— Понятия не имею, — отвечает Август. Он поворачивается и выхватывает что-то из рук желтоволосого помощника. — Не трожь!

Это зеркало Эмилии, оно висит тут на гвоздике, висит ещё с... да всегда висело. Его место — тут. Август вешает зеркало обратно и видит в нём своё отражение: лицо белее белого, в широко распахнутых глазах — страх. Главное сейчас — дышать.

Помощник вопросительно смотрит на шерифа. *«Прикончить его? —* означает этот взгляд. *— Сразу? Или попозже?»*

*«Попозже, —* кивает шериф. *— Времени у нас предостаточно».*

Главное — дышать. «Да, сэр. Что вы сказали, сэр?» Только бы Лампёшка не высовывалась из своей комнаты!

— Пять тысяч долларов стоит такой корабль, не меньше. — Шериф медленно кивает. — У меня таких деньжищ нет. А у тебя?

Август усмехается.

— Откуда? Вы мне столько не платите.

— А ведь и правда: мы же тебе платим! — говорит шериф. — Напомни, за что, собственно?

— За то, что я зажигаю маяк.

— Верно! Ты сам это сказал.

— Что особенно важно в бурю! — Один из помощников подходит к начальнику и так же, как тот, кивает. В руках у него ящичек с чайными ложками.

— Верно... — повторяет шериф. — В точности так. А какая буря разразилась вчера! Ой-ой-ой! — Он потирает руки. — И что... горел маяк?

— Нет, сэр.

— Почему?

Август вздыхает. Он повторял это уже дважды.

— Потому что сломалась линза, механизм линзы... Я всю ночь пытался...

— Да-да, ты уже говорил.

— ...и починить удалось только к утру. И было уже...

— Поздно, — заканчивает за него шериф.

— М-м-м... да. Мне очень жаль. Это больше не повторится.

Лицо шерифа приближается к лицу смотрителя. Шериф уже выпил сегодня, чует Август. Ох, как же ему самому хочется выпить!

— Мой помощник только что побывал наверху, — говорит шериф. — Линза исправно работает.

— Да, теперь да. Но вчера не работала, я всю ночь...

— И часто такое случается?

Август пожимает плечами.

— Бывает. Это ж старьё.

— А нам об этом известно? Ты хоть раз уведомлял об этом мэрию? Посылал письмо? Просил заменить?

— Что, я ещё и писать обязан уметь? Смотритель маяка — вот я кто.

— Да, смотритель. И обязанность у тебя всего одна. Зажигать маяк. И гасить его. И как, зажёг ты его вчера?

— Конечно.

— Спичкой.

— Чем же ещё?

— И всё-таки он не горел.

— Так я же говорю, это потому что...

— Да, да. Механизм и всё прочее.

Август бросает взгляд на дверь, что ведёт в комнату Лампёшки. Приоткрылась? Или ему кажется? Не выходи, девочка. Пожалуйста!

— Август Ватерман, посылал ты вчера свою дочь Эмилию за спичками? О-о-очень поздно? Когда уже давным-давно стемнело?

— Нет, клянусь! — Для пущей убедительности Август набирает побольше слюны и плюёт на пальцы. Слюна стекает на пол. Серая дамочка в углу неодобрительно фыркает.

— Тогда как ты объяснишь, что, по словам миссис Розенхаут, твоя дочь заходила в лавку и взяла у бакалейщика коробок — я цитирую — «спичек высшего качества»?

— Это вы у миссис Розенхаут и спросите.

Дверь всё-таки приоткрылась, видит Август. «Не выходи, — думает он. — Сиди у себя».

— Я свою дочь никуда не посылал.

Шериф оглядывает комнату.

— А где она, кстати, твоя дочь? Унеслась на крыльях ветра? Утонула? Сбежала?

— Нет, она...

— Я здесь.

Дверь распахивается, и Лампёшка входит в комнату.

Отец угрожающе шагает к ней:

— А ну, убирайся, не лезь...

— Нет-нет, девочка остаётся. — Шериф кладёт руку Августу на плечо. Недружелюбно, угрожающе. — Ну-ка, малышка, расскажи, что случилось прошлой ночью?

Лампёшка набирает в лёгкие побольше воздуха. Она старалась, она хорошо запомнила свои слова. Ну, вперёд!

— Мой отец, — говорит она, — всю ночь пытался починить линзу — она сломалась, — и... э... починить удалось только к утру, но...

— Было уже поздно, да, — заканчивает за неё шериф. — Ну и ну, вот это история! А потом ты пошла за спичками.

— Нет...

— Миссис Розенхаут так говорит.

— А-а-а... — тянет Лампёшка — Ах, да, и правда. Или нет, это было раньше, до того как...

— А почему, собственно? Твой отец забыл их купить? И послал тебя? В такую бурю? Похвально, Ватерман, ничего не скажешь!

— Нет! — выпаливает Лампёшка. — Нет, это я забыла, я сама виновата, во всём виновата...

Щёки её горят, но глаза полны решимости. Она поможет отцу. Ему не придётся отвечать за всё в одиночку.

— Ты виновата? — переспрашивает шериф. — Разве

ты — смотритель маяка?

Лампёшка мотает головой.

— И где же был смотритель?

— Тяжко ему с такой ногой на верхотуру... — лепечет Лампёшка. — К тому же он был... у него... Он ужасно устал.

— А ну замолчи, девчонка!

Лампёшка видит, как отец сжимает и разжимает кулак. Обычно ничего хорошего это не предвещает.

— Дай дочери договорить, Ватерман. Рассказывай, малышка. Устал? Или напился?

Лампёшка неуверенно смотрит на него. Шерифу врать нельзя.

— Так как же? Отвечай! Напился? Так, что не мог работать?

Лампёшка переводит взгляд с отца на шерифа и обратно.

— Э-э-э... — Она кивает и одновременно пытается помотать головой, но у неё не получается. — Да-а-а... не-е-ет... — произносит она. — Точнее... — Она уже не понимает, нужно ли говорить или лучше молчать. — Но это неважно, я ведь ему помогаю каждый день, только вчера вот спички купить забыла, так что это я виновата...

Глаза Августа заволакивает красная пелена. Издали, из прошлого, доносится до него голос Эмилии: *«Милый, не надо. Будет только...»* Но он не знает, может ли быть хуже. Его выдала собственная дочь! Шериф, этот телёнок-переросток, разгуливает со своими помощниками по комнате, как у себя дома. Та баба в углу пялится на него, точно ничего омерзительней в жизни не видела... Он сжимает в руке трость.

— А теперь — ВОН ОТСЮДА!

Из его рта вырывается оглушительный крик, рука с грохотом обрушивает трость на стол, чашки подпрыгивают, а один из помощников шерифа взвизгивает от испуга. Второй снова схватил зеркало Эмилии, но Август выбивает его у парня из рук. Зеркало разбивается, осколки разлетаются по комнате. Ах, как же Августу хочется и самого шерифа жахнуть по башке — по этой безмозглой башке с телячьими глазами. Конечно, шерифа бить нельзя, это глупо, но ему всё равно...

— Перестань! — кричит Лампёшка голосом матери. — Перестань, папа!

И вместо шерифа он бьёт её.

Бьёт тростью по щеке. Щека сначала белеет, а потом вспыхивает, из уха вытекает струйка крови, но злость из Августа ещё не вышла, он уже заносит трость для следующего удара, и тут...

— Позор! — звенит голос учительницы, чьё имя Лампёшка забыла. — Позор! Как вы смеете! — Она подлетает и отбирает у него трость. — Собственного ребёнка! Животное!

Она оборачивается к шерифу и его людям.

— А вы стоите и ничего не делаете. Он дочь свою убивает, а вы и пальцем пошевелить не удосужитесь!

— Что вы, мисс Амалия, мы... — начинает шериф, — как раз собирались...

— Да-да, собирались, когда уже слишком поздно. — Она поднимает глаза к потолку, словно там сидит кто-то, кто с ней согласен. — Я вам уже рассказывала, шериф. А теперь вы и сами видите. Но я больше не намерена это терпеть. Ни минуты! Не такой я человек!

## Наволочка

Лампёшка прижимает ладонь к щеке. Позже разболится не на шутку. А пока всё у неё внутри дрожит от испуга. Она сделала всё не так, сказала не то. Взглядом она ищет глаза отца. Хочет объяснить: «Я же помочь хотела!» — хочет, чтобы он посмотрел ей в глаза и снова увидел её, так бывает всегда, после каждого взрыва. Иногда через полчаса, иногда спустя несколько дней. Но он всякий раз потом жалеет, что сорвался. Вслух не признаётся, не может себя заставить. Говорит глазами.

Но прежде чем отец успевает на неё посмотреть, Лампёшка чувствует у себя на шее холодную ладонь, которая толкает её вперёд, в другую комнату. Мисс Амалия, вот как её зовут, вспоминает Лампёшка.

Мисс Амалия переступает через порог вслед за девочкой, пригибаясь, чтобы не удариться о притолоку. Перья её шляпки скользят по потолку.

— Пара платьев, — говорит она. — Смена белья, ночная рубашка. Носки.

Лампёшка поднимает глаза на учительницу. Это ещё зачем?

— И что-нибудь воскресное, конечно... — Мисс Амалия поворачивается к полке, на которой Лампёшка хранит одежду, и, увидев тощую стопку, нетерпеливо щёлкает пальцами. — Дай-ка мне чемоданчик. Я сама всё упакую.

— У меня нет чемоданчика, — шепчет Лампёшка.

Зачем чемоданчик? Она что, возвращается в школу?

— Тогда корзину. Или сумку.

Лампёшка качает головой. Мисс Амалия быстрыми руками обшаривает полки, раздражённо вздыхает и скидывает всё, что находит, на кровать. Лампёшкины платья, её криво связанные носки. Старую фланелевую ночнушку.

— Это взять?

— Я что, ухожу? — спрашивает Лампёшка. — Буду ночевать в другом месте?

— Да, детка.

Мисс Амалия нетерпеливо засовывает одежду в наволочку. Тоже старую и потрёпанную.

— Побудешь поначалу у меня. Пока не найдётся решение.

Она опять тянет Лампёшку через порог, обратно.

Шериф с помощниками снуют по комнате, перетаскивая вещи. Они опустошили шкафы и свалили в угол всё вперемешку. Кастрюли, чашки, хлебницу. Сверху — криво закатанный ковёр. Один из помощников возвращается со двора с двумя возмущённо кудахтающими курицами в руках и выпускает их в комнату. Повсюду валяются осколки маминого зеркала. Отец, съёжившись, сидит в кресле. Смотрит в пол, не на неё. Он всё ещё злится, это ясно.

Лампёшка подбирает осколок зеркала.

— Фу, детка, брось, порежешься ещё, — говорит мисс Амалия.

Она трясёт Лампёшкину руку. Внезапно девочка вспоминает: когда ученики в классе вертелись или хихикали, учительница била их по пальцам. И когда из школы пришлось уйти, Лампёшка втайне обрадовалась.

— Бросила?

Лампёшка послушно кивает, но зажимает осколок в кулаке. Тот слегка врезается ей в пальцы.

«Мама, — думает она. — Что же это творится?»

— Тогда пойдём. — Женщина хватает Лампёшку за запястье и тянет к двери. — До завтра, шериф. Джентльмены.

Джентльмены прикладывают руки к шляпам.

— Мисс Амалия, — бормочут они.

— Не стоит меня благодарить, — говорит учительница, особенно напирая на слово «благодарить».

— Ах, простите, — спохватывается шериф. — Большое спасибо! Что бы мы без вас делали?

— Вот и я частенько задаю себе этот вопрос, — отвечает мисс Амалия и тянет Лампёшку за порог, в ночь.

Девочка оглядывается и бросает последний взгляд на комнату. Отец сидит в тени, его почти не видно. Глаз он не поднимает.

## План мисс Амалии

Лампёшка лежит, уставившись в темноту широко раскрытыми глазами. Мисс Амалия постелила ей на диване и, туго подоткнув со всех сторон накрахмаленные простыни, потушила свет и сказала: «А теперь спи спокойно». Но Лампёшка не спит.

В комнате пахнет чем-то ужасно чистым — хозяйственным мылом, что ли? И почти пусто: только стол и стулья с прямыми спинками, шкаф, на стене распятие, в углу большие часы, которые ужасно громко тикают — всю долгую бессонную ночь.

Лампёшка выпрастывает из-под крахмальной простыни руку, хочет прижать её к щеке, но кладёт на подушку: больно. Языком она то и дело трогает чувствительное место на внутренней стороне щеки, ощущая вкус крови. А перед глазами у неё стоит отец. Она вспоминает, как он на неё смотрел, что сказал и что потом сделал. Поговорить бы с ним! Послушать бы его дыхание! Или хотя бы храп. Ведь завтра она уже будет дома?

Дома, где не осталось мебели. Неужели они всё забрали?

Ах, не страшно, сидеть можно и на ящиках, а есть — с дощечек, она поищет на пляже. Когда вернётся домой и всё будет как прежде. Когда скажет папе правильные слова и он перестанет на неё сердиться. Когда придумает, какие слова — правильные.

В другой руке под простынёй Лампёшка сжимает осколок.

— Мама, я не знаю, как всё исправить.
— *Тс-с-с! Спи, милая. Завтра — новый день.*

В темноте раздаётся шорох, и Лампёшке на ноги прыгает кто-то тяжёлый. Кот мягко ступает прямо по телу девочки, ложится и прижимается носом к её здоровой щеке. К счастью, мылом от него не пахнет, пахнет просто котом. Урча, он устраивается поудобнее, и она чувствует щекой его тепло и мягкую шёрстку — всю долгую бессонную ночь.

Мама была права: наутро наступает новый день.

— Когда мне можно домой?

Лампёшка сидит за обеденным столом, перед ней на тарелке — маленькие квадратные бутерброды. Аппетита у неё нет.

— Домой? — Поверх чашки с чаем мисс Амалия бросает взгляд на Лампёшку и её распухшую щёку и качает головой. — Хорошо, что ты наконец оттуда вырвалась.

Девочка пытается прикрыть щёку ладонью.

— Но когда мне можно...
— У меня назначен приём в мэрии, чтобы это обсудить.
— Что обсудить?
— Что нам с тобой делать. Куда тебя лучше всего пристроить.
— Я домой хочу.

— Будут учтены интересы всех причастных. В первую очередь твои, разумеется.

— Я домой хочу.

— Ребёнок не всегда хочет того, что для него лучше, — говорит мисс Амалия, аккуратно надкусывая квадратный бутерброд.

Как только учительница уходит, Лампёшка подбегает к зеркалу в ванной и рассматривает себя. Синяк, конечно. Уже слегка позеленел по краям, а посередине щека красная и опухшая. Ну и хорошо. Хорошо, что она не дома. Что папе не приходится это видеть.

— *Я очень зла на твоего отца*, — раздаётся у неё в голове мамин голос.

— Да, но, мама, — возражает Лампёшка, — он не хотел.

— *Ах, не хотел?!*

— И ему наверняка стыдно.

— *Надеюсь, он обливается слезами от стыда*, — сердито говорит мама. — *Бедная моя девочка! Бедная твоя щека!*

Под ногами крутится кот. Лампёшка сажает его к себе на колени и гладит, гладит всё утро, гладит так, что его тёплая шерсть потрескивает.

Мисс Амалия возвращается в приподнятом настроении. Она принесла письмо, которое всё разъяснит. Учительница раскрывает листок бумаги и кладёт его на стол перед девочкой:

— Вот, посмотри. Всё отлично устроилось.

Она снимает шляпку и уходит с ней в прихожую.

Лампёшка сидит, уставившись на белый лист с чёрными буквами, и наглаживает кота у себя на коленях. Немного погодя чайник на кухне начинает петь, и вскоре мисс Амалия входит в комнату с чайным подносом.

— Ну, детка, что скажешь?
— Когда мне можно домой?

Учительница ставит поднос на стол.

— Там же всё написано.

Лампёшка чувствует, что краснеет. Она наглаживает кота ещё сильнее и упирается взглядом в стол.

— Ах, да! — спохватывается мисс Амалия. — Ну конечно, ты ведь совсем недолго в школу ходила... М-да, теперь уж ничего не поделаешь.

Она берёт письмо.

— Так и быть, прочту тебе.

Лампёшка хочет слушать, но не может. Она думает обо всём подряд: о сегодняшнем дне, о прошлом, о тех двух неделях в классе, в тесном душном кабинете, много лет назад, где она тоже не понимала, что ей говорят, и только ужасно боялась. Как сейчас. Когда же её всё-таки отпустят домой?

— Пять тысяч долларов, — внезапно доносится до неё голос учительницы. — Даже с лишком. А пять тысяч за ваши вещички никто не даст.

Вздрогнув, Лампёшка выпрямляется на стуле. Кот возмущённо спрыгивает на пол.

— Пять тысяч?.. У нас и близко столько нет!
— Конечно, нет, — соглашается мисс Амалия. — И ни у кого нет. Поэтому их придётся отработать, тут уж ничего не попишешь. Но работать-то ты можешь?

— А что мне нужно будет делать? Где работать? Не... не дома?

— Нет, это невозможно. Нет, конечно.

— Здесь? У вас?

— Здесь? — Мисс Амалия разражается смехом. — Придёт же такое в голову! Конечно, нет. Я же объясняю: всё устроилось. Ты будешь работать в усадьбе господина Адмирала.

— Где-где?

— В Чёрном доме, недалеко от города, — знаешь, поди. Удачное совпадение: как раз вчера оттуда приходили и спрашивали, нет ли...

— В Чёрном доме?

Лампёшке вспоминается считалочка, которую она когда-то слышала на рынке. Дети прыгали через скакалку и припевали:

*Чёрный дом, жуткий дом,
Чудовище есть в доме том...*

— Но там ведь живёт чудовище!

— Что за чушь! — Мисс Амалия принимается разливать чай. — Господин Адмирал — чрезвычайно уважаемый человек. Чрезвычайно. Иначе мы никогда не определили бы в его дом ребёнка. — Она пододвигает к Лампёшке расписанную цветами чашку. — Ну же, детка, не хмурься. То, что девочка твоего возраста поступает на работу, — самое обычное дело, не так ли? К тому же я выхлопотала тебе выходной — полдня по средам после обеда, очень даже неплохо, можешь меня поблагода...

— Но сколько мне придётся там жить?

Мисс Амалия начинает подсчитывать.

— Предположим, тебе будут платить по доллару в день, выходит пять тысяч дней. Но если ты хорошенько постараешься со своей стороны, а твой отец — со своей, то получается уже половина. А половина — это всего лишь...

Она смотрит на Лампёшку так, словно та снова сидит за партой. Но Лампёшка не смогла бы решить эту задачку, даже если бы в её голове не творился такой кавардак.

— Две с половиной тысячи дней!

— Но это ужасно долго, — лепечет Лампёшка

— Всего семь лет.

Семь лет? Ужасно, невыносимо, бесконечно долго!

Мисс Амалия размешивает сахар, позвякивая ложечкой.

— Ничего, они пролетят одним мигом, конец уже виден.

Но, как Лампёшка ни глядит, всё, что она видит, — это бесконечная вереница дней. Дней без отца, без маяка, без всего, что ей знакомо. В доме, где живёт чудовище. Она отодвигает чашку и качает головой.

— Я не смогу.

— Придётся, детка. — Мисс Амалия аккуратно складывает письмо и кладёт его в конверт. — А теперь допивай чай и собирайся, сразу и отправимся.

У Лампёшки из глаз брызжут слёзы, их не сдержать. Она плачет в свой чай, плачет, пока складывает вещи, плачет, когда выходит на улицу. Плачет, пока мисс Амалия тянет её за собой — через город, мимо порта, по горбатым улочкам, всё дальше и дальше от моря — плачет не переставая, пока они не выходят на лесную дорогу. Город остался позади. Тут она стихает — все слёзы выплаканы.

## Взаперти

Ветер несёт издалека запах моря. И ещё кое-что: стук молотков. Кто-то вбивает в дерево здоровенные гвозди.

Лампёшка не знает, что это за стук, — а это толстыми брусьями заколачивают дверь маяка. Август остался внутри и выйти наружу уже не сможет. Заперт с семилетним запасом спичек, которыми он каждый вечер должен зажигать лампу на башне.

— Это с моей-то ногой?

— До твоей ноги нам нет никакого дела, Ватерман. А каждое утро свет положено гасить.

— Это я и так знаю, я уже десять лет этим занимаюсь.

— Твоя дочь занималась, а это не одно и то же.

Шериф смеётся собственной шутке. Его помощники тоже хихикают, продолжая забивать гвозди.

— А что мне есть? Или я спички жрать должен?

— Еду тебе будут приносить каждый вечер, — отвечает шериф. — Но никаких деликатесов, ха-ха, не надейся.

Август выглядывает в дверное окошко. Но оно маленькое, через него мерзавцев не достанешь.

— А как же моя дочь?

Ответа нет.

— Как она будет без меня? Что с ней станется? Эй! — Август бессилен, ему остаётся только плеваться в стоящих под окошком людей. Огромными, полными ненависти плевками. — Эй! Я вас спрашиваю!

Последний удар молотком, и помощники торопливо собирают инструменты. Брезгливо морщась, они стирают августовы слюни со своих воротников и по тропе возвращаются в город.

Август шлёт им в спину проклятия.

— Отвечайте! Когда я увижу мою дочь?

Шериф не замедляет шага.

— Это ещё надо заслужить, Ватерман! — кричит он через плечо. — Вот заслужишь, тогда и посмотрим.

## Марта

Чёрный дом построили недалеко от города, на прибрежном утёсе, — с видом на бухту. Но в последние годы деревья в саду так разрослись, что совсем закрыли море, и теперь из окон видны лишь ветви да листья чёрного плюща, обвивающего дом. Надо бы кому-нибудь хорошенько их подрезать, но никто этим не занимается. В зарослях плюща всё шуршит и копошится: там совы и пауки, жуки и ночные птицы.

А люди-то в доме живут? Не похоже. Сердито и угрюмо повернулся дом спиной к морю, ставни закрыты, двери заперты, вокруг — высокая чугунная ограда с заострёнными прутьями. *«Не суй свой нос куда не надо, —* говорит дом. *— Не подходи!»*

*Чёрный дом, жуткий дом.
Чудовище есть в доме том.*

Лампёшка, спотыкаясь, бредёт по ухабистой дороге.

Мисс Амалия намного выше её, и, чтобы не отставать, девочка то и дело переходит на бег. Наволочка с одеждой бьёт её по ногам, и Лампёшка чуть не падает.

А в голове у неё не умолкает считалочка:

*Тебя порвёт и загрызёт,
И кровь рекою потечёт
Будь ты трус или храбрец,
Страшный ждёт тебя конец!*

И вот они у ограды. Высокие ржавые прутья заросли вьюнами, крапивой и бог знает чем ещё. Мисс Амалия дёргает ворота. Те не поддаются.

— Заперто... — сердито говорит она и дёргает ещё раз. — И ни звонка тебе, ничего. Как же туда попасть?

В кустах раздаётся шорох, и по другую сторону ограды внезапно появляется человек — худой, в длинном плаще из порыжелой кожи. Не говоря ни слова, он отпирает ворота и, впустив посетителей, запирает опять.

— Благодарю вас, — громко говорит мисс Амалия. Из кустов испуганно вспархивают птицы. — Скажи «спасибо», Эмилия.

— Спасибо, — бормочет Лампёшка, оборачиваясь, но человек уже исчез.

Они шагают к дому по тропе между двумя высокими живыми изгородями. Мисс Амалия звонит в дверь, другая её рука крепко держит Лампёшку за плечо. Где-то далеко, в глубине длинного коридора, дребезжит колокольчик. Они ждут, но никто не открывает. Учительница нетерпеливо звонит ещё раз. Снова треньканье колокольчика, потом то ли вой, то ли лай. И чей-то сердитый голос. Но приближающихся шагов не слыхать.

— Да что же это!

Пальцы учительницы нетерпеливо барабанят по воротничку Лампёшки. Мисс Амалия пытается заглянуть в прорезь почтового ящика на двери; когда и это не удаётся, отступает, спускается с крыльца и задирает голову:

— Я же ясно слышу: там кто-то есть.

Лампёшка тоже задирает голову: сквозь плющ на неё таращатся три этажа чёрных окон. Словно злые глаза.

«*Уходи, девочка,* — говорит дом. — *Тут тебе не место. Здесь живут секреты — тёмные, жуткие...*»

— Люди! — Мисс Амалия возвращается к прорези почтового ящика. — Кто-нибудь мне откроет? Я стою тут с ребёнком!

Она раздражённо оборачивается к Лампёшке, словно это её вина.

Может, не откроют, надеется Лампёшка. Тогда, глядишь, ей не придётся здесь жить. Ведь деньги можно и по-другому заработать — дома, например, или в лавке у мистера Розенхаута, если она очень аккуратно и без ошибок будет...

В замке́ поворачивается ключ, большая дверь медленно, со стоном, приоткрывается, в дверной щели появляется женское лицо. Сердитое и с красными глазами.

— Наконец-то! — восклицает мисс Амалия. — Добрый день! Я...

— Нам ничего не нужно, — бормочет женщина. — Приходите на той неделе. — Она хочет захлопнуть дверь.

— Минуточку! — Мисс Амалия ухватилась за ручку

и держит дверь. — Я вам не мясник. Я девочку привела. Вот эту. Эмилию Ватерман. В точности так, как договорено, вот письмо...

Женщина снова пытается закрыть дверь.

— Вы очень не вовремя, — говорит она. — Нет-нет!

Мисс Амалия машет белым конвертом.

— Это письмо — для господина Адмирала, и я бы хотела с ним...

— Хозяина нет дома.

— Когда он вернётся?

— Когда, когда... Нескоро. — Женщина делает ещё одну попытку закрыть дверь. — Я же говорю: вы не вовремя, сегодня никак нельзя.

— Ну, знаете ли... не вовремя! — Мисс Амалия резко распахивает дверь. — По меньшей мере, вы могли бы нас впустить! На этот холм пока заберёшься... Эмилия, проходи.

Она проталкивает Лампёшку мимо изумлённой экономки внутрь, в Чёрный дом.

Девочка ступает в прихожую. Там холодно, в темноту уходит длинная вереница дверей. Стены на ощупь холодные и влажные, Лампёшка проводит по ним пальцем, на нём остаётся белый налёт. Мисс Амалия тут же шлёпает её по руке.

— А ну не трогай! Что о тебе подумают?

Женщина в чёрном не смотрит ни на Лампёшку, ни на её палец. Она берёт письмо из рук учительницы и рассеянно уходит с ним куда-то в глубь дома.

— Я передам хозяину, — говорит она, — когда он вернётся. Но сейчас его нет. И вы явились не вовремя.

— Может, и не вовремя, — разносится по коридору

голос мисс Амалии. — Но я оставляю эту девочку здесь, под вашей опекой... миссис...

— Марта, меня Мартой зовут.

Она сердито указывает посетителям на выход, но мисс Амалия ещё не договорила.

— И я уверена, уважаемая Марта, что у вас найдётся, чем её накормить и куда уложить. Не так ли? И, возможно, какая-нибудь одежда, потому что у девочки в гардеробе одни лохмотья. Стыдиться тут нечего, но и любоваться, конечно, тоже не на что. Сможете устроить?

Марта удивлённо смотрит на неё:

— Вы что, собираетесь...

— Одним словом, всё изложено в письме. Поручайте ей побольше, она справится, от работы ещё никто не умирал.

— Не нужна мне никакая девочка. Что мне с ней делать?

— Ну как же... — Мисс Амалия проводит взглядом по потолку. Всё в паутине, в углах черным-черно. — Лишняя пара рук вам явно не помешает. Разве нет? Будет вам подмога с... генеральной уборкой, скажем так.

Марта гневно вспыхивает.

— Это не то, что... Это из-за того, что...

— Меня это совершенно не касается... — Мисс Амалия жестом показывает на пыль, грязь, потрескавшуюся плитку под ногами. — Мне всего лишь показалось, что тут будут рады любой помощи.

— Всё, всё свалилось на мои плечи! — Голос Марты срывается. — Все сбежали, никто тут не задерживается а уж теперь и...

Из глубины коридора опять доносятся те же звуки. То ли плач, то ли лай, то ли... что?

Лампёшка проверяет, не выпал ли из кармана осколок маминого зеркала. Она проводит по нему пальцами. Нет, мама! Нет-нет! Здесь я оставаться не хочу.

Марта делает пару шагов по направлению к звукам.

— Довольно! — кричит она. — Ленни, приструни их! — Воцаряется тишина, и экономка, тряся головой, возвращается к посетителям. — Я же говорю вам: вы не вовремя! — По её щеке стекает злая слеза. — Мне ещё переодеться надо, не в этом же идти на похороны! — Она кивает на свой замызганный фартук. — И помощи ни от кого не дождёшься!

— Так вот же! — радостно восклицает мисс Амалия. — Эмилия как раз и поможет. Она послушная девочка.

Учительница похлопывает Лампёшку по плечу.

— Я уверена, ты здесь приживёшься, Эмилия. Семь лет пролетят как один день.

— Что?! Какие ещё семь лет? — Марта переводит взгляд с Лампёшки на учительницу.

Хоть Лампёшка и терпеть не может мисс Амалию, сейчас ей больше всего хочется прижаться к учительнице всем телом и попросить забрать её с собой, обратно, в чистый дом с ласковым котом.

— Но если здесь живёт чудовище, — тихонько говорит она, — оно же меня съест?

Мисс Амалия добродушно смеётся, смех эхом отражается от стен.

— Ты и вправду ещё ребёнок, Эмилия. Работай, не ленись, и все страхи улетучатся. — Она поворачивается к двери. — Можете меня не провожать, — говорит она Марте, которой и в голову не приходило её провожать.

Учительница бросает последний взгляд на Лампёшку.
— А ты, девочка, можешь меня не благодарить. Не ради этого стараюсь...

Она открывает дверь и выходит на крыльцо. На мгновение на плитку прихожей падает закатный луч и выхватывает тысячи кружащихся в воздухе пылинок. Потом дверь захлопывается.

Девочка оборачивается, но Марты уже нет. Лампёшка осталась одна. Она понятия не имеет, что ей делать, куда идти.

**ЧАСТЬ 2
ЧЁРНЫЙ
ДОМ**

# Похороны Йозефа

Лампёшка шагнула в первую попавшуюся приоткрытую дверь. Кухня — просторная, тёмная и не очень чистая. Никого здесь нет: ни чудовища, ни Марты — ни души. В печке горит огонь, от него слабо веет теплом, потолок низкий, с чёрными грубыми балками. Куча немытой посуды — на столе, у раковины, даже на полу. Наверное, надо её перемыть и расставить по местам, ведь это её работа. Начать, что ли? Или подождать? Чем раньше начнёшь, тем быстрее пролетят семь лет.

Какое-то время Лампёшка стоит, переминаясь с ноги на ногу. Ничего не происходит. Никто не появляется.

Лампёшка кладёт наволочку со своими вещами на стул, берёт со стола чашку и подходит к раковине. Её глаза уже ищут кран, чайник, тазик, но тут за спиной скрипят половицы и на кухню заходит Марта. Обе они вздрагивают от испуга. Лампёшка роняет чашку, и та, с отбитой ручкой, подкатывается прямо к ногам Марты. Лампёшка закусывает кулак:

— Ой, простите, пожалуйста! — Мисс Амалия словно брюзжит ей в ухо: *«Что о тебе подумают?»* — Я... я хотела помыть посуду...

Экономка непонимающе смотрит на Лампёшку, будто совершенно забыла о её существовании.

А она и забыла. Она меряет кухню шагами и бормочет себе под нос. Ребёнок на кухне, откуда ни возьмись! Можно подумать, за день на неё мало всего свалилось! Сперва этот ночной вой, потом пригоревший завтрак, и никого, кто бы решился подняться в комнату наверху. А сама она боится, а Йозефа больше нет... Как же она теперь, без Йозефа? А сейчас вот ещё и девочка появилась откуда ни возьмись, белая как полотно, с посиневшей щекой и с наволочкой этой...

— Так я помою посуду? — спрашивает девочка.

Ещё чего не хватало!

— Ах, не до тебя мне! Я всё тебе расскажу, но не сейчас. Не сегодня. Сегодня нам надо... надо... — Марта хочет присесть, но не садится, хочет расплакаться, но не плачет. Уж лучше рассердиться.

— Ну же, девочка, чего стоишь? Вон из моей кухни и живо к себе в комнату! — Она толкает Лампёшку к двери.

— Мисс, я не знаю, где моя комната.

— Марта! Мартой меня зовут!

— Марта.

— Да... откуда тебе знать? — Марта раздражённо взмахивает рукой. — Наверх по лестнице, вторая дверь налево... нет, третья, возьми себе лучше ту комнату — там постелено. А теперь с глаз долой, нам надо... мне ещё надо переодеться. Чего застыла?

Деревянные ступени скрипят, третья дверь слева тоже. Лампёшка заходит в свою комнату и оглядывается. Здесь холодно и слегка пахнет плесенью. Стул, столик, шкаф.

Выходит, здесь ей придётся жить. Одной. Семь лет. Она мотает головой. Держать эту мысль в уме ещё можно, но понять — нет.

Незавешенное окно выходит в сад. Из окна видна широкая заросшая лестница, а за ней — джунгли изгородей, кустов, крапивы и суковатых деревьев, тянущих ветви во все стороны. Малюсенький кусочек неба. Ни моря, ни горизонта. Начинается дождь, сначала мелкий, потом сильный.

Но в комнате стоит ещё и кровать — медная, блестящая, с мягким белым покрывалом. Оно намного мягче и намного белее, чем дома. Лампёшка проводит по покрывалу рукой, приподымает уголок и слабо улыбается — впервые с тех пор, как вошла в этот дом. Какая белизна! Какая чистота!

— Я помою ноги, — шепчет она постели. — Чтобы тебя не замарать.

На улице хлопает дверь. Лампёшка подходит к окну и, опираясь локтями на подоконник, смотрит вниз. Двое мужчин выносят из дома чёрный гроб. Впереди шагает худой человек в длинном плаще — тот, что отпер им с учительницей ворота. Позади — высоченный, здоровенный парень. Дождь барабанит по крышке гроба, оба носильщика тут же промокают до нитки.

Марта тоже выходит из дома, раскрыв зонтик и набросив на плечи чёрную шаль. Она сердито машет тем двоим.

Ну же, шевелитесь! Вперёд!

Маленькая процессия спускается с парадного крыльца по лестнице. Один из носильщиков высокий, другой обычного роста, им приходится держать гроб наперекос. Марта суетится сзади, пытается прикрыть зонтиком здоровенного парня, но не дотягивается.

Тот, что идёт впереди, худой и в плаще, едва не роняет гроб. Марта визжит:

— Разиня! Поосторожней!

Она забегает вперёд и подставляет плечо под гроб. Зонтик падает в траву, прямо под ботинок парню, и троица скрывается за изгородью.

Лампёшка ждёт и ждёт, но они не возвращаются. Зонтик так и валяется в траве. Постепенно сгущаются сумерки, наступает ночь.

Она не знает, как зажечь лампу, — спичек нигде нет. В доме мёртвая тишина.

И никто не приносит ей поесть.

## Ночь

Заболев, мама Лампёшки потеряла голос. Ходила она уже давно с трудом, опиралась на руку дочери, а когда и это стало не по силам, просто больше не вставала. Руки её слабели, она часто роняла вещи, а потом и язык перестал её слушаться: понять, что она говорит, было уже невозможно. Никто не знал, в чём причина. Но ничего поделать было нельзя. Странные звуки шариками выкатывались у неё изо рта, речь походила на лепет пьяного или бормотание сумасшедшего. И она замолчала. Лежала на подушке и всё смотрела, смотрела.

Но голос её по-прежнему звучал у Лампёшки в голове. А когда мама умерла, голос остался. Обычно он обращается к ней ласково. Иной раз строго.

— *А ну-ка, живо!* — говорит мама сейчас. — *Надела ночнушку, помыла ноги — и в постель! Хватит копаться!*

Девочка не обижается: когда мама строгая, ей, Лампёшке, кажется, что за ней по-прежнему кто-то присматривает. Стягивая платье, она находит в кармане осколок зеркала.

Девочка проводит по нему пальцем и кладёт на прикроватный столик. Она наклоняется, чтобы развязать шнурки, но тут в коридоре раздаются какие-то звуки. То ли шарканье, то ли сопение. Лампёшка вздрагивает и испуганно поднимает голову, но звуки затихают. Может, послышалось?

Ей не хочется думать о чудовищах, её голову распирает от всего того, о чём ей не хочется думать. Но на улице стемнело, за окном ничего не видать — как тут удержишься? Лампёшка сдаётся и начинает думать. О своей собственной кровати. О том, как вокруг маяка шепчет море. И как храпит по ночам отец. Лампёшка теребит неподдающиеся шнурки и так сильно не думает об этом, что ей кажется, будто она всё это слышит. А может, так оно и есть?

Она слышит, как в глубине дома кто-то храпит.

Или рычит.

— Мама? Это же не чудовище, правда?

Мама смеётся.

— *Чудовище? Нет, конечно, что за глупости?! Почему тогда оно не сожрало Марту и тех двоих, что несли гроб?*

«А кто, собственно, лежал в том гробу?» — задумывается Лампёшка. Может быть, девочка, такая же, как она? А сама она — следующее лакомство для чудовища, для монстра, который питается только девочками? Когтистого и клыкастого, с мохнатыми лапами... с шестью мохнатыми лапами... и без капли жалости... Что только не приходит ей на ум!

Лампёшка дёргает всё сильнее, но шнурки не развязываются. Узелка в темноте не видно, руки дрожат. И пахнет в комнате теперь как-то иначе. Похоже на дохлую протухшую рыбу.

Так пахло от единственного чудовища, которое она видела своими глазами. Его поймал один рыбак, и поглазеть на улов сбежалось полгорода: клубок чёрных змей на верхней палубе, посерёдке — два больших мёртвых глаза. В толпе ужасались — «ах», «ой!», «фу!», — а воздух темнел от мух.

А что, если это чудовище не издохло? Что, если у этих мёртвых рук есть мышцы... и они утянут её за собой, в ночную мглу?

— *Довольно, Эмилия!* — вмешивается мама. Если мама зовёт её Эмилией, значит, шутки кончились. — *Хватит. Разувайся, мой ноги и немедленно спать.*

— Да, но, мама, я и вправду что-то слышала.

— *Глупости! Чудовищ не бывает.*

Рычание перерастает в хриплый лай. Где-то далеко. Или уже ближе?

Лампёшка боится мыть ноги. Боится раздеваться. Даже в постель лечь боится. Вместо этого она заползает под кровать — в одном башмаке и в одном носке. Если оно всё-таки проникнет в комнату, то, глядишь, и не найдёт её.

Лампёшка не спит. Опять.

Она лежит на холодном полу, поворачивается к своему страху то одним боком, то другим, и прислушивается. Лай приближается, и вдруг уже рядом, в коридоре, — тяжёлая поступь чьих-то лап, цокот длинных когтей. Грозные звуки уже у самой двери, девочка съёживается, отползает в дальний угол и прижимается спиной к стене.

Ну почему она не проверила, запирается ли дверь? Так сюда может ворваться кто угодно! Но лапы удаляются, цокот исчезает в глубине коридора. Снова воцаряется тишина.

Лампёшка отправляется искать ракушки — на пляже у себя в голове. Ей попадаются прекрасные: розовые, зелёные, мокрые и блестящие. Она смывает с них песок и кладёт на валун сушиться на солнце.

Когда на валуне уже не остаётся места, она наконец засыпает.

## Семь лет... День первый

— Вот тебе и на! — восклицает чей-то голос, и Лампёшка просыпается. Пространство под кроватью залито бледным утренним светом. У кровати топчутся чьи-то ноги, на них чулки в рубчик и чёрные туфли.

— Вот тебе и на! — повторяет голос. — Так это мне всё-таки приснилось? Или нет?

Ноги подходят к окну, кто-то трясёт раму за ручку. Окно не открывается.

«Чьи же это ноги? — думает Лампёшка. — И почему я не дома? Ах, да! Ах, да — Марта».

— Что ж, может, оно и к лучшему, — говорит Марта.

Она подходит к стулу, на котором лежит Лампёшкина наволочка, и вытряхивает её. Девочка видит, как её одежда вываливается на пол. Один носок клубочком откатывается подальше.

— Всё-таки нет... — бормочет Марта. — Девочка всё же была. Но где она тогда? Не может же быть, чтобы её... В первую же ночь? Нет, не может быть...

— Здесь я, — подаёт голос Лампёшка и выползает из-под кровати.

Боже, как же Марта пугается! Словно Лампёшка — змея или крокодил какой. Или чудовище. Марта хватается за сердце и ловит ртом воздух.

— Это всего лишь я, — успокаивает её девочка.

— А вот этого я не люблю! — сердито отвечает женщина. — Когда прячутся и выползают из углов. В этом доме лучше так не делать, ясно? — Она порывисто подходит к Лампёшке и окидывает взглядом её платье. — Ты что, на полу спала? Прямо в одежде? Ну и ну!

«Мне было страшно, — хочет ответить Лампёшка. — Я что-то слышала в коридоре». Ей хочется спросить: здесь правда живёт чудовище? Его не держат на привязи? Оно меня съест — для этого меня сюда взяли, да? На языке вертится миллион вопросов. Но в утреннем свете такие разговоры кажутся нелепыми. И взгляд у Марты уж очень суровый, едва ли не грознее вчерашнего. И глаза по-прежнему красные.

— А другой одежды у тебя нет?

— Есть.

Лампёшка указывает на валяющуюся на полу кучку. Марта выуживает из неё пару вещей — платье и сорочку.

— М-да... Это, конечно, никуда не годится. Сошью тебе что-нибудь. Ох, можно подумать, у меня и без того дел мало!

Она берёт Лампёшку за подбородок, поворачивает её лицо к свету и рассматривает щёку. Девочка чувствует, что краснеет, хочет отвернуться. Щека ноет сильнее, чем вчера, так всегда бывает.

— Прочла я то письмо, — говорит Марта. — Я просила совершенно о другом, но так уж они, видно, порешили. Со мной, конечно, никто не посоветовался... как обычно. — Она вздыхает. — Не уверена я, что это правильное решение... м-м-м... Амалия. Тебя ведь так зовут?

— Эмилия! — испуганно восклицает Лампёшка. — Меня зовут Эмилия.

Амалия! Ещё чего не хватало.

— Хорошо, пусть так. Мы завтракаем на кухне, Эмилия. — Марта поворачивается к двери. — Ты собак боишься?

— Э... — колеблется Лампёшка. — А они большие?

Очень большие. Когда девочка заходит на кухню, они подбегают к ней, спотыкаясь и пуская слюни, и лают, обдувая её тёплым собачьим дыханием. Лампёшка, крепко зажмурившись, даёт им понюхать свои ладони. Псы легко могли бы их откусить, но не откусывают. Здоровенный парень, которого она вчера видела в саду, оттягивает их за ошейники и шлёпает по мощным головам. Его они тоже не кусают, а лижут ему руки, с облегчением видит Лампёшка. Псы позволяют ему себя отпихнуть, отходят, клацая когтями, к камину и лениво разваливаются на ковре. Так это они так цокали в коридоре прошлой ночью? Самые обыкновенные собаки, самые обыкновенные звери? Не чудища?

— Это мой сын Ленни. — Марта слегка подталкивает парня к Лампёшке. — Пожми ей руку, Ленни. — Парень, заливаясь краской, не двигается с места, и Марта повторяет просьбу, на этот раз погромче. — Ну же, не робей!

Ленни намного выше и крупнее матери, но взгляд

у него как у ребёнка. На его щеках уже пробивается щетина, но он страшно застенчив и боится даже поднять на девочку глаза. Тогда Лампёшка сама берёт его большую руку и слегка пожимает её:

— Приятно познакомиться, Ленни.

Дверь за её спиной отворяется.

— Неужели, — сердито ворчит Марта. — Явился-таки!

Человек в кожаном плаще молча усаживается за кухонный стол, подтягивает к себе тарелку и наливает кофе.

— Это Ник. — Марта снимает с плиты кастрюлю и несёт её к столу. — Он вроде и сам разговаривать умеет, но по нему не скажешь. Ник, задержись ненадолго, хочу тебя кое о чём попросить.

Ник размешивает сахар в чашке. Услышал он Марту или нет — поди пойми.

— Это Ама... нет... Эми... Как там тебя?

— Эмилия, — отвечает Лампёшка. — Точнее, э-э-э... Лампёшка, так меня прозвали... — Она хочет сказать «дома», но у неё сжимается горло.

— А вот и перловка.

Марта со стуком ставит кастрюлю на стол и принимается раскладывать кашу.

Ложки дзинькают по тарелкам и позвякивают в чашках. Сидящие за столом отхлёбывают кофе, глоток за глотком. Чавк-хлюп-дзинь — все молчат. В глубине кухни повизгивают во сне псы.

Лампёшка толком не знает, куда смотреть: на чужие лица, на жующие рты, на большие голубые глаза Ленни, которые то поглядывают на неё из угла, то упираются обратно в тарелку. Марта кормит его, как маленького, а заметив, что девочка наблюдает за ними, бросает на неё ледяной взгляд. Лампёшка опять отводит глаза и рассматривает тарелку. Пятна на скатерти. Свою полную каши ложку.

Ну и гадость! Вслух она этого не говорит, но думать — думает.

— *Это же перловка!* — восклицает у неё в голове мама. — *Раньше ты её обожала.*

Лампёшка ей не верит. Каша капает с ложки. Как слизь.

— *Я каждый день её тебе готовила, когда ты была малышкой, неужто не помнишь? Ну же, попробуй — м-м-м!*

Худой мужчина напротив засовывает себе в рот огромные ложки этого варева, каша стекает у него с подбородка. Лампёшка опускает ложку в тарелку. Её желудок на замке, он не хочет эту кашу.

— *Надо хоть немного поесть,* — не сдаётся мама. — *Ну давай же. Наберёшься смелости для нового дня.*

«Для первого дня, — думает Лампёшка. — Это только первый день первого года из семи. Каждый день этот завтрак. Эти молчаливые люди. Эти жуткие псы. Эта гадкая каша».

— *Ну что же ты?* — говорит мама. — *Куда подевалась моя храбрая девочка?*

Лампёшка сжимает зубы и пытается сдержать слёзы, но одна всё-таки выскальзывает и падает в тарелку.

Кап.

В кухне так тихо, что все вздрагивают от неожиданности.

Ленни разевает рот. Его губа дрожит.

«О!» — показывает он пальцем и тут же начинает всхлипывать вместе с Лампёшкой. От испуга её собственные слёзы тут же высыхают.

— Ах, да что ж такое... — Марта со вздохом ставит чашку на стол. — Вот тебе и на... — Она развязывает салфетку у Ленни на шее и утирает его слёзы. — Приступай уже к работе, девочка. — Ленни шмыгает носом и всхлипывает ещё пару раз. — Ты же посуду хотела помыть?

Лампешка пожимает плечами и, дрожа, кивает. Не то чтобы очень хотела, но с чего-то ведь надо начинать.

— Я тебе тазик выдам. — Марта жестом показывает сыну, что надо высморкаться, и опять оборачивается к Лампёшке. — И поешь хоть немного: наберёшься смелости для нового дня.

Лампёшка поднимает на неё глаза, и Марта не отводит взгляда. Не такой уж он у неё и неприветливый. Потом женщина поворачивается к Ленни, который уже забыл плакать и теперь шлёпает ложкой по тарелке. Каша брызгами разлетается во все стороны. Марта пытается отобрать у него ложку. Это непросто: Ленни — сильный парень, а брызги — это так весело. С другой стороны стола за их борьбой наблюдает Ник. Он засовывает в рот последнюю ложку каши, соскребает с тарелки остатки и встаёт. Слегка подмигнув Лампёшке, он разворачивается и молча выходит из кухни.

— Постой! — кричит Марта ему вслед. — Ник, я хотела... ты должен...

Но его уже и след простыл.

Марта принимается сердито вытирать салфеткой

кашу и сопли с лица Ленни. И со стола тоже: еда разлетелась повсюду.

Не самая приятная картина, но Лампёшка всё же съедает ложечку перловки. И ещё одну. Ей становится немного теплее. Пожалуй, вкус и правда напоминает ей о прошлом.

## Вёдра и швабры

Так начинается жизнь Лампёшки в Чёрном доме. Один день, другой, третий ползут друг за дружкой, не столько страшные и мучительные, сколько скучные и тягучие.

По утрам, после мытья посуды, Марта вручает Лампёшке ведро, швабру и щётки и показывает, где начинать. Девочка надраивает плитку в длинных, продуваемых сквозняками коридорах.

Дом большой и запущенный, кругом вонь, во все щели врывается ветер, плесень цветёт пышным цветом, так что труд девочки по большей части напрасен. Только отмоешь кусочек пола, как псы тут же проклацают по нему грязными лапами. Лампёшка пока побаивается их, вскакивает и ждёт, пока они пробегут мимо, в сад, гонять крыс. Возвращаются они ещё грязнее прежнего и клацают по плитке обратно в кухню — спать и дожёвывать добычу.

Иногда из кухни выбегает Ленни — поглядеть на Лампёшку и попутаться у неё под ногами. Поначалу он тихонько жался в углу, но потом осмелел и теперь плюхается рядом с ней прямо на мокрую плитку и наблюдает за всем, что делает девочка. Слов его Лампёшка не понимает, но это не беда. Он шлёпает рукой по воде и, бывает, опрокидывает вёдра, но и это не страшно. Вскоре приходит Марта и отводит его обратно на кухню. Там, за столом, Ленни целыми днями возится со старыми газетами. Он разрезает их на кусочки, аккуратно обводя ножницами колонки, пока на столе не вырастает гора из букв и чёрно-белых фотографий, а потом снова складывает из них газету. Если один кусочек слетает на пол или теряется, Ленни ударяется в слёзы. Лампёшка помогает ему искать, это у неё хорошо получается. Она находит даже самые крошечные кусочки, затерявшиеся в пыльных щелях между половицами.

Днём девочке выдают другое ведро и чистую тряпку, и она смахивает древнюю пыль с ламп, карнизов и окон. На тряпку заползают нахальные пауки и карабкаются по её руке наверх, чтобы немного передохнуть, прежде чем браться за новую паутину. Лампёшка обычно не трогает их, иногда они целыми днями перебирают лапками у неё в волосах или за ухом.

Пауки жили и дома, на маяке, и их мягкие лапки её утешают. Лампёшка поёт им паучьи песенки, а вечером выпускает на волю в сад.

В саду она ищет, нет ли среди ветвей и кустов просвета, сквозь который видно море, виден маяк. Но не находит: кусты разрослись, а ветви деревьев достают до неба. Чем глубже в сад, тем непроходимей заросли: они жалят её крапивой, колют шипами ежевики. А в самой чаще — ограда.

«Через такую в жизни не перелезть, — думает Лампёшка. — Если я захочу уйти, как отсюда выбраться?» Прутья ограды высокие, неприступные. Однако вскоре она находит дерево с толстой веткой, которая почти достаёт до заострённых чугунных верхушек. Пожалуй, если осторожно, можно взобраться по ветке наверх, спрыгнуть с другой стороны, авось не расшибёшься, а потом...

Рядом с криком взмывают в небо чайки, и Лампёшка подскакивает от испуга. Она поворачивается и идёт обратно по заросшей сорняками лужайке, которая когда-то была газоном, мимо бассейна, вырытого посреди сада и засыпанного толстым слоем гнилых листьев. Ни в одном из окон Чёрного дома не горит свет. Только там, на самом верху, где торчит небольшая башенка, что-то мелькает. Или ей показалось?

Лампёшка останавливается и внимательно смотрит на башню, но ничего больше не видит. Наверное, это была занавеска или...

«Эта башенка! — вдруг приходит ей в голову. — Вот где должно быть достаточно высоко!»

Может быть, из башни поверх деревьев видно море?

Очень может быть... А если попросить разрешения, ей наверняка позволят сходить проверить. Почему бы и нет?

Лампёшка шагает дальше, на душе у неё полегчало.

Внизу, на кухне, зажигается свет. На столе уже, верно, дымится перловка — Марта редко готовит что-то другое. Девочка вздыхает.

Чудовище видит её из окна башни: белое пятнышко на тёмной траве. Оно провожает девочку глазами до крыльца и соскальзывает с подоконника. Оно не знает, кто это был, и ему наплевать. Чудовищу хочется есть.

## Тайна

— Почему нельзя?
— Потому. Нельзя, и всё. И пора накрывать на стол.
— Да, но... Мне правда очень нужно!

Марта вручает ей стопку тарелок и наваливает сверху вилки.

— Ну же, не спи. И куда подевался Ник?

Лампёшка смотрит, как Марта беспокойно хлопочет на кухне. Снуёт от раковины к столу и обратно, роняет вилки, кладёт их в выдвижной ящик — ах, да не туда же, на стол. Смысла во всём этом нет никакого. Ленни спокойно перебирает кусочки газеты, псы смачно грызут кости, еда давно готова.

— Ну пожалуйста!
— Давай, девочка, не путайся под ногами. Накрывай скорей на стол. И подогрей молока для кофе. Ничего в той башне нет, и на что она тебе только сдалась?
— Ни на что, — отвечает Лампёшка. — Просто посмотреть охота.

— Тем более, — говорит Марта. — Тем более нельзя. Давай поживей! А кофе я пью с молоком, иначе день будет испорчен.

Она подталкивает Лампёшку к двери в погреб, откуда всегда так мерзко несёт рыбой.

Девочка не двигается с места.

— Я хочу посмотреть на свой дом, — говорит она. — Посмотреть, как там мой отец...

— Отец? Который так смазал тебя по щеке? Зачем тебе на него смотреть?

Лампёшка пожимает плечами. Затем, думает она, затем, затем.

— Я только туда и обратно. Ну пожалуйста!

— И нечего таращиться на меня этими оленьими глазами! — Марта поворачивается к девочке спиной. — Я сказала — нет. Никому туда нельзя. Дверь заперта, а ключ потерялся.

Ничего он не потерялся, сердито думает Лампёшка, неправда это. Отец тоже всегда отворачивался, когда врал. Когда говорил, что не знает, куда подевались деньги, что нужно просто получше поискать. Хотя она по его дыханию прекрасно понимала, куда они подевались.

Девочка резко распахивает дверь в погреб. Воняет там и правда невыносимо, как в порту, когда рыба у кого-то залежалась, протухла и стала совсем несъедобной. Неужели Марта не чувствует? Лампёшка берёт молочный бидон. Пустой.

— Молоко кончилось, — говорит она.

Марта, похоже, её и не слышит. Она стоит у плиты и шурует поварёшкой в кастрюле, аж брызги летят.

— Выброси это из головы, — бормочет она.

Марта и сама бы не прочь выбросить всё это из головы, подумать о другом. Но целый день она только и думает, что о той комнате наверху. Думает, но идти туда не идёт.

«Завтра, — обещает она себе каждый вечер. — Завтра пойду». И не идёт. Из погреба разит завёрнутой в газету рыбой. Зловоние всё усиливается. Давно пора отнести рыбу наверх. Но она не идёт.

Марта знает: чем дольше тянуть, тем будет хуже. Оно только рассвирепеет и станет ещё опаснее. Нужно взять себя в руки. Просто подняться наверх, пара минут — и она снова внизу. Открыть дверь, поставить тарелку, закрыть дверь. Главное — не мешкать, и все дела.

Но вот снова проходит полдня, снова наступает вечер, а наверх она так и не поднялась.

Можно, конечно, послать новенькую. Марта наблюдает за ней, смотрит, как та, высунув кончик языка, помогает Ленни складывать по кусочкам газету. Но такая малышка, такая худышка. Это было бы несправедливо.

Можно подумать, в мире есть справедливость.

Ленни? Нет, и речи быть не может. Ник?..

Когда он нужен, его никогда нет, а если и есть, то всё равно не делает того, о чём его просят. То целую неделю не приходит на кухню обедать, то украдкой лазит где-то по саду... Зови его хоть до посинения — не дозовёшься. Проку от него никакого.

Выходит, послать больше некого. Если самой не пойти, оно там наверху сдохнет. А коли сдохнет — прощай работа, прощай их с Ленни дом. И что тогда? Она отпивает кофе. Горько. Жить стало горько.

Может, оно ещё не сдохло, но ослабло и уже не так опасно? Может быть... Она пойдёт завтра — нет, нынче же вечером. И тогда ей наконец удастся заснуть.

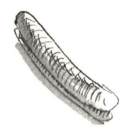

## Кровь

Морской ветер обдувает дом со всех сторон, в окна скребут ветви. Лёжа в кровати, Лампёшка прислушивается к ночным звукам. Ей так хочется узнать, видно ли из той башни маяк, горит ли он. Она представляет себе отца, как он взбирается по лестнице. Или поскальзывается, падает, ломает здоровую ногу. А она здесь.

— *Твой отец вполне способен сам о себе позаботиться.* — Мамин голос звучит строго.

Нет, думает Лампёшка. Это не так. А что, если маяк опять не горит? А что, если ещё один корабль...

— *Пусть так,* — отвечает мама, — *но ты ему ничем помочь не можешь. Ты здесь.*

— Не по своей воле!

— *Ты здесь, и ничего с этим не поделаешь. Пора спать, милая.*

Лампёшка ворочается в постели с боку на бок.

— Мне тут не заснуть.

— *А ты попробуй.*

— Я не могу спать, если не слышу моря!

— *А ты послушай, оно никуда не делось. Оно всегда рядом.*

— Неправда, — упрямится Лампёшка. — Как же рядом, когда его ниоткуда не видно.

— *Оно там же, где и всегда. За деревьями. Совсем недалеко. Слушай.*

Лампёшка прислушивается. И правда: где-то внизу о скалы тихонько бьётся прибой.

— Оно звучит иначе.

— *Да,* — соглашается мама. — *Иначе. Спеть тебе колыбельную?*

— Нет, спасибо.

Но мама всё равно поёт:

*Белые бриги, серые бриги*
*У дальнего пирса стоят.*
*Один из них издалёка приплыл,*
*Он гордое имя «Аврора» носил...*

Раньше эта колыбельная всегда помогала. Теперь — нет. Лампёшка сердито садится на постели. Ну почему ей нельзя наверх?

Внезапно сверху, с лестницы, доносятся какие-то звуки. Псы? Или кто-то кричал?

Ему послышалось? Или к нему наконец кто-то поднимается? Чудовище садится и прислушивается.

Нет, показалось.

К одиночеству ему не привыкать, но на этот раз долго, слишком долго. Воды не осталось ни капли. Еда давным-давно кончилась, но это не самое мучительное, хуже всего жажда... Нет, хуже всего, что о нём забыли.

Но не могли же они забыть? Разве такое возможно? Должен ведь кто-то прийти рано или поздно? Они не все разбежались: он слышал собачий лай, пару раз видел кого-то в саду. Кто-то ещё остался, и когда-нибудь, уже скоро, должны же они подняться наверх?

А он должен быть к этому готов.

— *К чему готов, Эдвард?* — Издалека, из прошлого до него доносится голос Йозефа. Всё те же наставленья, те же слова. — *Не кусайся, не кричи, не давай волю чудовищу. Никакое ты не чудовище, мой мальчик.*

— Ах, нет? Кто же тогда?

— *Рыцарь с благородным сердцем, мушкетёр, гордый и преисполненный достоинства.*

Никакой он не рыцарь, теперь уж точно нет. В нём остались лишь голод, гнев, жажда и...

Чудовище навостряет уши.

Всё-таки что-то там слышно, на лестнице. Кто-то поднимается по ступенькам.

У Марты дрожат руки, тарелка со стаканом тихонько позвякивают. Рыба уже порядком протухла и воняет. Что ж, пусть он и на том скажет спасибо. Он. Оно. Поди разберись. Марта так давно здесь живёт и ещё ни разу его не видела. Слышала — да. И представляла себе во снах, в кошмарных снах. Кровь, чешую и прочую жуть. Правда, Йозеф всегда возвращался из башни целым и невредимым и даже говорил о нём чуть ли не с теплотой в голосе.

М-да...

И всё же оно добралось до Йозефа. А те двое на прошлой неделе — дворецкий и помощник садовника, — два здоровяка с палками... Сбежали вниз, трясясь от ужаса и истекая кровью. Стрелой за порог — и до свиданья. О них сейчас лучше не думать.

Она прикладывает ухо к двери и слушает. Тишина. Но оно, конечно, там.

Марта осторожно отодвигает два засова, вынимает из кармана фартука ключ и вставляет в замок. За дверью что-то ползает, слышит она. Ползает совсем близко.

— А ну прочь от двери! — как можно строже рявкает Марта. За дверью раздаётся тихий смех. — Прочь, или ничего не получишь!

Смех перерастает в шипение. Но доносится оно уже из глубины комнаты.

— Я открываю дверь, — говорит Марта. — Но смотри мне... У меня палка!

Никакой палки у неё нет. Вот дурында, в следующий раз надо будет взять. Или привести псов. Только они боятся, топчутся под лестницей и повизгивают — разве их сюда загонишь?..

— У меня палка, я не шучу! Открываю!

Марта слышит, как визгливо звучит её голос. Вот уж нагнала страху! Немощная старуха, без палки, с тарелкой рыбы в руках. Не её это работа! Она опять начинает сердиться на Ника: ну мужское же это дело. Трус, трус...

Марта делает глубокий вдох, со скрипом поворачивает ключ и приоткрывает дверь. В комнате темным-темно и воняет. Она чует запах гниющих водорослей, дохлой рыбы. Её сердце выскакивает из груди. Поднос на пол — и бегом отсюда.

Вдруг что-то выскальзывает из мрака и бросается на неё. Марта кричит и отскакивает, запнувшись о порог, стакан падает, тарелка разбивается вдребезги. Ей в икру впиваются острые зубы, и она пинает, пинает, пинает, пока зубы не разжимаются, и она захлопывает дверь комнаты, поворачивает ключ и, прихрамывая, убегает — по коридору, вниз по лестнице, подальше отсюда.

Больше никогда, ни за что, ни в жизнь! Придётся... Придётся найти кого-то другого... Кого угодно, только чтоб не самой.

Будь что будет, она уйдёт из этого дома, а Ленни... как же теперь они с Ленни...

Марта всхлипывает, спотыкаясь, кровь из раны стекает в туфлю.

Тарелка так и валяется в коридоре. Сегодня чудовище опять останется голодным.

## Чудовище

Глупо, как глупо! Ну какое же он ничтожество, ни на что не способен — тоже мне чудовище!

Такой шанс: какая-то несчастная старушенция, и он не смог с ней справиться. Как сосунок! А у неё и палки-то не было.

Ни воды, ни еды, ничего у него не осталось. Ну да, голод, это да, и жажда. И самое страшное — сухость.

Его тело скукоживается, сжимается, ноет от жажды, он слизал с ковра всё до последней капли. В мыслях — одна вода: течёт, пузырится, грохочет как водопад, а он стоит под ним — весь, весь, весь в воде.

Ха-ха, так ему ж нельзя быть в воде, всегда было нельзя!

— *Пора отвыкать, парень. Превозмоги себя,* — звучит в голове отцовский голос. — *Подумай сам, ты же не рыба. Задави это в себе. Дух превыше тела.*

Он честно старается, но даже его мозг, кажется, пересох.

— *Пересох? О чём ты? Калахари, Сахара — вот где настоящая засуха. Мы шли по пустыне семь недель, чтобы достичь побережья. Семь недель мы пили песок — с улыбкой на устах. Настоящие мужчины смеются над трудностями!*

Он пробует засмеяться, но от этого только саднит в горле. Интересно, какой он на вкус, песок?

За окном внизу у обрыва едва слышно плещутся волны. Он заползает под кровать, туда, где темнее всего. Поднимется ли к нему ещё кто-нибудь... когда-нибудь?

Вряд ли.

Они боятся.

И правильно делают. Если кто и придёт, он будет кусаться. Он чудовище, ужасное.

— *Неправда, мой мальчик. Я ведь тебя знаю,* — качает головой Йозеф.

Не лезь не в своё дело, старик. Ты умер.

Как можно взять и умереть? Он тут ни при чём, правда. Йозеф вдруг взял и осел на пол: учитель просто рассказывал, объяснял что-то про розу ветров и компас, а он уже давно и сам это знал, потому что прочёл все книги, но Йозеф поднимался к нему всё реже, и он не хотел перебивать. Было приятно просто слушать и кивать, то и дело вставляя умные замечания.

— *Молодец,* — говорил тогда старик. — *Молодец, Эдвард. Ты делаешь успехи, мой мальчик. Честное слово, скоро ты будешь знать больше меня.*

Ну, или что-то в этом роде.

Но теперь уже этому не бывать, потому что, когда учитель дошёл до северо-северо-запада, голос его пресёкся, и он выдохнул, выдохнул из себя жизнь, раз — и нету, а то, что осталось, просто тихо осело на пол. Как же это было страшно.

Он тут ни при чём. Правда.

Он звал, тряс, визжал, но снаружи разразилась буря, град барабанил в окно. Море внизу хлестало о скалы, он сам себя не слышал. Йозеф не шевелился. Он прикрыл его одеялом — учитель был такой холодный, — но всё без толку, он и сам понимал. Когда кровь перестаёт течь, сердце перестаёт биться, тело холодеет и деревенеет. Окоченение, вот как это называется.

— *Умница, умница, Эдвард. Мой мальчик, как же ты начитан! Когда твой отец вернётся, я ему расскажу, не сомневайся.*

— *Это что, слёзы?* — усмехается отец. — *Сопли? Надеюсь, что нет. Настоящие мужчины не дают им воли, ты же знаешь.*

Шторм давным-давно улёгся, а к нему никто так и не поднимался, весь день. Он уже почти перестал надеяться, как вдруг на лестнице раздались голоса. Пришедшие дрожали от страха:

— Ты иди первый!

— Нет, ты, иди ты!

Тогда он ещё думал, что они хотят помочь, и, чтобы их не спугнуть, состроил самую приветливую мину, на какую был способен. Тогда он ещё думал, что им его жаль, что они ему что-нибудь принесли. Попить, а может, и поесть. Ха-ха!

Принесли они палки: два здоровенных мужика, оба с палками. И тут же пустили их в дело.

Он хотел закричать: «Я не виноват, честно, он просто умер!» Но они всё колотили и колотили и гнали его от тела Йозефа.

Он хотел сказать: «Еды почти не осталось... и воды... и мне каждый день нужно...» Но они рычали: «Назад, монстр, урод!» Они положили старика на одеяло, скорее, скорее.

— Ты только посмотри, сожрать его удумал, Господи Иисусе!

Они истово перекрестились.

«Да нет же! — хотел закричать он. — Я только проверял, не шевелится ли он, я бы никогда...»

Но они дали ему пинка, и ещё раз, и ещё, потому что он не защищался.

Что ж, тогда он принялся шипеть, визжать, кусать, он вцепился им в лодыжки — туда, где мягко. Полилась кровь, мужики завопили — вот это было весело.

Но они забрали с собой старика на одеяле, захлопнули дверь, задвинули засовы и ушли.

А потом ничего, целую вечность — ничего. Он ещё ни разу не оставался один так надолго, и вот сегодня явилась эта старуха, и теперь... Теперь, конечно, никто уже не придёт, ему конец, без еды он сдохнет, без воды засохнет, зачахнет. Никогда не научится ходить, никогда не взойдёт на борт корабля, ноги его никогда не привыкнут к морской качке.

Он закрывает глаза и позволяет себе провалиться в темноту.

## Зловоние

— Эй, ты, хватит крутиться у меня под ногами!

Марта заносит руку, но Лампёшка вовремя уворачивается. Ей не привыкать — дома наловчилась.

Такой Марту девочка ещё не видела: нога у неё перевязана, и она ковыляет по кухне, то присаживается, то снова вскакивает, забывает про чайник, пока не замечает, что вода выкипела, вздрагивает от любого звука — собачьего лая, хихиканья Ленни — и срывается. Шлёпает пса, рявкает на сына, который потом всё утро сидит за столом с дрожащей губой.

Лампёшка гладит его по голове и приносит бутерброды с чаем — сегодня Марта и этого не делает. Девочка старается не попадаться Марте на глаза. Днём она берёт вёдра и поднимается наверх. Не то чтобы внизу было так чисто и нечем заняться, просто сегодня никто не обращает на неё внимания, никто её не останавливает.

Запах в коридоре наверху стоит ужасный, не лучше, чем в погребе, и только усиливается, когда она поворачивает за угол. Двери здесь пошире, стены увешаны рогами. Есть тут и голова носорога, серая и сморщенная. У носорога маленькие печальные глазки, с рога свисает длинная паучья нить. Лампёшка осторожно толкает ближнюю дверь. В комнате перед ней — ряды полок, уставленные чучелами, стеклянные шкафы, полные бабочек и жуков на булавках. Ни одно крылышко не дрожит. На полу — тигриная шкура, на стене — портреты мужчин в военной форме. Они не сводят с неё суровых глаз. Что делает здесь эта девчонка?

Лампёшка поскорее закрывает дверь.

Она идёт дальше, запах становится всё невыносимее. В конце коридора обнаруживается дверь, за ней — убегающая вверх, в темноту, лестница. Вот откуда пахнет. И где-то там должна быть комната, куда запрещено заходить.

Но ведь нужно же наверху немного прибрать? Выбросить то, что там гниёт?

Однажды, когда она была совсем маленькая, к берегу прибило рыбацкий кораблик, который качался на волнах и никуда не плыл. И не мог плыть, потому что рыбак помер в пути. Тело его лежало в трюме, а улов был свален на палубе и страшно вонял. Улов был знатный: целые горы рыбы на палящем солнце. Городские чайки посходили с ума, тучами кружились над палубой и нажирались до отвала.

Старого рыбака звали Пер. Люди исподтишка посмеивались над ним, потому что он нёс околесицу и никогда не мылся. Смердел всю жизнь. Никто не хотел работать с ним в паре.

Судно так и качалось на волнах недалеко от порта, рыбы на палубе ещё оставалось навалом, а ветер дул как раз в нужную сторону. Два дня подряд весь город мутило.

Тогда шериф с помощниками подгребли на шлюпке к кораблю и сбросили улов за борт. Заодно с капитаном. Вёдрами лили на палубу воду, но от вони так и не избавились.

Капитан порта не разрешил ставить судно у себя на пристани и приказал сжечь его в море. От этого тоже поднялся смрад ещё хуже прежнего. Дым отнесло прямо на город, и запах завис там на три безветренных дня.

В народе то время прозвали Местью Пера.

Горожане на улицах зажимали рты платками, никому кусок не лез в горло, и мистеру Розенхауту пришлось выбросить все свои запасы. Лампёшкина мама тогда ещё была жива и, хотя не могла ни говорить, ни ходить, но запахи чуяла, и Лампёшка давала ей влажные платки и мешочки с лавандой, от которых не было никакого проку, и не знала, что лучше — распахнуть все окна или наоборот — не открывать. Отец никогда ей не помогал, его вечно не было дома, он где-то пил — однако и спиртное не спасало: зловоние стояло такое, что даже дышать не хотелось. Но приходилось, конечно.

Вот точно так воняет и тут, наверху.

Лампёшка озирается. Никого. Мягко ступая, она поднимается по лестнице на башню. За поворотом ещё одна лестница. На деревянных ступенях — след из больших тёмных капель. Наверняка кровь... девочка едва не бросает всю затею. Ещё один поворот, лестница сужается и взбирается всё выше. Придётся разжать нос, а то воздуха не хватит. Фу-у-у-у!

На самом верху в сумраке она различает запертую на засовы дверь. Рядом валяется разбитая тарелка с кусками тухлой рыбы — вот что так воняет. На полу лежит ещё что-то. Ключ.

Вдруг внизу раздаётся шум: Ленни вопит, псы разражаются лаем, и Марта сердито выкрикивает её имя. Лампёшка хватает ключ, прячет его в карман платья и несётся по ступенькам вниз.

Рука Ленни намазана мазью от ожогов, разлитый по полу чай вытерт, новый заварен, и Марта переводит хмурый взгляд на девочку.

— А ты где пропадала? Наверху?

— Я совсем недолго, — отвечает Лампёшка, краснея. — Я подумала... там так воняет... я хотела...

— Пусть воняет, — говорит Марта. — В этом доме такое бывает. Скоро выветрится. — Она резко хватает девочку за запястье. — Забудь дорогу в башню! Повтори.

— Забудь дорогу в башню.

Но нет, она, конечно, не забудет. Сердцу не прикажешь, а сердце дочери маячника желает увидеть маяк. Пусть голова дочери маячника и нашёптывает ей всякие благоразумные советы, проку от них мало.

Мама тоже считает, что это плохая затея, и не умолкает весь вечер.

— *Даже если ты что-то оттуда разглядишь, чем ты ему поможешь?*

— *Забудь ты о нём, в его годы у человека должна быть своя голова на плечах. Во всяком случае, у большинства людей так.*

— *Там кто-то есть, Эмилия, я и сама не знаю кто. Но кто-то есть, кто-то опасный.*

— Ты же говорила, чудовищ не бывает, — возражает Лампёшка.

— *Не бывает.*

— Вот видишь!

— *Я твоя мама,* — строго говорит мама. — *И я не желаю, чтобы ты туда ходила. Я тебе запрещаю, Эмилия!*

Лампёшка встаёт и делает глубокий вдох.

— Да, но... знаешь что, мам... — говорит она. — Вообще-то ты умерла.

На это маме возразить нечего. Девочка чувствует, как мама медленно, понуро исчезает из её головы. На миг Лампёшке становится тоскливо и одиноко, но в этом нет ничего нового. Она просто здесь. Просто одна.

Поджав скрещённые ноги, Лампёшка садится на кровати и ждёт наступления темноты. Её пальцы играют с ключом.

## Охотники

— Ник! Ник!

Голос Марты эхом разносится по саду, привыкшему к тишине. Птицы испуганно вспархивают из кустов, вороны скрипуче передразнивают:

— Ник!

Утро ещё совсем раннее, солнце едва взошло. И уже столько шума.

Марта, прихрамывая, выходит на крыльцо и зовёт опять, громче.

— Я не шучу, Ник! Сюда! Быстро!

Её руки сжаты в кулаки: так бы и поколотила его. Да что ж такое, никогда его нет, когда нужна помощь! А она нужна прямо сейчас.

— Ник!!!

Наконец кусты раздвигаются, и из них появляется Ник — в длинном плаще, небритый, ещё сонный.

— Чего тебе?

— Чудовище... — голос Марты срывается. — Чудовище...

— Ах, женщина... — Ник пожимает плечами. — Чудовище... Ну сколько можно!

— Да я про девочку, дубина, послушай же! Та девочка, Эмилия, — она пропала, её нет в комнате, нигде нет, она...

— Сбежала. Так я и думал. Оно и к лучшему.

Ник зевает и разворачивается, чтобы уйти в сад.

— Сбежала? — Марта посылает ему в спину своё самое страшное проклятие. — Как? Перелетела через ограду? Все её вещи на месте — обувь, всё. Она наверху, я точно знаю. Она туда собиралась. Она у него. Понимаешь, у него!

— Вон оно что... — Ник чешет в затылке. — Ага...

Марта вздыхает. Ишь, стоит, руки развесил. Как же медленно до него доходит! Если она сейчас ничего не предпримет, ничего не скажет, он хотя бы палец о палец ударит? Хоть раз в жизни? Вряд ли. Никогда.

— Не понимаешь, что ли?

— Понимаю...

— Не понимаешь. Эту девочку нам прислали. Все знают, что она здесь: шериф, эта кошмарная тётка-учительница, вскоре и хозяин узнает. Она не может взять и исчезнуть — начнутся жуткие неприятности. Не можем мы её просто так... Мы должны... Это ведь будет ужас...

— Да и вообще-то... — медленно говорит Ник, — она лапушка.

— Да-да, лапушка, и этот монстр или кто там у нас наверху жрёт эту лапушку прямо сейчас — или уже обглодал её, он же совсем дикий, ты только погляди, погляди на мою ногу, я больше туда не пойду, я поклялась — ни в жизнь, но теперь придётся, а тебе придётся пойти со мной. Ты обязан, наконец, меня послушать и сделать, как я скажу!

Ей хочется схватить его, тряхануть как следует, наорать ему в ухо.

Но Ник говорит:

— Погоди, — разворачивается и уходит обратно в кусты. Движется довольно быстро по его меркам.

Марта плюхается на треснутую каменную скамейку. Долго стоять она не может, ногу саднит, и на душе так тревожно. Глупая, легкомысленная девчонка! Вообще-то она и правда лапушка, такая серьёзная и такая ласковая с Ленни. Неужто она там? Хотя где ей ещё быть? Разве ж это жизнь, когда в доме такое? Хоть бы Адмирал вернулся. Или нет. Может, лучше, чтобы он больше не возвращался, не увидел бы, как она, Марта, его подвела. И куда опять делся этот Ник? Никто ей не помогает, ни на кого нельзя положиться, придётся самой, только вот палку бы найти, крепкую палку...

Тут кусты раздвигаются, и из них выходит Ник. Решительными шагами он поднимается на крыльцо. На голове у него что-то вроде большой меховой шапки с болтающимся сзади полосатым хвостом. На ногах — высокие сапоги, в руках — длинное охотничье ружьё. Кивнув ей, он направляется к кухонной двери. Изумлённая Марта, выдохнув от облегчения, следует за ним.

Псы без Ленни наверх не пойдут, а Ленни боится, да и Марта ему запретила. Но и оставаться одному в кухне ему не хочется. Он болтается у кухонного стола, и хнычет, и ещё больше выматывает им душу. Ник кладёт руку ему на плечо.

— Послушай, Ленни, — говорит он, — мы охотники. Мы

отправляемся на охоту. И ты тоже.

Ленни удивлённо переводит взгляд с Ника на мать. Охотники?

— Охотники, — повторяет Ник и вскидывает ружьё. — Бабах!

А-а-а! Ленни с серьёзным видом кивает. Бабах! Ник протягивает ему выбивалку для ковров, Ленни кладёт её себе на плечо.

— Бабах! — улыбается Ник.

— Какой ещё бабах?! — Марта и слышать об этом не желает. — Он не... Ему нельзя, Ник. Пойдём вдвоём.

«Бабах! Бабах!» — Ленни с восторгом палит по сторонам. Вокруг него кружат псы, гавкая и пуская слюни. Ник ободряюще кивает Марте.

— Ничего с ним не случится. Мне просто нужны собаки. — Он оборачивается к Ленни, взмахнув хвостом на шапке. — Эй, Ленни! Идём охотиться, охотиться на чудовище! Вперёд, в башню! — Марта ещё ни разу не слышала, чтобы он произносил столько слов подряд. — Только тс-с-с! Тихонько, Ленни. Охотники — они крадутся.

— Тс-с-с! — Ленни прижимает палец к губам и смотрит на собак. — Тс-с-с!

Псы тотчас умолкают.

«Надо же!» — думает Марта. Всегда-то они его слушаются. Он мало на что способен, её сын, но это он умеет. Она берёт метлу с самым толстым черенком и самыми жёсткими прутьями.

— Ник, — говорит она. — Ты ведь понимаешь, что пристрелить его мы не можем, да?

По коридору крадётся странный охотничий отряд. Худой мужчина в огромной меховой шапке, прихрамывающая женщина с метлой, два больших рыжих пса и громадный детина, бесшумно стреляющий во все стороны из пылевыбивалки. У лестницы, ведущей в башню, псы наконец догадываются, куда направляется отряд, воют, скулят и пятятся. Ленни тоже медлит. Туда? Нет, только не туда! Только не туда. Однажды, давно, он уже побывал там и видел то, о чём никогда, никогда больше не хочет вспоминать... Ну уж нет!

— Ленни, — шепчет Ник. — Мы охотники, помнишь?

Ленни с сомнением косится на него. Всё ещё охотники?

— Да, — кивает Ник. — Мы помогаем Эмилии. Той девочке — она наверху, в комнате. А мы...

— Ник, — шипит Марта. — Он боится! Он ведь ничего не соображает, ты же видишь!

Что творится у Ленни в голове? Никто не знает — говорить-то он не умеет. Но кое-что он всё же понимает. Ножницы, брызги, псы, милые псы, милая мама. А в последние несколько дней — ещё и милая девочка. Которая иногда ему помогает. Которая иногда его гладит. И она наверху? И он может ей помочь? Ему никогда не разрешают помогать, не разрешают ничего делать, ничего носить: осторожно, Ленни, не надо, Ленни. Иди к себе в уголок, повырезай что-нибудь и, пожалуйста, ничего не трогай. А теперь он может помочь! Это он понимает. И с широкой улыбкой на лице тянет псов за собой на лестницу. На помощь девочке! От радости он принимается выводить рулады.

— Тс-с-с, Ленни! Помнишь? Тихонько!

Ах да, тс-с-с, кивает Ленни и с громким топотом крадётся по лестнице.

Наверху сумрачно, дверь комнаты чуть приоткрыта. В коридоре, словно половая тряпка, висит запах гнилой рыбы. Ник жестом останавливает остальных, вскидывает ружьё, заносит сапог и пинает дверь. Та со скрипом распахивается. В комнате темно и совсем тихо.

— Эмилия? — зовёт Ник. — Ты тут?

Тишина.

— О, боже! — шепчет Марта. — Мы опоздали.

Ленни придерживает псов за ошейники — они, скуля и повизгивая, опять пытаются отползти назад, вниз по лестнице, подальше отсюда. Ник неуверенно переступает через порог.

— Лампёшка?

Из темноты раздаётся голос.

— Тс-с-с, тише вы! — шепчет Лампёшка. — Не шумите. Он спит.

# ЧАСТЬ 3
## МАЛЬЧИК ПОД КРОВАТЬЮ

## Монстр под кроватью

Маяк горит! У Лампёшки словно гора свалилась с плеч.

Он кажется очень маленьким и очень далёким — чёрная точка на чёрном горизонте. Но луч его ярок, он скользит по облакам, волнам, порту, домам, по всему, что Лампёшке так знакомо. Девочка прижимается щекой к холодному стеклу.

Перед тем как войти, она прошептала «Эй!» и «Есть тут кто-нибудь?». Но в ответ не услышала ни звука, ни шороха. (Вот видишь, мама!)

Лампёшка подкралась к окну на цыпочках, намочив носки, — ковёр оказался влажным. В почти круглой комнате она насчитала пять окон. В пятом окне сквозь щель между неплотно задёрнутыми шторами мелькнул слабый свет, и она поняла — это.

Нырнув за штору, Лампёшка залезла с ногами на подоконник и вгляделась в даль.

Выходит, отец по-прежнему дома, по-прежнему зажигает маяк, как-то умудряется каждый вечер взбираться по лестнице наверх. И спускаться вниз, а это ещё труднее. Он по-прежнему ест и спит дома.

Без неё.

Выходит, не слишком-то она ему и нужна.

Может, он совсем и не против, что она здесь. Может, думает: туда ей и дорога. Ох, уж эта девчонка! Никакого от неё толку.

Или...

Или он вовсе там не живёт, а сидит где-нибудь под замком, где ей никогда его не найти. В кишащем крысами подвале, на хлебе и воде. Или того хуже. А в их домике при маяке уже давно поселился кто-то другой, новый смотритель, с обеими ногами и без дочери. Или наоборот — с дочерью, которая гораздо умнее Лампёшки, умеет читать и писать и никогда не забывает про спички, с дочерью, которая сейчас спит в её кровати, под её клетчатым одеялом. Или...

Ничего-то она не знает. Забралась на такую верхотуру и так ничего и не выяснила.

В комнате кто-то есть.

Под кроватью — там кто-то есть, и он тихо рычит.

Значит, правда... Значит, кто-то здесь всё-таки живёт.

Вот дура! Скорее отсюда, надо уносить ноги! Мама, помоги!

Но мамы рядом нет, ведь она сама ей сказала: ты умерла, не лезь в мои дела. Осколок зеркала — и тот остался внизу, двумя этажами ниже, на стуле, там ещё лежит наволочка с сухими носками, а рядом стоит кровать с тёплой постелью.

Прыгай на пол, Лампёшка, и беги, беги вниз!

Но ноги отказываются. Она сидит на подоконнике, не в силах пошевелиться. Дура, какая же она дура!

Дурак, какой же он дурак!

Заснул, а в это время в комнату кто-то проник. Кто — неизвестно, но он сидит на подоконнике. Сидит и дышит.

— *В атаку! Рви его на куски!* — кричит монстр у него в голове. — *Встреть врага с достоинством и без пощады! С честью и с высоко поднятой головой, кусай здесь, кусай там...*

Но поднять голову он уже не в силах, и ему так хочется пить. Он мог бы выпить целое озеро и ещё два в придачу. В горле дерёт, кожа потрескалась — наверное, у него жар.

Такой решительный момент, его жизнь висит на волоске, а он валяется под кроватью! Ну и тряпка!

Рычание больше напоминает стоны, но Лампёшка колеблется.

Она уже давно здесь сидит, и её так никто и не съел. Но кто-то там есть.

Всё-таки монстр. Чудовище, которое умещается под кроватью.

Но чудовищ не бывает.

— Чудовищ не бывает! — шепчет Лампёшка.

Внезапно существо под кроватью разражается сиплым, похожим на шипение хохотом. Лампёшка в ужасе подтягивает ноги повыше.

Выходит, чудовище и впрямь существует, и оно шипит как змея.

Под кроватью затаилась змея, а она даже без башмаков. Как же добраться до двери?

Девочка вспоминает забинтованную ногу Марты. Капли крови на лестнице.

Она обхватывает колени руками и съёживается в комочек.

Это всего лишь ребёнок, понимает он, да ещё и девчонка, перепуганная, поди, и беззащитная, уж она-то ему точно по зубам.

Если бы не усталость и не жар, он бы в два счёта её...

— *Что, Эдвард?*

Покусал, разорвал, выпил всю кровь? Да нет, скорее...

Попросил бы воды, позвал бы на помощь, умолял бы...

Нет! Ни за что! Он — монстр, а монстры наводят ужас, требуют: дай воды, или я тебя... Что он там собирался сделать?

Чудовищ не бывает, пищит она. Ну, насмешила! Ей-то откуда знать? Даже отец так его называет, а она — «не бывает».

«Сейчас я тебя укушу, — думает Эдвард. — Вот только передохну чуток». Как же ему жарко... и как зябко...

В Лампёшкином воображении чудовище уже давно загрызло её, но на деле ничего не происходит. Его больше не слышно.

Но монстры коварны. Он, конечно, выжидает. Стоит ей шелохнуться, и тогда...

Ну и пусть себе выжидает, она и пальцем не шевельнёт — это она умеет.

Сквозь просвет между шторами она заглядывает в тёмную комнату. Различить что-то можно только в тех местах, по которым скользит луч маяка. Пол усеян книгами, повсюду разбросаны листы бумаги — исписанные, разорванные, в кляксах. На стенах — полки, на них — тоже книги, кривыми рядами. Кресло, низкий столик с чернильницами, перевёрнутая табуретка. В углу что-то темнеет — ванна, что ли? Посреди комнаты — большая деревянная кровать со скомканными простынями. А под ней — чудовище.

Чудовище, которое читает книги? Чудовище, которое умеет писать?

Она представляет себе картину: монстр, с чешуёй и всем прочим, сидит за партой в классе мисс Амалии, а та лупит его линейкой по щупальцам, когда он проливает чернила. Лампёшка прыскает со смеху.

Но почти сразу зажимает рот рукой.

Монстр под кроватью начинает пронзительно верещать.

Она смеётся над ним! Вовсе она его не боится, а наоборот, насмехается!

Никому не позволено над ним смеяться!

Сейчас он... сейчас он... как заревёт самым жутким, самым чудовищным голосом, на какой способен! Вот только из горла вырываются лишь хрип да сипение.

Ничего, он ей покажет! Её не видно, но она сидит там — со слухом-то у него всё в порядке. Нужно просто выждать момент. Пока она на высоком подоконнике, до неё не добраться, но полюбуйтесь: она уже и сама слезает на пол. Спасибо, дурёха, вот ты и попалась...

Она в носках, даже без обуви — пустяки для такого монстра, как он. Эти косточки он прокусит насквозь, он...

Оружие, ей нужно какое-то оружие. Ни дубинки,

ни палки в комнате нет, но на полу лежит огромная плоская книга, и внезапно с Лампёшки спадает оцепенение, она спрыгивает с подоконника, хватает книгу, и, увидев, как что-то вылезает из-под кровати — что-то небольшое, намного меньше, чем она себе представляла, — она двумя руками обрушивает книгу на высунувшуюся голову с такой силой, что книга отзывается дрожью у неё в руках, а сама она валится на пол. Но и чудовище тоже: его тельце откатывается в сторону и остаётся лежать без движения.

Он не ожидал, что она способна так драться. Его голова, всё его тело дрожат от удара, и он проваливается в ночную тьму и не сопротивляется этому — он так устал.

— *Повержен девчонкой...* — фыркает отец где-то далеко, едва слышно. Затем — тишина.

## Колыбельная для чудовища

Лампёшка вскакивает на ноги и бежит по влажному ковру к двери.

Наконец-то дверная ручка — здравствуй, дверная ручка... здравствуй, милая толстая дверь, тебя ни один монстр не проломит... привет, коридор...

Не отпуская ручку, она оборачивается на миг — посмотреть, что же там всё-таки пряталось под кроватью.

Просвет между шторами теперь увеличился, и луч маяка ползёт по книгам, бумагам и по лежащему среди них на полу щуплому созданию. Оно не шевелится, глаза его закрыты.

Это... да это, похоже, мальчик, видит Лампёшка. Мальчик с чересчур крупной головой. Лицо посерело и шелушится, спутанные волосы отдают зелёным. На нём грязная белая рубашка. А под ней — ноги, сросшиеся в тёмный хвост. Как у рыбы.

Она медлит.

— Эй, мальчик, — шепчет Лампёшка. — Эй? Рыба... Рыб... ты умер? Я тебя зашибла?

Ответа нет. Не так уж сильно она его и шмякнула. Или всё-таки сильно?

Лампёшка очень осторожно подходит к нему, готовая в любой момент пуститься в бегство. Легонько трогает его ногой в носке. Он не шевелится. Кажется, он почти не дышит. Девочка наклоняется и прикасается к его руке. Кожа сухая и горячая. Значит, живой.

— Ты как? Тебе что-нибудь принести? Еды? Воды?

При слове «вода» глаза мальчика распахиваются. Лампёшка испуганно пятится, сердце едва не выскакивает у неё из груди. У этого мальчика глаза без белков! Чёрные и блестящие, как у беса или зверя. Через миг они снова закрываются.

— Значит, да? — тонким голосом спрашивает она. — Значит, воды? — Она медленно отступает, пока не нащупывает дверь у себя за спиной. — Хорошо, я принесу.

Лампёшка выскальзывает в коридор и тихонько затворяет за собой дверь. Спасена!

Вниз, сейчас же! Дверь на ключ — и подальше отсюда!

Но она стоит и прислушивается. Из комнаты не доносится ни звука.

На двери большие засовы. Они здесь, конечно, не просто так. Это опаснейшее чудовище, хоть и напоминает мальчика. Который хочет пить. У которого жар. И которому она пообещала воды.

Внизу есть кран с раковиной, рядом — ведро. Она знает все краны в доме.

— Вот вода, — она ставит ведро рядом с ним. — Пей.

Мальчик не шевелится, лежит как лежал.

Лампёшка зачерпывает полный стакан и подносит к его губам, но мальчик не пьёт. Она трогает его за руку, та ещё горячее прежнего. Глаз он уже не открывает, даже когда она осторожно трясёт его.

Девочка вздыхает. Она хочет уйти, но не может. Что-то держит её здесь и заставляет делать то, от чего ей страшно.

Она садится на пол рядом с ним. Его грудь быстро поднимается и опускается.

«Он умирает, — думает она. — Если я ничего не сделаю, он умрёт».

Как-то она нашла в траве птенчика, мокрого и пушистого, только из яйца. А в другой раз — крольчонка. Ей пришлось придумывать, как их спасать, без устали трясти червями у птичьего клюва и тыкать травинками в дрожащий кроличий нос. Птенец всё-таки умер. А вот кролик нет, поначалу нет.

Лампёшка встаёт и сдёргивает с кровати пару простыней, очень грязных, проплесневелых. Она осторожно накрывает мальчика чистым краем простыни и льёт на неё немного воды: может, так он слегка остынет. Окунает в ведро другой край и кладёт ему на пылающий лоб. Потом макает пальцы в ведро и стряхивает капли ему на губы, как делала со своими найдёнышами. Это помогает: рот приоткрывается, мальчик глотает воду.

— Молодец, — шепчет Лампёшка. — Ну что, мальчик Рыб, так-то лучше, а?

Его рот требует ещё, и она даёт ему ещё, и льёт побольше воды на простыню, уже почти высохшую. Мальчик словно бы пьёт воду кожей. Она повторяет то же самое ещё пару раз и опускается рядом с ним, прислонившись спиной к кровати.

Существо под простынёй дышит спокойнее. Лампёшка прикасается к его руке — она уже не такая горячая, — и его пальцы сжимают её ладонь.

— *Спи, мальчик Рыб, засыпай*, — тихонько напевает она. — *Не чудище ты, баю-бай.*

Не чудище. Но кто же тогда?

## Женщины с хвостами

Морские разбойники, бывало, рассказывали про такое. Давно. Когда ещё заплывали к ним в гости.

Когда она ещё была маленькая и всё было хорошо.

Звали их Билл, Ворон и Жюль. Были и другие, чьи имена она позабыла. От них пахло выпивкой и пóтом. Лампёшка помогала им насаживать на палочки креветок и куски рыбы. Пираты жарили их на костре и ели прямо с чешуёй и усиками. Они бросали мидий в огонь и ждали, пока те начнут щёлкать. Они горланили песни, без удержу играли в карты и травили истории, а девочка слушала разинув рот.

Конечно, продолжалось это допоздна, и ей давно пора было спать. Но она держалась тише воды ниже травы и садилась подальше от остальных на песок, куда огонь отбрасывал пляшущие тени.

Пираты рассказывали о погибших кораблях, упущенной добыче и ужасном невезении. О стычках с обитателями моря — кровавых стычках с рыбинами величиной с домища. И о стычках друг с другом, ведь неженок среди них, понятное дело, не водилось. Хрясь — рука! Хлобысь — нос, глаз, пара пальцев. У каждого чего-нибудь да не доставало.

В первую очередь, конечно, у её отца. Аж полноги!

Но ту историю он рассказывать не хотел, а если кто настаивал, злился, а мама притихала, и Лампёшку всегда отправляли в постель.

Но изредка... изредка попадался среди них кто-то, кто заплывал дальше остальных, за Белые скалы. И встречал там их.

Женщин-рыб.

Женщин с хвостами.

Женщин с глазами, которые...

Песни утихали, и пираты переходили на шёпот или совсем замолкали и только разглядывали того, кому довелось их увидеть.

Но и тот притихал, словно набрал в рот воды, и только мямлил что-то.

— Ну же, рассказывай, — просили остальные. — Давай же.

И он пытался, но запинался о собственные слова, и всё заканчивалось несвязицей и пожиманием плеч.

— О таком не расскажешь, — вздыхал он, и только.

И все они кивали, эти морские волки. И сидели молча, пока огонь не угасал.

Такое вот существо. Но встретить его здесь, в этом доме? Откуда оно тут взялось?

Лампёшка прислоняется к кровати и зевает. Она осторожно пытается высвободить руку, но его пальцы не отпускают её. Ей ничего не остаётся, кроме как сидеть и петь ему все песни из прошлого, одну за другой.

Их столько, что она всё ещё поёт, когда за окном светлеет и Ник пинком открывает дверь.

Вошедшие медленно приближаются. Ленни прячется за спиной у матери, псы — за его спиной. Ник опускает ружьё, Марта — метлу. Они смотрят на существо, наполовину укрытое грязной простынёй. Чудовище. Хотя какое это чудовище...

Марта качает головой, ей почти смешно. И вот этого она боялась, это ей снилось в кошмарах? Да его только пни — и отлетит в угол.

Ник оборачивается к ней и пожимает плечами:

— Видишь, я же говорил...

Она тут же начинает злиться.

— Ты? Ты вообще ничего не говоришь!

Внезапно мальчик привстаёт и распахивает глаза.

Все отскакивают назад. Ленни выбегает в коридор. Эти глаза! Это не ребёнок, это...

— Да тише вы! — шикает на них Лампёшка. — Не шумите, он болен. — Она заставляет мальчика лечь и снова укрывает простынёй. — И постель у него грязная. Мне нужны чистые простыни и какая-нибудь еда, что-нибудь тёплое, чай, например.

— Да-да, конечно.

Марта уже в коридоре. Может, оно и больное, но она ещё помнит, как его зубы впились ей в ногу. Скорее отсюда! Она подталкивает Ленни, чтобы тот спускался вниз. Псы, сожрав вонючую рыбу, которая так и валялась перед дверью, бегут за ними.

— И ты тоже, пойдём! — сердито говорит она Лампёшке.

Теперь, убедившись, что девочка цела, Марта хочет как следует тряхнуть её и пинком согнать с лестницы вниз, в безопасную кухню. Ну и утро! А она ещё даже кофе не выпила!

— Да-да, — отвечает девочка. — Скоро приду.

Ник неловко стоит посреди комнаты с длинным ружьём в руках. Кинув на оружие смущённый взгляд, он осторожно вешает его на плечо и бормочет:

— Вообще-то оно не заряжено.

Он делает пару шагов по комнате, потом подходит к мальчику, опасливо приподнимает простыню, заглядывает под неё и кивает, словно увидел то, что ожидал. Потом разворачивается и уходит вниз.

Мальчик снова открывает глаза. Они такие странные, такие чёрные. Лампёшка видит в них своё отражение.

— Ещё пить хочешь? — спрашивает она. — Нет? Тогда поспи, Рыб.

Она склоняется над ним, чтобы поправить простыню.

— Я ТЕБЕ НЕ РЫБ! — внезапно вскрикивает мальчик и впивается зубами ей в запястье. Глубоко. Рана тут же начинает кровить, и Лампёшка, спотыкаясь, отступает.

— Забери тебя чесотка! — ругается она. — Ах, ты...

Мальчик выскальзывает из-под простыни и исчезает под кроватью.

— ...гад! Чего кусаешься?

— Сама виновата! — шепчет он из тени.

— Что я тебе такого сделала? Я помочь пыталась! —

кричит Лампёшка.

Она зажимает рану. Кровь просачивается сквозь пальцы и капает на ковёр.

— Не будешь дразнить чудовище!

— Никакое ты не чудовище! — Лампёшка тоже переходит на шёпот. — Просто гадёныш!

Сердито топая, она выходит из комнаты и захлопывает за собой дверь. Бах!

Из-за двери доносится его бормотание. Сначала тихо, потом громче.

— Эй! Я хотел... Вернись, мне скоро пора... Эй!

Лампёшка слышит его, но не останавливается. Кровь с её пальцев капает на ступеньки.

## Кофе с Мартой

Кровь больше не течёт, и ясно, что рана не такая уж серьёзная — полукруг красных дырочек. Шершавыми пальцами Марта накладывает пахучую мазь, которая слегка щиплет, и обматывает Лампёшкино запястье белой тряпицей. Она суетится и полусердито-полусочувственно бормочет: «Это, конечно, тоже не дело...» и «Как же мы теперь...».

— Кто это там, наверху? — спрашивает Лампёшка после перевязки.

Марта бросает на неё угрюмый взгляд:

— Ты же видела. Чего ж спрашивать?

— Мальчик с...

— Мальчик? Да разве это мальчик? Чудовище это! — Она приподнимает Лампёшкино запястье. На перевязи медленно проступают красные точки. — Разве мальчики так делают? Монстр, вот он кто.

Марта сердито хватается за кофейник и принимается заваривать кофе. Напрасно, всё напрасно. Только она понадеялась, что девочка облегчит ей жизнь в этом доме...

Но нет, нет, чего уж. Разве её надежды когда-нибудь сбывались? Она со стуком брякает кофейник на стол.

— С молоком и сахаром?

— Нет, спасибо, — отвечает Лампёшка. — Папа считает, что разбавлять кофе молоком — только кофе переводить.

— Много он знает, твой папа!

Марта громко отхлёбывает кофе и подливает себе ещё молока. Перед Ленни тоже стоит чашка, в которой почти одно только молоко и очень много сахара. Он тихонько сидит на своём месте в углу стола и посматривает на Лампёшкину руку.

Кофе горячий, все дуют на чашки.

— Нужно следить, чтобы он не помер, — начинает Марта. — И чтобы от него не слишком сильно несло. И нужно давать ему то, чего он требует.

— Это кто сказал? — спрашивает Лампёшка.

Марта показывает пальцем вверх.

— Бог?

— Нет, господин Адмирал. — Марта смотрит в чашку. — Всё всегда делал Йозеф. Всё знал. Кормил его, ухаживал — там, наверху. Никому больше видеть его не дозволялось. Конечно, разговоры ходили, и все отказывались здесь работать, а если кто и соглашался, то надолго не задерживался. В этом доме снятся кошмары.

Лампёшка кивает. Она хочет сказать: вообще-то то, что ей снилось и думалось, когда она одна лежала у себя в комнате, было намного страшнее того существа в башне. Но она лишь молча теребит свою повязку.

— Прислуга к нам нанималась только дурная, ничего толком не делала, всё спустя рукава. Да ты и сама видишь, что в доме творится. И так уже давно. Но мы как-то справлялись, старались, как могли. До прошлой недели, когда Йозеф... — Она сокрушённо качает головой. — Когда он однажды вечером не вернулся. И на следующий день тоже. Пока этот, наверху, не принялся выть и визжать. Целый день и целую ночь без остановки. Никто не спал. Никто не решался подняться в башню. Мне пришлось умолять и заклинать, только тогда они пошли. Забрали оттуда Йозефа. Мёртвого, конечно, это и так было ясно. А потом... — Марта глубоко вздыхает. — Потом, когда они снесли его вниз, то кинулись паковать чемоданы. Все: горничная, садовник с помощником. После такого никто не пожелал здесь оставаться. Даже чтобы... Ах, да разве их можно винить? Вот я и пошла в город спросить, не пришлют ли кого в помощь. Думала — хорошо бы дали такого здорового, сильного парня. Который мог бы справиться с этим злыднем наверху. Но, видимо, я как-то не так выразилась. Сама не своя была. Ну вот, и тут прислали...

— Меня, — заканчивает за неё Лампёшка и делает ещё один горький глоток.

— Ах, девочка, — вздыхает Марта. — Что ж... Налью тебе ещё чашечку, а потом иди собирайся. Завтра попрошу, чтоб прислали кого другого. А ты возвращайся домой, к матери.

Лампёшка на мгновение представляет себе, как это было бы прекрасно. Но тут же видит перед собой отца и усыпанный осколками пол. Вспоминает про семь лет. Нельзя ей уходить. И потом, ей мешает ещё кое-что. Ей хочется понять, хочется разузнать побольше об этом странном существе наверху. Она просидела рядом с ним целую ночь и ничего не поняла. Что этот мальчик делает в башне — один?

Лампёшка опускает чашку на стол.

— Я остаюсь, — говорит она.

— Шутишь! — Марта расплёскивает полчашки по столу. — Не может такого быть!

— Не шучу, — отвечает девочка.

— Да как же? Нельзя же ребёнка...

Но в её взгляде уже читается облегчение.

Из своего угла Ленни смотрит на Лампёшку, широко распахнув глаза, будто понял, что́ она только что сказала. Видно, и вправду понял: он задирает голову и подбрасывает в воздух горсть газетных обрезков. Они кружатся повсюду, попадают ему в рот и нос, Ленни разражается чихом и кашлем, а потом вместе с Лампёшкой собирает их. Закончив, он с серьёзным видом заглядывает ей в глаза и гладит пальцем по повязке.

— Мне уже не больно, Ленни, — говорит Лампёшка. — Правда не больно.

— Что ж... — Марта подливает себе ещё кофе. — Не скажу, что я не рада твоему решению. Но ты уверена, девочка? Никто здесь не задерживается. Я и сама бы ушла, если б могла. Да и хозяин в этот раз так надолго уехал. Может, и совсем не вернётся. И останемся мы тут навсегда с его... С этим...

— А имя у него есть? — спрашивает Лампёшка. — Я назвала его Рыбом, но от этого он только взбесился.

— Э... да... — отвечает Марта. — Как его там? Ну же, его зовут... Ох, ну и дырявая у меня память! Ах, да, Эдвард, конечно! Эдвард Роберт Джордж Эванс. Как господина.

— Как Адмирала? — удивляется Лампёшка. — Но почему?

— Я думала, ты уже сообразила. — Марта отрывает глаза от чашки и смотрит на девочку. — Это его сын.

## Как приручить чудовище

«Эдвард, значит, — думает Лампёшка, поднимаясь по лестнице. — Не Рыб. Эдвард». Имя Рыб ей кажется более подходящим. На подносе позвякивают чашка с тарелкой — у девочки слегка дрожат руки.

Кролик так и остался безымянным. Она придумала ему кучу кличек: Пушистик, Длинноух, Вилли... Но мама говорила: «Не надо. Не надо его никак называть. Только привяжешься зря».

Так и случилось. Лампёшка держала его на руках, ласкала, пока он не привык к ней, пока не стал спать в её постели и не перестал убегать.

Мама качала головой:

— Не вздумай слишком его любить.

— А я буду, — отвечала девочка. — Буду, и всё!

Двигаться осторожно, не пугать. Улыбаться. Говорить тихо, ласково. Вот как нужно приручать. Никакое он не чудовище, это уж точно. Кролик поначалу тоже кусался.

Лампёшка тихонько отодвигает засовы.

— Не бойся, это всего лишь я, — объявляет она поспешно, открывая дверь.

В комнате по-прежнему дурно пахнет. Надо открыть окно, постирать простыни, надо...

— Стучаться не умеешь? — доносится до неё сердитый голос. Откуда — непонятно.

— Э-э-э... умею.

Лампёшка оглядывается. Шторы снова задёрнуты. Солнце почти не пробивается сквозь щели, в комнате темно.

— Ну так стучи, — говорит голос.

— Сейчас?

— Нет, сейчас не надо. Ладно, забудь. Поставь поднос. Сюда.

Лампёшка всё ещё никого не видит. Но голос Рыба... то есть Эдварда.

— Сюда. Эй! Ты слепая или глухая?

И девочка наконец замечает: он лежит на полу, почти полностью спрятавшись под кроватью, перед ним — раскрытая книга, чёрные как смоль глаза рассматривают Лампёшку.

— Или просто безмозглая?

— Ах, вот ты где! — приветливо отвечает она. — Я тебя не...

— Что это? Что принесла?

— Твой завтрак, — радостно сообщает Лампёшка.

— Пахнет мерзко. Давай сюда. — Он нетерпеливо постукивает пальцами по полу.

— Ты, наверное, проголодался. — Девочка нагибается

и ставит поднос на пол у кровати.

— Это ещё что такое?

— Э-э-э... Марта сказала, что ты ешь только рыбу, но рыбы не было, она сегодня купит, — быстро и дружелюбно объясняет Лампёшка. — Но ты так давно ничего не ел, что я подумала: принесу тогда яичницу...

— Забери обратно. — Мальчик отталкивает от себя тарелку, и яичница соскальзывает с куска хлеба. — А это? Молоко, что ли? Молока я не пью.

— Но ты уже очень давно ничего не...

— Потерплю ещё денёк. Принеси лучше свежей воды. В стакане. В чистом стакане.

Лампёшка окидывает взглядом комнату: кругом грязь, разводы плесени.

— В чистом стакане, — повторяет она. — Хорошо. Я...

— После этого можешь поменять постель, а в половине четвёртого пришли кого-нибудь. Мне нужно принять ванну.

— Ванну?

— Да, ванну. Каждый день в половине четвёртого я принимаю ванну. Ты в состоянии это запомнить?

— Конечно. Запомню.

Лампёшка наклоняется, чтобы забрать поднос. Мальчик бросает взгляд на повязку у неё на руке, но ничего не говорит. Вблизи она видит, что его кожа уже не такая серая и шелушащаяся. И сам он не такой изможденный, как прошлой ночью, не такой бледный и горячий. Сейчас, когда хвост не на виду, он кажется обычным мальчиком. Ну да, мальчиком — с зелёными волосами, чёрными как смоль бесовскими глазами и полным ртом острых зубов.

— Чего? Чего уставилась?

— Ничего, — спохватывается Лампёшка. — Ничего я не уставилась.

Она опускает поднос на большой комод, заваленный книгами и бумагами. Среди бумаг стоят грязные чашки, их надо будет снести на кухню. Она принимается раздвигать шторы на окнах.

— Я разве просил тебя это делать?

— Нет, — улыбается Лампёшка как можно дружелюбнее. — Но сегодня такое солнышко, что...

— Ненавижу солнце. Закрой.

— Вот как... Хорошо.

Она задёргивает шторы. «Гладить дикого кролика, пока тот не привыкнет, было проще», — думает она. Но и это заняло много времени. У пятого окна девочка задерживается. Вдали на фоне голубого весеннего неба — тёмно-серый маяк.

— Ты что, глухая? — говорит мальчик. — Или до тебя всё долго доходит? — Он нетерпеливо пощёлкивает пальцами.

— Ты что-то сказал? — оборачивается к нему Лампёшка.

— Да, дважды. Повторю: подай атлас, пожалуйста. Положи сюда.

— Чего?

— Ты не знаешь, что такое атлас?

— Знаю, конечно... просто не расслышала. — Лампёшка отводит глаза.

Не очень-то легко говорить с таким ласково.

— Атлас. Ат-лас.

Девочка озирается по сторонам.

— На букву «А».

— «А»?

— На книжной полке, — цедит он.

— Ага! — доходит до Лампёшки. — Это такая книга?

— Да! Книга, да! — Мальчик внезапно срывается на крик. — Книга! С картами! Географическими! Морскими! Ты что, карт никогда не видела, деревенщина?! — Он скалится, из его глаз словно брызжет яд.

Лампёшка растерянно пятится. Книги здесь повсюду. Она подходит к стене и разглядывает полки. Книги стоят рядами, все в коричневых кожаных переплётах, все повёрнуты спинами-корешками к ней, словно нарочно над ней насмехаются.

— Она такая... э-э-э... коричневая?

«Э», она знает только букву «Э», и даже её нигде не видать. Мальчик на полу следит за каждым её движением. Она нерешительно снимает с полки книгу, первую попавшуюся.

— Эта?

Он не отвечает — неужели угадала? Она оборачивается и видит в его глазах изумление.

— Да она не умеет читать! — восклицает он. — Ты не умеешь читать!

Лампёшка молча кладёт перед ним книгу.

— Это не та.

— Книга есть книга.

— Ничего подобного! — Отталкиваясь локтями, он слегка выползает из-под кровати, вот-вот — и покажется хвост. — Почему ты не умеешь читать? Ты что, в школу не ходила?

— Ходила.

— Но для школы у тебя, конечно, не хватило мозгов.

— Две недели. Я проходила всего две недели.

— Две недели? А потом что?

— А потом... Пришлось другим заняться.

— Чем другим?

— Не твое дело! — Она берёт поднос с остывшей яичницей, он трясётся и позвякивает у неё в руках. — Пойду отнесу это вниз. И принесу новые простыни. И полотенца. И чистый стакан. А в полчетвёртого вернусь, чтобы помочь тебе искупаться. Я всё запомнила, представляешь? И определять время я, к твоему сведению, тоже умею.

Широкими шагами Лампёшка направляется к двери. Она совсем забыла, что собиралась двигаться неторопливо, спокойно, но чего уж теперь.

На пороге она слышит:

— Погоди!

— Чего тебе?

— Это же будешь не ты?

Он снова скрылся под кроватью, почти полностью.

— Что не я?

— Не ты же теперь... будешь приходить?

— Я, — кивает Лампёшка. — Я, Эдвард. Тебя ведь Эдвардом зовут? — Она пытается улыбнуться, но получается не очень. Всё равно ему оттуда не видно.

— Неужели больше некому?

— Нет, — отвечает Лампёшка. — Больше некому.

И уходит. Вниз, на кухню.

Однажды утром он, конечно же, исчез, её кролик. Как мама и предсказывала.

Утром она проснулась одна, а днём обнаружила зверька болтающимся на крючке в сарае — обезглавленным и освежёванным.

Что ж, денег у них много не водилось, а есть что-то надо было. Это Лампёшка понимала.

Было больно, но она понимала.

## Эта безмозглая девчонка

Когда она наконец уходит, у него вырывается вздох облегчения. Да как они посмели? Прислать ему такую безмозглую девчонку, такую безграмотную деревенщину!

И ей поручено за ним присматривать? Делать всё то, что делал Йозеф? Представить невозможно! Пусть только попробует вернуться — он загрызет её насмерть!

Она что, целую ночь ему пела? Или это ему приснилось? Ну и ладно, какая разница.

Понятное дело, никто не рискнул к нему подняться, вот они и прислали такое.

Узнай об этом отец, он бы, он бы... Он бы ни за что не согласился, он бы выставил её из дома и нашёл кого-нибудь другого, нового Йозефа, кого-нибудь более подходящего для адмиральского сына.

Или нет? А может, он бы и пальцем не пошевелил?

Глупости, пошевелил бы.

Тогда где же он, почему не возвращается?

Ведь отец всегда хоть раз в год да приезжает домой?

Он сбился со счёта — год уже прошёл?

Эдвард поворачивается на бок и натыкается взглядом на сбрую, которая валяется в углу, и помост с перилами: он уже много дней стоит без дела — ещё бы, после всего, что произошло.

— *И ради этого мне возвращаться из Японии?* — слышит он голос отца. — *Ради сына, который не прилагает усилий, даже не пытается?*

— Я был болен, — оправдывается Эдвард. — Я чуть не умер.

— *Болен? И это ты называешь болезнью? Семь недель малярии — вот это болезнь. Когда тебя колотит лихорадка, красные нарывы гноятся, вот это называется...*

— Да, да! — кричит мальчик. — Перестань, я и сам всё знаю.

У него трещит голова. И, конечно, по-прежнему пусто в животе. Зря он отказался от той мерзкой яичницы.

Он ложится на спину. Завтра снова за тренировки. Утром, первым же делом. А сегодня — купаться, наконец-то купаться.

Если она, конечно, вернётся, эта безмозглая девчонка.

## Купание

Она, конечно, возвращается — ровно в половине четвёртого. И даже приносит рыбу, за которой Марта сбегала на рынок.

— Можешь сегодня отнести наверх. Если опять пойдёшь. По мне, так можешь и не ходить.

Лампёшка кивнула.

— Я пообещала в полчетвёртого помочь ему искупаться.

— Пф-ф! — прыснула со смеху Марта. — Чудовище, которое умеет определять время?

— Он не чудовище, — в очередной раз повторила Лампёшка. Но уже не так уверенно. Всё-таки отчасти и чудовище.

— Я тут кое-кого привела, — обращается Лампёшка к заплесневелой кровати. Эдварда не видно и не слышно, он прячется. — Ленни, снизу, ты ведь не против?

Молчание. Она кладёт на грязную постель стопку чистых простыней.

— Он немного... э-э-э... медленно соображает. Но он очень сильный, поможет мне. В такую ванну войдёт вёдер тридцать, а мне неохота тридцать раз...

— Нет.
— Но...
— Меня никто не должен видеть, это одно из правил. Понимаешь? Есть правила.

Голос доносится из-под кровати, однако его обладатель не показывается.

— Но он тебя уже видел, Рыб. Эдвард. — Лампёшка наклоняется и ставит тарелку с кровавыми кусками рыбы на пол. — Сегодня утром. И хвост твой тоже видел.

Эдвард вылетает из-под кровати и одним прыжком валит её на спину. Лампёшка стукается головой об пол, задыхаясь от испуга. Его смоляные глаза совсем близко, она чувствует его дыхание у себя на щеке.

— Это! — шипит он. — Спайка!
— Что? О чём ты?
— Не хв... Не то, что ты сказала! Спайка! Мои ноги просто срослись друг с другом! Повтори!

Она пытается выскользнуть из-под него, но он прижал её руки к полу.

— Э-э-э... Но...
— Повтори!
— Как скажешь, — говорит она. — Спайка так спайка. Отпусти меня.

Он отпускает и заползает обратно под кровать.

— Это пройдёт с возрастом. Такое возможно. Если очень много тренироваться. Так сказал один доктор.

— Вот как... — говорит Лампёшка, потирая ноющей от боли рукой ноющий от боли затылок. Весёлая ей досталась работка, ничего не скажешь! — А как именно нужно тренироваться?

Эдвард молчит.

Для Ленни натаскать тридцать вёдер воды — пустяк. Заходя в комнату, он каждый раз боязливо оглядывается и расплёскивает воду целыми лужами, но, не найдя нигде чудовища, успокаивается. Выливает ведро за ведром в тяжёлую чугунную ванну. На поверхность всплывают ошмётки чёрного налёта, дохлые комары. «И грязь, повсюду грязь», — думает Лампёшка.

Она молча перестилает постель. Интересно, он когда-нибудь в неё ляжет?

Из-под кровати слышно, как мальчик рвёт рыбу зубами и пережёвывает.

— Правило первое: мне нельзя с головой уходить под воду. Правило второе: в воде можно находиться сто тридцать пять секунд. Ровно сто тридцать пять — ни секундой больше, ни секундой меньше. И время отсчитывать будешь ты. Умеешь?

— Умею, — вздыхает Лампёшка. — Запросто. Но почему так недолго?

— Чем меньше, тем лучше.

Мальчик всё ещё наполовину скрывается под кроватью, рубашку он уже снял. Тело его худое и бледное, с остро торчащими лопатками.

— Но ведь гораздо приятней...

— Ты вообще способна просто делать что говорят?

— Способна.

— Вот и делай. И считать будешь ты, потому что я забываю.

— Как это — забываешь?

— И не подглядывать! Пока я лежу в ванне, смотреть на меня нельзя. Это третье правило. Ясно? Отворачиваешься к стене и считаешь. Вслух.

Лампёшка кивает и шлёт улыбку Ленни, который ждёт её за порогом.

— А когда время кончится, поможешь мне вылезти. Даже если я не захочу. Вылезти — это обязательно. Поняла?

— Поняла-поняла.

Он выбирается из-под кровати и ползёт по комнате. Тёмный хвост — нет, спайка, — извиваясь, тянется за ним. Добравшись до края ванны, он делает глубокий вдох и пытается подтянуться. Не выходит. Он пробует ещё раз. И ещё.

— Я смогу, — пыхтит он. — Всегда мог.

— Давай помогу?

— Ты подглядываешь!

— Не хочешь — не надо.

Лампёшка отворачивается и слушает, как он бьётся, чертыхаясь вполголоса:

— Ну давай же, слабак, неженка! Давай же!

— Ты был болен, — говорит она. — Прошлой ночью чуть не умер, помнишь?

— Ну и что? Это не оправдание... — Она слышит, как он опять соскальзывает на пол. — Смогу, и всё. Нет, не лезь! Не смотри!

Лампёшка, не слушая, подходит к мальчику и обхватывает его за пояс. Он такой лёгкий, что она без труда его поднимает. На миг она чувствует прикосновение его хвоста, прохладного и мягкого, как лягушачья кожа. Мальчик плюхается в воду и выныривает, отфыркиваясь и вопя:

— Нельзя! Мне нельзя с головой под воду!!! Я же говорил! Почему не слушаешь?

— А, да, забыла.

— Иначе я утону, говорил же! У тебя что, совсем мозгов нет?

Лампёшка вздыхает. Гладь кролика, милого кролика.

— И уйди! Не смотри! И считай: семь, восемь...

— Уже начинать?

— Да, безмозглая девчонка! Десять, одиннадцать...

— Но всё-таки зачем? Ладно, уже начала, уже считаю! — От взгляда его чёрных глаз она всякий раз вздрагивает. — Э-э-э... тринадцать, четырнадцать...

Медленно считая, Лампёшка подходит к двери, из-за которой выглядывает Ленни.

— Шестнадцать, семнадцать, — продолжает она. — Спасибо тебе, милый Ленни. Восемнадцать, девятнадцать. Я скоро закончу, но ты иди, если хочешь. Двадцать. Двадцать один. — Она улыбается парню, но вдруг замечает, что Ленни вовсе не смотрит на неё, а с разинутым ртом разглядывает что-то у неё за спиной. Лампёшка оборачивается.

Эдвард лежит в ванне, голова наполовину под водой. Его глаза медленно распахиваются, и цвет их начинает меняться.

Чёрные — карие — тёмно-зелёные — охряные — оранжевые — золотые. Глаза, полные золота, глаза, из которых льётся золото.

Лампёшка изумлённо разевает рот. Рядом тяжело дышит Ленни, и вместе они не сводят взгляда с тёмного угла комнаты, где внезапно стало намного светлее.

Девочка забывает, что ей запрещено подглядывать. Забывает про счёт.

«Я падаю, — думает Эдвард. — Я падаю, и поймать меня некому».

Он не доверяет ей ни на грош, этой упрямой девчонке. Йозеф тысячу раз повторял: чем меньше, тем лучше. Нельзя тебе долго находиться в воде, мальчик. Ни в коем случае. Это опасно.

Наверняка она не умеет считать, наверняка запутается. Никто о нём не заботится, он предоставлен сам себе, ему нельзя терять головы. Он судорожно сжимает края ванны. Сколько уже прошло времени, сколько ещё осталось?

Он чувствует, как вода ласкает его кожу, наконец-то! Такая прохлада, такая нега, ему так этого не хватало. Может, на этот раз покупаться чуточку дольше? *Забудь ты о ней, об этой безмозглой девчонке! Забудь о времени, забудь обо всём, забудь самого себя... Почувствуй прохладу, почувствуй нежность...*

Нет! В этом-то всё и дело, как раз в этом! Нельзя! Он напрягает слух, чтобы услышать, сколько прошло времени. Уже пора вылезать. Почему она его не вытаскивает?

Он чувствует, что падает... и поймать его некому.

— *Я тебя поймаю,* — нашёптывает вода. — *Падай. Не бойся.*

Только когда голова мальчика — подбородок, рот, нос — начинает медленно погружаться в воду, только когда она понимает, что золотые глаза вот-вот с шипением потухнут, Лампёшка спохватывается. Сколько секунд прошло? Она понятия не имеет, наверняка больше, чем...

— И... сто тридцать пять! — торопливо объявляет она. — Пора вылезать!

Мальчик погружается всё глубже, его руки соскальзывают с кромки ванны в воду. Лампёшка быстрым шагом подходит к ванне, засовывает руки в холодную воду и пытается его вытащить. Невозможно: кажется, он стал теперь гораздо тяжелее.

— Ленни, помоги!

Он не хочет помогать, ни капельки не хочет, но девочка зовёт, и он всё же осторожно заходит в комнату и вынимает мокрого мальчика из воды. Ленни как можно дальше отставляет голову и зажмуривается, словно держит в руках гнездо ядовитых змей. Бросив Эдварда на кровать, он поскорее прячется в коридоре.

Золотые глаза закрылись. Мальчик лежит на простыне, его грудь медленно вздымается и опускается. Его хвост — самый настоящий хвост, видит теперь Лампёшка. По всей его длине тянется тонкий белый шрам, как будто кто-то когда-то пытался разрезать его надвое. Лампёшка накрывает мальчика чистой белой простынёй.

— Слишком долго! — Его голос доносится будто издалека.

— Нет, все хорошо...

— Слишком долго!

— Я на минуту забыла, что надо считать, совсем на чуть-чуть, я увидела...

— Даже на это ты не способна.

— В следующий раз я... Завтра я...

Он отбрасывает простыню и соскальзывает под кровать, в темноту.

— А теперь вон отсюда, — шипит он. — Оставь меня одного.

## Как проходят дни

Так отныне и проходят дни.

Она каждое утро приносит ему завтрак, ждёт, пока он поест, и относит поднос обратно на кухню.

Она по-прежнему старается разговаривать бодро и приветливо, хотя уже почти не верит в то, что его можно приручить.

Она старается подавать ему то, что он просит, но чаще всего ошибается. Не та книга, не те карты. Африка вместо Японии. Гренландия вместо Индонезии. Ей-то откуда знать? «Светила из тебя не выйдет, Лампёшка», — говорил отец. Что ж, он прав.

— Научить тебя читать, что ли? — несколько раз раздражённо предлагал мальчик. — Ничего легче на свете нет!

— Нет, спасибо.

— Если ты, конечно, не тупица.

Вот-вот.

При любой возможности она проскальзывает за штору и смотрит вдаль, на свой старый дом и на море, каждый день разное — зелёное, серое, серо-зелёное, серо-голубое, — и жаждет почувствовать в волосах ветер, а под ногами — прохладные ступеньки маяка.

— Ты ещё здесь? Да что ты там делаешь, на что глазеешь?
Она не говорит.

Днём она приходит его купать. Ленни помогает: сносит вниз грязную воду, таскает наверх чистую, опускает мальчика в ванну и вынимает оттуда, когда тому нужна помощь. Помощь нужна всегда. Каждый день Эдвард объявляет, что в помощниках не нуждается, что его мышцы окрепли и что сегодня он обойдётся сам, но каждый день приходится ему помогать.

Да Ленни и не против. Он послушно ждёт в коридоре и при любой возможности поглядывает из-за двери на девочку.

Лампёшка, как положено, считает до ста тридцати пяти и больше не ошибается. Называет спайку спайкой, а не хвостом. Зовёт мальчика Эдвардом, а не Рыбом. Сдувает пыль с книг и вперемешку расставляет их по полкам. Собирает в саду цветы и ставит их в вазочку рядом с его тарелкой. И тут же забирает, потому что ему это кажется смешным. Он же не корова! Она надраивает грязные окна, очень медленно и тщательно, особенно то окно. Она думает об отце и беспокоится. Время от времени она гуляет по саду и посматривает на то самое дерево с веткой, что тянется к ограде.

Так отныне и проходят дни.
Она появляется каждое утро, эта девчонка, и каждое утро он вынужден заново привыкать к тому, что это она,

а не Йозеф, спокойный и невозмутимый, всегда точно знающий, что нужно делать. Привыкать к тому, что ей приходится вечно всё объяснять и чаще всего без толку. Что она тупица, даже читать не умеет, и как же она бесит его тем, что без конца вертится у кровати, а потом прячется за занавеской и пялится в окно или что она там делает. Пока он не рявкнет на неё как следует — это обычно помогает.

Спровадив её, он приступает к тренировкам: делать это у неё на глазах он не желает.

Он упражняется до посинения, влезает в сбрую, подтягивается на перилах помоста и подстёгивает свои мышцы, гаркает на них, чтобы крепчали, не ныли, а держали его на ногах! Но они слушаются его с таким трудом, с таким трудом... да если честно, совсем не слушаются.

До того, как Йозеф... Когда Йозеф ещё был жив, удавалось иногда сделать пять шагов подряд. А то и шесть. А теперь? Два, самое большое — три. Это даже не шаги, а какие-то неуклюжие прыжки. И тут опять входит она, скачет вприпрыжку на этих своих ногах, на ступнях, словно на свете нет ничего проще, словно она издевается над ним.

Тогда ему только и хочется, что покусать её, помучить, довести до слёз.

Но получается это, только если он запрещает ей смотреть в окно. Шторы не раздвигать, приказывает он. Всё сделала — мигом вниз. Пусть себе смотрит в окно где-нибудь в другом месте.

— Буду смотреть, где захочу! — кричит она.

Но на глазах уже выступают слёзы, ха-ха!

— Ничего подобного, — отвечает он. — Будешь делать то, что тебе приказывают.

— Ах, так?

— Да, так. Я здесь хозяин.

Так оно и есть: в конце концов, это дом его отца.

— Тоже мне хозяин! — кричит она. — Сидит под замком в своей каморке! Тоже мне хозяин — прячется под кроватью!

Он с воплем кидается к ней, его зубы ищут её ноги, и она, пятясь, выпрыгивает из комнаты.

— Монстр!

Да, так и есть! Он — вселяющий ужас монстр! Он торжествующе раздувает грудь. А она что думала? Безмозглая девчонка. Бывают же такие!

Наутро она не появляется — впервые. Не появляется целый день. И вечером тоже.

## Ограда

Лампёшка уже битый час бродит по саду. Все думают, она в башне, но нет. Не сегодня. И завтра тоже нет. Девочка пинает заросли крапивы. Больше никогда! Хватит с неё! А вот и дерево, которое она искала.

Она, конечно, всех подведёт. Марта расстроится. А Ленни... Ленни и подавно. Ну, что ж поделаешь. Найдут кого-нибудь другого. Кого-нибудь, кто уживётся с этим змеёнышем наверху. Кого-нибудь, кто способен сносить оскорбления. Кого-нибудь, кто обучен грамоте, не такой олух, как она.

У дерева удобные раскидистые ветви, она легко взбирается на нижние и лезет к той, что почти достаёт до заострённых чугунных верхушек. Если действовать осторожно, то, пожалуй, можно их преодолеть, сильно не поранившись.

Лампёшка доползает до места, где ветка становится совсем тонкой, набирает в лёгкие побольше воздуха, хватается за ограду и пробует перемахнуть через неё.

Сразу же ясно, что дела её плохи. Вместо того чтобы удержаться наверху, она немного соскальзывает вниз и цепляется за облупленную перекладину. Она дрыгает ногами в поисках опоры, но ничего не находит.

Остаётся только висеть. Разожми руки — упадёшь. Не разжимай — поболтаешься ещё немного и всё равно упадёшь. Лучше не смотреть, как высоко падать и сколько колючек и шипов ждёт на земле. Да и окажешься не на той стороне ограды.

Лампёшка пробует ещё раз, испускает отчаянный вопль, чтобы придать себе сил, и тянет ногу как можно выше, но не дотягивается, даже близко не достаёт.

— Эмилия? Эмилия Ватерман? Святые угодники! Что ты там делаешь?

Лампёшка не верит своим ушам. Кажется, ей знаком этот голос. Как это возможно? Однако уже слышны торопливые шаги, и вот, далеко внизу, появляется фигура мисс Амалии, бегущей к ограде с другой стороны.

— С ума сошла? Немедленно спускайся! — кричит она. — Нет! Не надо, не шевелись. Не разжимай руки, а то сломаешь себе что-нибудь!

А что Лампёшке ещё остаётся? Только висеть.

— Добрый день, мисс, — бормочет она.

У неё сводит пальцы, долго ей не продержаться.

Своими длинными руками мисс Амалия пытается сквозь прутья решётки поймать Лампёшку за ступню. Она хватается за башмак, и девочка испуганно вопит — так учительница стащит её вниз. Та тут же отдёргивает руку.

— Эй! — Мисс Амалия тревожно сотрясает решётку ограды. — Поможет нам кто-нибудь? Меня кто-нибудь слышит? Глупая девчонка! Глупая, неблагодарная девчонка! А я ещё принесла тебе кое-что, теперь придётся оставить у себя. — Учительница мечется за решёткой, как тигр в клетке. — Что же тут всё-таки за прислуга! Такая расхлябанность, такая распущенность — это я и в прошлый раз заметила. Знаешь, Эмилия, у меня прямо руки чешутся надавать тебе тумаков. Почему же никто не идёт? Люди!

Лампёшкины пальцы так болят, что мочи нет. Она бросает взгляд вниз: под ногами ничего, на что можно приземлиться помягче.

«Что ж, мне конец, — думает она. — Мама, лови!» Она зажмуривается.

— Ну давай же, — раздаётся у неё за спиной. — Падай, не бойся.

И она начинает падать, но вдруг её башмаки во что-то упираются... плечи в кожаном плаще... Ник! Он крепко держит её за лодыжки. Лампёшка, с дрожащими руками, красными саднящими ладонями и растопыренными пальцами, сползает вниз. Ник подхватывает её, спускается по приставленной к забору деревянной лестнице и мягко ставит на землю. Лампёшка переводит удивлённый взгляд с лестницы на Ника. Он-то откуда здесь взялся?

— Ну наконец-то! — Мисс Амалия нетерпеливо барабанит по решётке. — Я уже полчаса тут зову на помощь. Вы что, спите на службе?

— Цела? — тихонько спрашивает Ник.

Лампёшка кивает и вытирает ладони о платье. На ткани остаются следы ржавчины, ошмётки краски и кровь.

— Повезло тебе, Эмилия, хоть ты этого и не заслуживаешь. Сломай ты что-нибудь, глядишь, и научилась бы чему. Ты хоть поблагодарила этого господина как положено?

— Спасибо, — бормочет Лампёшка. Она и правда рада, что цела.

— Да не за что, — отвечает Ник, вынимает из кармана связку ключей и показывает Лампёшке. — Захочешь выйти за ворота, — шепчет он ей на ухо, — просто загляни в плотницкую и попроси.

«Куда?» — удивляется Лампёшка.

— Эй! — Мисс Амалия опять трясёт решётку. — Вы открывать-то собираетесь?

## Платья

Всё как в прошлый раз: Лампёшка вновь шагает по дорожке между изгородей, чувствуя у себя на плече прохладную ладонь мисс Амалии. И вновь стоят они вместе на крыльце Чёрного дома, а из коридора доносятся лай и крики, звук приближающихся шагов, и удивлённая Марта с примятыми после дневного сна волосами открывает дверь. Видно, что Марта тоже недоумевает: опять?

— Вы, конечно, и не подозреваете, — тут же начинает мисс Амалия, — что творится за вашей спиной... — Она проталкивает Лампёшку мимо Марты в коридор.

— Я спала, — отвечает Марта. — Я каждый день в это время ложусь отдыхать.

— И ей это, разумеется, прекрасно известно. Кухня там? Отлично.

Марта идёт следом за ними:

— Что случилось, Лампёшка?

Лампёшке внезапно делается стыдно. Ей нравится Марта, не надо было её бросать.

— Эмилия пыталась сбежать, — громко сообщает мисс

Амалия. — Сегодня не среда, так что, насколько я понимаю, у неё не выходной. Да и работу она не закончила, это ясно.

Учительница оглядывает кухню: грязная посуда, неубранный стол, пахнет мокрой собачьей шерстью.

Марта хватает со стола чашку, но останавливается.

— Если Лампёшка хочет уйти, пусть уходит, — говорит она. — Здесь не тюрьма.

— Может, и не тюрьма, — отвечает мисс Амалия. — Но вы отвечаете за эту девочку. Придётся мне доложить о случившемся.

— Неужели?

— Да. В том числе, со временем, и господину Адмиралу.

— Докладывайте, докладывайте.

Лампёшка пытается поймать взгляд Марты и дать ей понять, что она просит прощения, но Марта на неё не глядит.

— А теперь о том, зачем я, собственно, пришла... — Мисс Амалия отодвигает тарелку и пару чашек и кладёт на стол коричневый свёрток. — Надо бы мне просто унести его обратно, Эмилия, потому что ты этого не заслуживаешь. Но не такой я человек. Разверни-ка!

Лампёшка медлит, и учительница сама разрывает бумагу. В свёртке оказывается стопка одежды из тёмно-коричневой клетчатой ткани. С белыми воротничками и пуговицами.

У Марты на лице написано возмущение:

— О нет, что вы! Не нужно, я сама уже начала кое-что...

Мисс Амалия берёт верхнее в стопке платье и прикладывает его к Лампёшкиным плечам. Платье явно велико.

— Начать любой может, — говорит она, улыбаясь. — Но засчитывается нам только то, что удалось закончить, не так ли?

По вечерам Марта садилась за шитьё, Лампёшка это видела, но не знала, что́ она шьёт и кому. Какая Марта добрая! Лампёшке ещё никто никогда не дарил нового платья. А тут — сразу столько! Она проводит рукой по тёмно-коричневой ткани, та царапает её в ответ.

Мисс Амалия отталкивает руку девочки.

— Не замарай! Давай, раздевайся. — Она улыбается ещё шире. — Мужчин тут нет, уважаемая Марта наверняка не против.

Марта не отвечает улыбкой на улыбку.

Мисс Амалия бросает Лампёшкино платье, всё в пятнах крови и ржавчины, на спинку стула и натягивает ей через голову новое. Ткань грубая и жёсткая, девочка тонет в тёмном клетчатом балахоне.

Марта поднимает один из болтающихся рукавов и натянуто улыбается:

— В него и две таких девочки влезут.

— Ничего подобного! — Мисс Амалия берёт другой рукав и подворачивает манжет. — Дети в таком возрасте быстро растут. Конечно, при условии, что их прилично кормят.

— Об этом можете не беспокоиться, — Марта вытягивает рукав ещё сильнее. — Она просто щуплoвата для своих лет.

— Это уж точно.

Лампёшка переводит взгляд с одной женщины на другую: обе вцепились в её рукава и оглядывают её, будто телёнка на базаре.

— Помню, как она дрожала тут в коридоре, — внезапно разражается смехом мисс Амалия. — Боялась чудовища!

Лампёшка вздрагивает и чувствует, что Марта тоже напряглась.

— И чем же всё кончилось, Эмилия?

— У-у... — тянет Лампёшка. — Ну...

Марта отпускает рукав и отворачивается к раковине.

Мисс Амалия одёргивает платье. Оно доходит Лампёшке почти до лодыжек.

— Очень мило, скажу без лишней скромности. Ну так что? Никаких чудовищ, так ведь?

— Я... э-э-э... — мямлит Лампёшка.

Марта со стуком ставит на плиту кофейник.

— Кофе. Заварю кофе.

— Разве это не входит в обязанности Эмилии?

— Свой кофе я завариваю сама, — отвечает Марта, повернувшись спиной к учительнице. — Лампёшка, проводи гостью.

— Благодарю за предложение, — отвечает мисс Амалия. — Но кофе я не пью. — Она опять оглядывает неприбранную кухню. — Что ж, о гардеробе Эмилии можете больше не беспокоиться. Так у вас останется время на... другие важные дела. Я непременно зайду ещё раз. Всего хорошего.

Марта бормочет что-то в ответ. На любезное прощание это не очень похоже.

Ходить в новом платье не так-то просто. Тяжёлая материя обвивает Лампёшкины ноги, а рукава опять свесились и болтаются туда-сюда.

На полпути к входной двери учительница останавливается.

— И тем не менее... Несмотря на... — Она кивает

на потрескавшуюся плитку и затянутые паутиной углы. — Тем не менее я считаю, что удачно тебя пристроила. Ты ведь ходила в школу совсем недолго. Но всё же достаточно долго, чтобы понять: это не для тебя. Так ведь? Чтение. Письмо.

— Но... это же потому, что... Мне пришлось бросить, потому что мама...

— Учёба не каждому по силам. Тут уж ничего не поделаешь, детка.

Лампёшка выпрямляет спину:

— Вообще-то здесь есть кое-кто, кто готов меня научить. Читать, и писать тоже.

Она брякнула не подумав и надеется, что мисс Амалия не спросит: «Неужели, и кто же это?»

Но мисс Амалия разражается смехом на весь коридор:

— Ах, Эмилия... Не давай морочить себе голову! На свете есть четвертаки и гривенники. И гривеннику негоже пытаться стать четвертаком — его ждёт одно разочарование.

Она отворачивается и идёт к двери.

Лампёшку охватывает бешенство — такое, что всё плывёт перед глазами. Ей хочется догнать учительницу и пнуть её как можно сильнее, но её словно удерживает жёсткое, душное платье. Да и не стоит, пожалуй. Не двигаясь с места, она смотрит вслед высокой фигуре — учительница уже почти у двери, качает головой, поражаясь невоспитанности этой девчонки, — и тут Лампёшке на ум приходит кое-что другое. Намного более важное.

— Постойте! — Она срывается с места и бежит по коридору со всей быстротой, какую позволяет её коричневая смирительная рубашка. — Мой отец! — кричит она. —

Как он, где он, вам известно про него что-нибудь?

Теперь ей хочется пнуть саму себя. Про это ведь надо было спросить в первую очередь! Про это и ни про что другое.

Мисс Амалия замирает на придверном коврике и вздыхает.

— Ты правда хочешь знать?

— Да. — Лампёшка переводит дух. — Хочу.

## Зев ночи

Лампёшка возвращается на кухню, голова её полнится новыми мыслями. Подол платья колет ноги. Кажется, она в жизни ещё ни к чему и ни к кому не испытывала такого отвращения, как к этой учительнице и её подарку. Ей хочется немедля кинуться наверх и выглянуть в окно, и наплевать, что скажет этот мальчишка. Но сперва нужно поговорить с Мартой. Та, конечно, тоже рассердилась.

Марта сидит за грязным столом с чашкой кофе в руках. При виде Лампёшки она поначалу качает головой, но потом прыскает и от души заливается смехом.

— Боже мой, девочка, какое ужасное платье! Ты прямо как монашка. Сними скорей, умоляю!

Она кидает Лампёшке её старое платье.

— Поработаю ещё вечер-другой и сошью тебе новое. Госпоже учительнице оно, разумеется, придётся не по вкусу, ну и пусть её.

Лампёшка с облегчением сбрасывает тёмное тяжёлое платье на пол, натягивает своё старое — грязное, уютное — и поднимает глаза на Марту.

— Я ведь не хотела сбежать по-настоящему, — робко говорит она. — Точнее... э-э-э... не знаю, мне вдруг... Простите меня.

— Ладно, не извиняйся. — Марта ставит перед ней чашку кофе и подливает молока. — Я бы тоже сбежала, если б могла. Но не могу.

— Почему? — спрашивает Лампёшка.

— С Ленни? Куда ж нам идти-то? — Она внимательно смотрит на девочку. — Что, жутко там, наверху? Он... Что он делает?

— Да ничего, — отвечает девочка. — Не так уж всё и плохо.

— Если ты хочешь, чтобы я тоже разок сходила....

— Не нужно. — Лампёшка благодарна Марте, ведь она знает, как сильно та боится идти наверх.

— Кликни Ленни, — говорит Марта. — Он уже полчаса дрожит в кладовой.

Лампёшка открывает дверь, и в кухню с лаем врываются псы, за ними, спотыкаясь и с напуганной физиономией, появляется Ленни.

— Она ушла, не бойся, Ленни. Иди к нам.

Парень осторожно садится за стол и берёт свои ножницы.

— Схожу наверх, — говорит Лампёшка после ужина.

— Так поздно? — удивляется Марта.

— Да. Я ненадолго.

Она с топотом взбегает по лестнице, торопливо стучит в дверь. Не дождавшись ответа, входит в комнату, кидается к окну, прячется за штору и смотрит.

Спускаются сумерки, из моря медленно выползает тьма. «Зев ночи» — называла это когда-то мама. Вдруг вдали вспыхивает огонёк. Свет разгорается всё ярче и начинает медленно вращаться. Он там, знает теперь Лампёшка, под замком. Наверное, полуголодный и совсем без выпивки. Скорее всего, проклинает всех подряд и её в первую очередь, но этот свет — её отец, вот он. Это он его зажигает.

— Что ты там делаешь? — доносится из-под кровати. Голос мальчика сердитый и сонный, будто его разбудили. — Я же запретил тебе смотреть в то окно. А тебе хоть бы хны. И где ты сегодня пропадала? Я даже не купался, ты что, не знаешь, что со мной будет, если я не...

— Завтра, завтра, — отзывается Лампёшка, не выходя из-за шторы. — Завтра утром, первым делом. Обещаю.

— Но нужно каждый день...

— И знаешь что, Рыб?

— Эдвард.

— Знаешь, что ты будешь делать потом?

— Что?

Лампёшка спрыгивает с подоконника. Вот он, на полу, тощее бледное создание с чересчур большой головой, торчащей из-под кровати. Она вдруг расплывается в улыбке.

— Что? — сердито повторяет он.

— Потом ты будешь учить меня читать. — Она кивает, потому что её разом покидают сомнения. — Читать и писать.

**ЧАСТЬ 4
ЛЕТО**

## Раскаяние

Каждую ночь Август видит во сне её лицо.

Видит так отчётливо, что, кажется, мог бы дотронуться до него. Чёлка, спадающая на глаза. Нежная щека. Волоски на ней, мягкие, как пушок.

И тут он бьёт по этой щеке тростью, и сон лопается как мыльный пузырь.

Август просыпается, задыхаясь от раскаяния. Каждое утро, снова и снова. Он жмурится от яркого света и слышит, как в голове одна за другой со свистом проносятся мысли: о том, чего ни в коем случае не следовало делать, как бы он поступил теперь и поступал бы всегда, если бы представилась возможность. И что такой возможности не представится. И что он сам виноват.

Утопить мысли в стакане не выйдет: выпить нечего, а дверь заперта.

Всё, что можно было разбить, уже разбито.

Всё, чем можно было себя попрекнуть, уже сто раз сказано. Слабак. Конченый человек. Ничтожество.

Никудышный из него вышел муж, моряк, отец. Никудышный смотритель маяка.

Правда, последнее ещё можно исправить. Хоть чуток загладить свою вину. Не ради себя, о себе он и не помышляет. Ради Лампёшки.

Вот Август и затаскивает себя наверх, на одной ноге и одном обрубке, каждый вечер, ступенька за ступенькой. Уходит на это полчаса. Порой и больше. В темноте он зажигает фитиль и смотрит, как луч скользит по чёрной воде.

Вжих — есть, вжих — нету. То появляется, то исчезает, словно и не было.

Вжих — есть, вжих — нету. Вжих — свет, вжих — тьма. Была у тебя жена — вжих — и дочь — вжих, была служба, была нога. Была и сплыла. Словно и не было.

Когда наступает утро, он тушит огонь и продолжает глазеть на море, на скалу. Проклятая скала!

Обычно он так и остаётся наверху на весь день. Смотрит, как солнце плывёт по небу, как тень башни сперва укорачивается, а потом удлиняется. А потом приходит время вновь зажигать маяк.

По вечерам соседка приносит ему поесть. В железной кастрюльке, которую не разбить. Он пробовал.

Соседке приходится нести кастрюльку по скользкой тропе перешейка, поэтому Август всегда вежливо её благодарит.

— Кушайте на здоровье! — отвечает она, и конец разговору. Готовить она толком не умеет.

С-О-Н

Ещё вчера её переполняла решимость, но наутро, поднимаясь по лестнице, Лампёшка чувствует себя уже не так уверенно. Зайдя в комнату, она ставит поднос с едой на пол у кровати.

— Завтрак, — объявляет она, опускается в кресло и ждёт, пока он поест.

За её спиной на полках стоят книги, повернувшись к ней коричневыми корешками. Они как будто тихонько ёрзают на местах. Толкают друг друга и шушукаются: *«Она? Эта поломойка? Собралась учиться читать?»* Они шуршат страницами и исподтишка смеются над ней: *«Ишь, чего придумала! Ничего у неё не выйдет. Куда ей!»*

Лампёшка вздыхает и опускает глаза. Может, они и правы, думает она. Что ж, посмотрим.

Посмотрим, думает Эдвард, выползая из-под кровати. Посмотрим, удастся ли чему-нибудь научить эту безмозглую девчонку. На письменном столике уже приготовлено всё необходимое: бумага, чернила и книга, заложенная на местах попроще. Но тут его взгляд падает на девчонку: расселась в кресле Йозефа, да ещё и ногами болтает!

— Слезь немедленно! — кричит он.

Это не её место, тут ей сидеть не позволено!

Она испуганно вскакивает и садится на пол, скрестив ноги по-турецки. И прижимает к губам палец.

— Это что ещё значит?

— Так в школе сидят, — лепечет она. — Так положено.

— Да? — Он не знал. — Ладно. Начнём с... Ты две недели проучилась в школе. Что ты успела выучить?

Она тянет руку вверх, будто тычет в потолок.

Эдвард задирает голову.

— Что? Что там?

— Когда хочешь ответить, нужно поднять руку.

— Это необязательно. Говори.

— Букву «Э».

— Букву «э»?

— Да, — кивает Лампёшка. — Букву «Э».

— Ты проучилась в школе две недели и выучила букву «э». Что ещё?

Она пожимает плечами:

— Больше ничего.

— Ладно, пусть будет буква «э». — Он одним махом выводит на листке элегантную «э» и поднимает листок. — «Э» — это такая буква алфавита. Алфавит был изобретён семитскими народами в середине третьего тысячелетия до нашей эры...

Она поднимает руку.

— Что?

— Это не «Э».

— Это «э»!

— Нет. «Э» вот такая большая... — Она рисует пальцем в воздухе.

— А-а-а! — кивает Эдвард. — Ты имеешь в виду заглавную букву, прописную «Э».

— Чего?

— Я написал строчную, маленькую букву. Это тоже «э».

— А-а-а... — тянет Лампёшка. — Но...

— Ничего сложного, — принимается объяснять Эдвард. — Любую букву алфавита можно изобразить двумя способами. В зависимости от того, где в предложении она находится. Если она стоит в начале... — Он даже как будто получает от этого удовольствие.

Девчонка что-то шепчет.

— Что ты сказала?

— Ничего, — говорит Лампёшка. — Неважно.

Книги на полках покатываются со смеху:

— *Что, трудно?* — хихикают они. — *О да, чтение — оно не для всех, ему надо учиться годами. Полюбуйтесь: эта девчонка, поломойка эта, думала, что сейчас всё возьмёт и выучит. Ишь, вообразила! Тот, кто гривенником родился, им и...*

Лампёшка поднимается на ноги.

— Куда ты? — восклицает Эдвард. — Мы пока что не закончили!

— Вниз. Помогу Марте на кухне или ещё что. Помою что-нибудь.

— Ты же собиралась учиться читать?

— Не надо, забудем об этом. — Она уже у двери. — У меня

всё равно мозгов не хватит.

Эдвард бросает перо:

— Ах, вот как! Размазня! Слюнтяйка! Неудивительно, что тебя из школы выгнали.

— Вовсе меня не выгнали.

— Неужели? Почему же ты тогда бросила?

Лампёшка не оборачивается, но и не уходит.

— Потому... потому, что мне пришлось заботиться о маме.

— А... А дальше?

— А дальше она умерла.

— Но потом-то ты могла...

— А потом мне пришлось помогать папе. А потом... потом случилось кое-что, и меня взяли в этот дом. И теперь мне приходится заботиться о тебе.

Эдвард выпрямляет спину.

— Не нужно обо мне заботиться! Мне никто не...

— Ах, вот как? — Лампёшка оборачивается. — Никто не нужен? Ты теперь сам всё будешь делать? Приносить еду, таскать воду, залезать в ванну, вылезать из ванной, считать до ста чёрт знает сколько?

— Ста тридцати пяти.

— Да знаю, выучила уже! Думаешь, мне всё это по душе? Когда меня кусает и обзывает такой... такой вот гад ползучий!

Наверняка говорить ему подобные вещи запрещено, но ей уже всё равно.

— А ты думаешь, ты думаешь... — запинается мальчик. Он едва не плюётся от злости. — А ты думаешь, мне по душе, что всё это делаешь ты? Такая вот безмозглая деревенщина? Которая ничего не знает, даже читать не умеет?

— Ну так... — кричит Лампёшка, — научи же меня!

— Так я и пытаюсь!

— Но я, конечно, умом не вышла!

— Может, и так, — говорит Эдвард, сверля её своими смоляными глазами. — А может, и нет.

Она стоит на пороге — он окидывает её взглядом. Её драное платье и растрёпанные волосы, уже почти незаметный синяк на щеке, перевязь на запястье. Эдвард поворачивается к креслу, к своему заваленному книгами письменному столику.

Вот в этом кресле сидел Йозеф. Вот эту книгу — «Три мушкётера» — учитель читал ему вслух, хоть он и сам знает её почти наизусть, но в том-то и заключалась вся прелесть. Вон тот атлас они листали вместе, перерисовывали карты и прочерчивали на них путешествия его отца, аккуратно отмечая маршруты пунктиром, а порты — крестиками. Там лежит «Справочник птиц», а тут — «Энциклопедия флоры», между страниц — высушенные цветы, которые приносил ему старик. Каждый цветок — на странице с его изображением. Им ещё многое предстояло собрать. Но теперь уж не получится.

Эдвард берёт лист бумаги и чертит на нём три линии. Две прямые, третья — поперёк.

— Начнём сначала. На этот раз с чего-нибудь попроще. — Он показывает на лист. — Смотри... дитя. Это буква «н».

— Меня Эмилией зовут, — бросает в ответ Лампёшка. — А ты, вообще-то, и сам дитя.

— Хорошо. Эмилия.

— Но можешь звать меня Лампёшкой, так меня дома...
— Смотри же!
Лампёшка смотрит.
— О!
— Нет, «н», — поправляет Эдвард. — Буква «О» — вот. — Он берёт второй лист, выводит на нём кружок и округляет губы: — «О».
— «О», — повторяет Лампёшка.
— Молодец. — Он берёт третий листок. Из-под пера выходит полукруг. — «С». С-с-с. Видишь? С этого и начнём, с самого начала.

Эдвард кладёт три листочка на бюро, прямо на Александра Дюма. Он им всё равно пока не понадобится.

Буква «н» — буква «о» — буква «с».
Лампёшка пожимает плечами. Ну, а теперь-то что? Она всё ещё топчется на пороге.
— И что же получается? — спрашивает Эдвард.
— Почём я знаю? — огрызается Лампёшка. — Буквы.
— Н-О-С, — медленно произносит Эдвард. — Что получается?
— Понятия не имею.
— Посмотри внимательно.
— Я же тупица.
— Сомневаюсь. Что получается? Н-О-С. Что я написал?
— Откуда мне знать?
— Что получается?
— НЕ ЗНАЮ! — вопит Лампёшка. — «Нос», что ли?
— Да, — отвечает он. — «Нос».
— Правда? — Она делает пару шагов в направлении

столика и присматривается. Н-О-С. В голове у неё словно вспыхивает свет. Она поняла! Она прочла слово!

Лампёшка изумлённо затихает. Нос. Курнос. Поднос. Водонос... Все носы на свете, их столько разных, и она может прочесть любой. Н-О-С. Легче лёгкого!

— А теперь продолжим, — с важным видом говорит Эдвард. — Возьмём и поменяем буквы местами. Поставим «с» в начало, а «н» в конец. Что получилось?

Лампёшка хмурит брови. Нос исчез, прекрасный, понятный нос. Этот гадёныш превратил его во что-то другое, а во что — она по своей дурости не понимает. Всё запутал! Как же теперь быть? Начать заново? Первой теперь стоит буква «с»: *с-с-с*давайся, всё равно не выйдет. А последней «н»: *н-н-н*ет, и *не н*адейся...

И внезапно её озаряет. Это как во сне!

— Сон, — произносит она.

— Сон, — кивает Эдвард. Похоже, он рад не меньше её.

И вдруг оказывается, что мир состоит из букв — из букв, которые она может прочесть. Повсюду она натыкается на «о», на «н», на «с».

На корешках книг, в самих книгах, в обрезках газет Ленни. На кухне «о» обнаруживается на жестянке с кофе, «с» — на баночке с солью.

Весь день Лампёшка вприпрыжку носится по коридорам. Тряпкой выводит «о» на пыльных окнах. Шваброй вычерчивает длиннющую «Н» на грязном полу длиннющего коридора.

Завтра она научится писать собственное имя.

И наконец тоже станет частью этого мира.

## Лето

Э-м-и-л-и-я. У неё получается, смотрите, она выводит своё имя пальцем на клеёнке. М-а-р-т-а! И это она вмиг научилась писать, и Л-е-н-н-и, с двумя «н», — видишь? Она пишет для парня его имя, а тот, хоть и не может его прочесть, разглядывает буквы словно чудо какое.

«Р-ы-б» — пишет она.

— Эдвард, — поправляет её Эдвард.

И это ей по плечу — уже на следующий день получилось. Буквы словно лежат готовые у неё в голове. Остаётся их только выучить.

Лампёшка выхватывает у Ленни газеты, пока они ещё целые. И в них тоже открывается целый мир. «О-граб-ле-ни-е», — читает она. «До-хла-я ко-ро-ва». «В го-род е-дет яр-мар-ка». Озадаченный Ленни с ножницами в руках сидит рядом. Что же ему теперь резать?

Но однажды после обеда на кухне появляется Ник

и подходит к Ленни. На ногах у него — облепленные мокрой землёй ботинки, а в руках — что-то завёрнутое в грязную тряпку.

— На стол не вздумай класть! — ворчит Марта. — Что там у тебя?

Ник прижимает к губам палец, разворачивает тряпку и кладёт подарок парню на колени:

— Это тебе.

— Смотри, сынок, — говорит Марта. — Что это?

Но Ленни отводит глаза. Новое пугает его. Он разглядывает потолок, где ничего нет. Во всяком случае, ничего необычного.

— Посмотри же, Ленни, — говорит Лампёшка. — Это ножницы.

Ленни осторожно косится на подарок. Да, ножницы. Огромные.

Ник кладёт руку ему на плечо:

— Ими столько всего можно нарезать! — говорит он. — Ты и представить себе не можешь!

Ленни с напуганным видом плетётся за Ником в сад. Следом бегут псы и семенит обеспокоенная Марта. Что это Ник задумал? Лампёшка поскорее вливает в себя остатки супа — и бегом за остальными.

В саду Ленни уже подрезает куст ежевики. Сперва осторожно, веточка за веточкой, но вскоре ножницы уже откусывают стволики потолще. Что-что, а резать Ленни мастер. Ник показывает ему, что́ можно стричь: ежевику, крапиву, колючие кусты, а скоро дело дойдёт и до зелёных изгородей высотой в два человеческих роста. Во все стороны разлетаются ветки, псы носятся по саду со здоровенными палками в зубах.

Заметив это, Ленни бросает ножницы на землю, кидается к собакам и отбирает обрезки. Он держит целую охапку веток и идёт искать остальные. Подбирает веточку, листок и пытается приладить их к тем, что у него в руках. Где росла эта ветка? Тут? Или там? Он растерянно смотрит на гору зелени. Как же теперь собрать эту головоломку?

Лампёшка дотрагивается до его руки.

— Это необязательно, Ленни. Изгородь — не газета. Можно оставить так.

Парень смотрит удивлённо. Правда можно?

— Ветки вырастут снова, — успокаивает его Лампёшка.

Ник тоже кивает.

— Ты просто стриги, Ленни. Стриги, где хочешь.

И Ленни стрижёт.

Сорняки вокруг Чёрного дома цветут всеми цветами радуги: розовым, жёлтым, ежевика — белым, чертополох — сиреневым. Метёлки травы рассыпают семена, даже заросли крапивы увенчаны коронами.

Марта подарила Лампёшке новое платье, и девочка так рада ему и так им дорожит, что носит его, только когда чинно сидит за кухонным столом и ничего не трогает. И пока она буква за буквой читает весь мир, Ленни в саду подстригает высокие изгороди вокруг дома. Они постепенно закругляются, выравниваются, на них вырастают бугорки, напоминающие спины и головы. Понемногу они превращаются в животных: две собаки, носорог, лебедь.

Весь день в саду пахнет травой и подрезанными листьями, Ленни свозит их к навозной куче целыми тачками.

Дни становятся длиннее и жарче.

Марта замечает, что иногда без всякого повода напевает за мытьём посуды, что ей хочется готовить супы по мудрёным рецептам. Весь день кухня принадлежит ей. А по вечерам, после того как она отправляет задремавшего над тарелкой сына наверх спать, Ник не сбегает сразу после еды, а остаётся поболтать. Бывает, они даже режутся в карты. Однажды Лампёшке, раз уж она так вежливо попросила, тоже разрешают поиграть со взрослыми. Вот только нельзя полжизни прожить среди пиратов и не стать чемпионом по покеру, и девочка обчищает их обоих три раза подряд и в первый же вечер выигрывает все Мартины сбережения. Само собой, выигрыш она тут же возвращает, и дальше они играют на спички.

Расщедрившись, Марта кладёт перед девочкой четвертак: пусть сходит на ярмарку в среду после обеда. А потом отправляет спать и её.

Стараясь не шуметь, Лампёшка поднимается в башню — поглядеть на свет маяка. Слегка отворив окно, она закрывает глаза и прислушивается. Внизу, у подножия утёса, тихонько плещутся волны.

— Спокойной ночи, папа, — шепчет она, выскальзывает из комнаты и спускается по лестнице.

Она так осторожна, что Рыб даже не проснулся. Во всяком случае, так она думает.

«Так вот в чём дело», — думает он. Её отец где-то там, вот почему она вечно рвётся к тому окну.

Мальчик лежит в темноте и рассматривает нижнюю сторону своего пружинного матраса. Его отец тоже где-то там, далеко в море. Рассекает на белом корабле белую морскую пену, укрощает волну и тому подобное. Где он сейчас — кто знает? Но где бы он ни был, его взгляд всегда отыщет Эдварда, даже в темноте под кроватью.

— *Что это ты там делаешь? Отдыхаешь? От чего? От тяжкого труда? От своих новых успехов? От каких, интересно?*

Мальчик ясно видит: отец сидит за письменным столом, как в прошлый приезд.

— Хоть малюсенький успех! Это самое меньшее, что отец вправе ожидать от сына. Что тот чуть-чуть старается.

А какой у отца при этом был взгляд! Даже не сердитый. Если бы сердитый!

— Похоже, я в тебе ошибался. Всё-таки не из того ты теста слеплен.

— Почему из теста? — побледнев, переспросил Эдвард. Он и правда не понял.

— О боже, парень, ну нельзя же воспринимать всё так буквально!

Перед глазами завитки ржавых пружин. В комнате стоит аромат летней ночи: окно она так и не закрыла.

## Отцы и ноги

Так его поутру и находит явившаяся на урок Лампёшка. Не под кроватью, а на полу посреди комнаты. Эдвард трепыхается как угодивший в силок заяц. На нём что-то вроде кожаной сбруи с ремешками и лямками и с грубо сделанной, скошенной набок деревянной стопой внизу. Хвост безнадёжно запутался, и он всё тянет и тянет за пряжки на ремнях, никак не высвободится.

— Рыб? Что ты делаешь?
— Я тебе не Рыб...
— Тебе помочь?
— Нет. Уйди.
— Может, я... Если расстегнуть пряжки этой... А что это вообще за штука?
— Уйди, говорю!

Эдвард продолжает дёргать шпенёк, который не желает вылезать из дырки. Проклятая сбруя перекосила ему спину, но он никак, никак не может стряхнуть её с себя!

— А читать мы ещё будем?

Она по-прежнему здесь.

— Если ты сейчас же не уберёшься, — задыхается он, — я перекушу тебя напополам, оторву твою безмозглую башку, я... — Он извивается и брыкается, но от этого только сильнее запутывается.

— Дай же мне...

— Нет! Сколько можно повторять?! Нет!

Эдвард слышит, как девчонка ставит поднос на комод, и вот она уже у него за спиной. Небольшой рывок — и сбруя соскальзывает на пол. Свобода! Он хочет скорее заползти под кровать, но в руках совсем не осталось силы. И он остаётся лежать, уткнувшись щекой в ковёр.

— Так что это за штука?

Нет, она не способна просто уйти и оставить его в покое!

— Это чтобы научиться ходить? Ты пытаешься ходить на своей... э-э-э... спайке?

Что она, сама не видит? Не слепая же!

— Но зачем?

— Я обещал.

— Кому? Отцу?

Он едва заметно кивает. Она ставит перед ним поднос с завтраком. От запаха рыбы к его горлу подступает тошнота.

— Забери! И уходи отсюда. У меня голова болит.

— Поесть-то надо, — говорит она. — Наберёшься смелости для нового дня.

«Что за чушь!» — думает Эдвард и переворачивается на спину.

— У моего отца... — неожиданно для себя начинает он, — у моего отца на столе стоит шкатулка. — Он не собирался ей ничего рассказывать, но эта шкатулка не выходит у него из головы. — В ней — он мне как-то показывал — наконечник стрелы. Совсем малюсенький, но с ядом.

— А, знаю, — отвечает Лампёшка, усаживаясь на пол рядом с ним. — Такими стреляют бушмены.

Он удивлённо смотрит на неё:

— А ты-то откуда знаешь?

— Так, слыхала.

— Но от кого?

Читать она не умеет, а об этом знает?

— От Ворона, это один... пират.

— Ты что, знакома с пиратом?

— Да с целой кучей.

— Правда? — Эдварду не верится. Врёт, поди. Он выпрямляет спину.

— В общем, тот наконечник — его достали из отцовской ноги. В отца стреляли где-то в джунглях — из засады, конечно. Трусы! Его тут же отнесли на борт, такой наконечник очень опасен, ведь...

— Да-да, — кивает девочка. — Может начаться заражение крови.

— Да... так вот. Корабельный лекарь уже держал наготове пилу. Но отец ещё был в сознании. Другой бы уже грохнулся в обморок от боли, но не он. Он вытащил пистолет: «Только попробуйте отпилить мне ногу — пристрелю!» Никто не осмелился к нему подойти. Яд медленно поднимался вверх по ноге. «Но, капитан... — умоляли его. — Вы умрёте, если не...»

— Я думала, он адмирал.

— Адмиралом он стал потом. Рассказывать дальше

или нет?

Она кивает.

— «Вы умрёте, капитан, — говорили они. — Позвольте нам вас спасти». Но нет. Отец помотал головой: «Мужчина без ноги — больше не мужчина». Нога его почернела, совсем. Другой бы уже умер. Но не он. Яд вышел из него с потом. Такое бывает, если больной очень силён. Через две недели кровь его вновь стала алой, через месяц он уже стоял на ногах. Дух превыше тела.

Эдвард вздыхает. Это лучшая история из всех, что рассказывал ему отец. Собственно, едва ли не единственная.

— Тогда это было не заражение крови.

— Конечно, заражение, тупица!

— От него всегда умирают, это всем известно.

— Мой отец — нет. — Эдварду наплевать, верит она ему или нет. Кроме усталости, он ничего больше не чувствует.

Лампёшка ложится рядом с ним, и они вместе рассматривают облупившиеся завитки на потолке.

— У моего отца только одна нога, — сообщает она через некоторое время.

Эдвард приподымается и смотрит на неё:

— Врёшь!

— Нет, — качает она головой. — Правда. Одна здоровая, а от второй только половина осталась. Передвигаться он может только вприпрыжку. А это непросто при... при его работе.

— Ну да, он тоже, конечно, пират! — Всё она врёт, он уверен.

— Нет, смотритель маяка.

— И что же с ней случилось, с ногой?

— Не знаю, он не хочет рассказывать.

— А... — Эдвард опять ложится на спину. — Тяжко ему?

— Да, — подумав, отвечает Лампёшка.

Август никогда не желал об этом говорить. И отказывался от всякой помощи. От хорошего костыля, от деревянной ноги. «Чего нет, того нет, — пожимал он плечами. — Что погибло, то погибло. Не выпилил же я себе деревянную жену? Обойдусь. И так жить можно».

«Можно, — думает Лампёшка. — Пока я была рядом и всё за него делала. А теперь? Как он со всем справляется?» Её ужасно тянет домой. В среду после обеда, думает она. В среду выходной.

В открытое окно с ветром врываются запах травы и клацанье ножниц Ленни. Вокруг башни парят морские птицы и что-то весело кричат солнцу.

— Ну и шум! — говорит Эдвард. — Закрой окно.

— Так это же приятно, вкусно пахнет.

— Делай, что говорю. — Он закатывается под кровать. — У меня голова болит. Закрой окно и уходи.

— Мы что, читать не будем?

— Сегодня — нет.

Она берёт поднос и идёт к двери.

— Вернусь в полчетвёртого, к купанию, хорошо?

Он не отвечает.

В саду Лампёшка замечает торчащую из-за изгороди стремянку Ленни. Каждый день он передвигает её на новое место, забирается наверх и стрижёт себе дальше. Две передних изгороди всё больше смахивают на собак с разинутыми пастями и развевающимися на ветру ушами. Высокая изгородь сзади превращается в носорога, а на длинной изгороди посередине вырастают шипы, как на спине у дракона.

«Ай да Ленни!» — думает девочка.

Воздух в саду тёплый и ласковый, да и дом, обвитый плющом, в котором гнездятся подрастающие совята, уже не выглядит таким хмурым.

Лампёшка поднимает глаза к запертым окнам башни. Как бы вытащить этого мальчишку на улицу — хоть разок?

## Плотницкая

Ник аккуратно ставит кораблик на стол. Кораблик длиной с мизинец, шириной с полмизинца, но с мачтами и парусами, иллюминаторами и даже русалочкой на носу. Рядом приготовлена бутылка, в которой кораблик скоро окажется. А потом он присоединится к остальным, которые поблёскивают на полках. Целые ряды бутылок, в каждой — по кораблику. По кораблику, который ну никак не мог протиснуться в горлышко бутылки, но всё же каким-то образом очутился внутри. Ник изобрёл целый механизм подтягивающих друг друга верёвочек, мачт на шарнирах, самораспрявляющихся парусов, и его пальцам всё ловчее удаются мелкие детали, каждый следующий кораблик выходит лучше предыдущего.

Когда-то он строил настоящие большие корабли, но эта работа нравится ему гораздо больше. Да она и не такая утомительная. Ник способен целыми днями просиживать за этим занятием в своём домике, который так обвит колючками и зарос крапивой, что никто о нём и не подозревает. Белочка на крыше, малиновка за окном, тарелочка каши, чашечка-другая кофе — а больше он ни в чём и не нуждается.

Не нуждался. Пока у него вдруг не появилось дело. Хоть плотницкая и стоит глубоко в саду, он слышит зов девочки. Слышит всякий раз.

«*На помощь! Как же мне перелезть через эту ограду? На помощь, я сейчас упаду! Как бы вытащить этого мальчишку на улицу? Как вернуться к папе? На помощь, кто же мне поможет?*»

Что ж, он и поможет.

Может, это потому, что она — дочь своей матери, может, в этом всё дело. Он не вспоминал о ней годами, но, отворив ворота, вспомнил сразу. Потому что девочка — вылитая мать.

Ник отодвигает табуретку и потягивается. Затем принимается искать подходящие доски, пилу, точило. И где-то должны быть колёса. Смахнув сор с верстака, он берётся за работу.

А следующий кораблик подождёт.

За плотницкой на двух чурбаках лежит ещё одно плавательное средство — настоящая дощатая лодка. Она уже готова и выкрашена в зелёный цвет, хотя час её ещё не настал. Лодка перевёрнута, но на борту можно разобрать название — «Эмилия».

Домывая посуду, Лампёшка вдруг слышит: в саду кто-то свистит на пальцах. Девочка выглядывает в окно. По тропинке шагает Ник и машет, зовёт её. Он что-то за собой тянет: совсем новую, чисто оструганную тележку с ручкой и с кожаной подушечкой внутри. На подушечку можно, к примеру, сложить хвост, если он у тебя есть.

Лампёшка тут же всё понимает. Она бросается к двери кухни прямо с полотенцем в руке.

— Да! — кричит она. — Да, именно это мне и нужно! Как ты догадался?

 Тележка

— Нет! — говорит Эдвард. И речи быть не может. Что это она ещё выдумала? Выйти из комнаты? Спуститься вниз? А потом, разумеется, на улицу, где холодно, да ещё в тележке, которая, ясное дело, трясётся и из которой он выпадет и что-нибудь себе сломает? На улицу, где его могут увидеть? Ничего ужаснее и представить себе невозможно!

— Да, но... — не сдаётся Лампёшка. — Ты наконец увидишь, какие они на самом деле — деревья, птицы, цве...

— Птиц я и так всех знаю, — возражает Эдвард, и это правда. Он знает, какое у них оперение, где они обитают, как строят гнёзда и как поют, — знает назубок.

— Из книг! Это ведь не то же самое.

Это ещё почему? На улице разве что шуму больше, и только.

— Нет, — повторяет он из-под кровати. — Уходи. Придёшь в полчетвёртого.

— Да, но... — Она просто неспособна замолчать! — Мы могли бы и за ограду выехать разочек. Съездить к морю. А хочешь, к маяку сходим. Заглянем в порт или...

— В порт? — шепчет Эдвард. Где швартуется корабль его отца? — Правда?

— Ну, может, не сразу.

— Тогда нет. Забудь.

— Но в другой раз можно. Для начала прокатимся у дома, в саду.

— Хм... Нет, всё-таки нет.

— Я буду очень осторожна, правда.

— Нет.

— И там совсем не холодно.

— Нет.

— И я тебя одеялом укрою.

— Не-е-ет! — Он опять с головой заполз под кровать, как можно дальше. — Не хочу, не хочу. Нет, и всё.

На время воцаряется тишина.

— К тому же, — вдруг тихонько говорит он, — мне всё равно не спуститься с лестницы.

Эдвард моргает и жмурится. Свет слепит глаза, воздух ласкает прохладой щёки. Очень много света, очень-очень много воздуха. Небо огромно, по нему плывут исполинские облака, деревья — целые башни с разлапистыми ветвями, и зелень кругом, всё здесь до ужаса зелёное, столько запахов и звуков — шорох листьев, пение птиц, собачий лай, — в глубине сада стоит кто-то худощавый в длинном плаще, мимо проносятся громадные псы, и все, все, конечно же, глазеют на него. Эдвард зарывается носом в одеяло и прижимается к Ленни. Тот стискивает его посильнее, и мальчик слегка успокаивается.

— Пойдём, — говорит Лампёшка. — Осталось только

спуститься по ступенькам. Прокатимся немножко по саду, и на сегодня хватит. Ленни, ты будешь лошадкой.

Ленни с серьёзным видом кивает. Лошадкой так лошадкой.

Тележка сколочена в самый раз под Эдварда. Его спина удобно опирается о бортик, а спайку можно сложить на подушку. Ленни осторожно опускает мальчика в тележку, а Лампёшка укрывает его одеялом. Лошадка берётся за ручку, и они трогаются с места.

Эдвард зажмуривается. И зачем он дал ей себя уговорить, глупо, как же глупо! Ему будет больно, неловко, он уже весь напрягся в предчувствии неприятностей. Но колёса едут гладко, одеяло тёплое, тележка почти не трясётся. И они едут, едут по тропинке.

Эдвард выхватывает взглядом крохотные кусочки того, что попадается им на пути. Обломок коры. Пучок травы. Там — ветка, листья колышутся на ветру. Кажется, клён. Или мелколистная липа, или... поди разберись: тут всё растёт вперемешку. Да и птицы кричат и свистят не по очереди, они заливаются как одержимые, и он не узнаёт ни одной.

«Всё это было здесь всегда, — думает он. — Всё здесь на своём месте».

Кроме него.

Он поднимает глаза. Вон его башня, его окно, внутри — его кровать. Скорее бы туда вернуться!

— Как ты, Рыб? — справляется Лампёшка. — Не слишком трясёт?

— Не слишком, — высокомерно отвечает Эдвард. Не такой уж он и немощный.

Ленни — смирная лошадка, они едут медленно, почти ползут. Вокруг вонючего бассейна, мимо зелёной живности: собак, дракона, лебедя с недоделанной шеей.

— Молодец наша лошадка, правда? — улыбается Лампёшка.

— Неужели это его рук дело? — Эдвард не верит своим глазам.

— Его-его, — кивает девочка. — Лучше Ленни с ножницами никто не управляется.

Ленни гордо и в то же время смущённо оглядывается на них. А потом подпрыгивает:

— Иго-го-го!

— Доедем до ограды? Или уже хочешь обратно?

Эдвард качает головой. Ещё немного. Он слегка выпрямляется в тележке. Это ему по силам. Он не боится. Да ничего сложного тут, вообще-то, и нет.

Лампёшка приносит всё, что ему хочется поразглядывать поближе: пучок странного пушистого мха; цветок, смахивающий на зонтик, — надо будет посмотреть, как он называется; камень с золотой жилкой. Эдвард аккуратно складывает всё под одеяло.

Псы с любопытством подбегают к нему, тот, что посмелее, даже обнюхивает его пальцы. Эдвард бесстрашно протягивает ему ладонь — подумаешь! Им просто нужно показать, кто здесь хозяин, говорил отец. Мальчик знает их клички: Дуглас и Логвуд. Он зовёт их, и они подбегают к нему, как к отцу. Если Ленни их подтолкнет, конечно.

Эдвард опускает одеяло пониже.

— Завтра пойдём опять, — решительно заявляет он.

— Хорошо, как скажешь, — отвечает Лампёшка. — Куда бы тебе хотелось? К морю? В порт?

Его чёрные глаза расширяются:

— Завтра? А можно?

— Почему бы и нет? — пожимает плечами Лампёшка. — Попрошу у Ника ключ, выедем за ворота и покатим по дороге...

— Это ещё что такое? Вы что, все с ума посходили?

На тропинке стоит Марта с авоськами, из которых торчат рыбьи головы и пучки лука-порея.

— Это запрещено, строго-настрого запрещено. А ну-ка, в дом! Сейчас же!

— Почему? — недоумевает Лампёшка. — Мы же ничего плохого не делаем!

— Ленни, что я сказала? Домой, мигом.

Ленни всегда слушается маму и тут же разворачивает тележку, да так быстро, что Эдвард едва не вываливается из неё. Пискнув, он тут же ныряет под одеяло. Разгневанно сопя, Марта обгоняет их, на мальчика в тележке она и не смотрит.

Лампёшка ничего не понимает:

— Что случилось? Почему нельзя?

— Потому что! Ему нельзя на улицу, нельзя, чтобы его видели, ты же знаешь!

Марта подталкивает сына к крыльцу и идёт следом за ним с сумками в руках, стараясь не смотреть на Эдварда. Лампёшка сердито топает сзади. А ведь она всё так хорошо придумала!

— И тем более нельзя... — Марта замедляет шаг и мрачно смотрит на девочку. — Тем более ему нельзя выезжать за ворота. Никогда. Ты меня поняла, девочка-у-которой-всё-промеж-ушей-пролетает?

— Но почему?

— Ты меня поняла?

— Поняла, поняла.

Войдя в дом, Марта с грохотом захлопывает за собой дверь. Солнце остаётся за порогом, в длинном коридоре темно и зябко.

— А ну-ка, живо наверх! — приказывает Марта, показывая на мальчика у Ленни на руках, но по-прежнему не удостаивая его взглядом. — Или нет, погодите. Это касается... и тебя тоже. — Она опускает сумки на пол и вынимает что-то из кармана платья. — На почту пришла телеграмма. Наконец-то! Господин едет домой.

У Эдварда отливает кровь от лица.

— Когда? — вскрикивает он. — Когда он приедет?

— Не знаю, он не написал. Скоро. Через несколько дней. Через неделю. Кто знает? — Марта раздражённо машет Лампёшке.

— А ты — марш на кухню. Нам ещё столько всего нужно переделать — от одной мысли голова кругом идёт!

## Выходной

Эдвард не хочет больше кататься. Никогда в жизни! Как он позволил себе отвлечься от главного? Он больше не учит Лампёшку читать и пропускает купание. Стоять — вот что он должен делать. Стоять и ходить. Он упражняется целый день. Подтягивается на перекладинах и падает, подтягивается и падает. Подгоняет себя: слабак, беспозвоночное, не сдавайся! Он не сдаётся.

Да и Лампёшке не до чтения. Марта хочет за неделю переделать дела, накопившиеся за целый год. Всё нужно отмыть до блеска. Сию же минуту. Она посылает девочку в комнаты, в которых та ещё не бывала, и Лампёшка выметает золу из каминов, сдувает пыль с книжных полок, вытряхивает пыльные тряпки в окно.

По заданию Марты Ленни и Ник подравнивают плющ вокруг окон и осушают мутный бассейн. В доме два дня воняет болотом и гнилыми листьями, а мужчинам приходится жевать бутерброды на улице: с их одежды капает грязь, и всё вокруг грязнится от одного их взгляда.

Лампёшка носится туда-сюда с чаем и бутербродами. Не то чтобы она беспокоилась, успеют ли они вовремя всё отмыть. Просто она кое-что задумала.

В среду утром разгорячённая Марта заходит на кухню.

— Совсем забыла почистить картошку, её уже давно пора...

— Сделано! — Лампёшка кидает последнюю картофелину в воду.

И бульон для супа готов, видит Марта. Она хочет поставить чай, но и он уже заварен. Лампёшка быстренько наливает две чашки и протягивает ей одну. Марта опускается на стул и пьёт, чтобы перевести дух. Она ещё помнит своё разочарование при виде этой пигалицы в дверях вместо крепкого парня, от которого был бы хоть какой-то прок. Но приходится признать, что без этой пигалицы теперь не обойтись. Надо будет как-нибудь под настроение сказать ей об этом.

— Я хотела... э-э-э... хотела уйти, — говорит тут девочка.

— Что? — пугается Марта. — Уйти?

— Да.

— Совсем? Это невозможно.

— Нет-нет, всего на полдня. Сегодня ведь среда? Вы же разрешили мне сходить на ярмарку?

— Разве?

Лампёшка кивает:

— Да, вы обещали.

— Да, но тогда я ещё не знала, что... — Марта хмурится. — Не успеем оглянуться, как господин уже на пороге, а у меня даже до его спальни руки не дошли.

— В спальне я уже убрала.

— А постель?

— Перестелила. И вытерла пыль со всех жуков и козявок. А если я сейчас ещё окна вымою, можно мне тогда уйти? Пожалуйста?

Марта допивает чай. Этого ещё не хватало! Ей хочется отказать девочке — ей всегда хочется на любую просьбу ответить «нет». Но ах! Ведь она только что думала: в доме стало повеселей, этот наверху не буянит, а Ленни явно души в девочке не чает. Пожалуй, даже дышит к ней неровно... Может, и слишком неровно...

— А снаружи окна вымоешь?

— Вымою! Если Ленни подержит для меня лестницу. Ну пожалуйста!

Как тут откажешь?

— Хм-м... — тянет Марта и, помолчав, — может быть.

— Ну пожалуйста, — не отстаёт Лампёшка. — Мне так хочется пойти!

— На ярмарку, говоришь? — Марта невольно улыбается. Когда-то давно она и сама туда хаживала... Сперва одна, потом под ручку, а потом...

— Э-э-э... да, — отвечает Лампёшка. — На ярмарку.

Но до ярмарки Лампёшке дела нет. Что она там забыла?

Пообещав приятно провести время и вернуться в шесть, Лампёшка выходит из дома — вприпрыжку, как ребёнок, которому не терпится повеселиться, вмиг выскакивает за ворота, скрывается за поворотом — и пускается бегом.

## Занозы

Лампёшка, спотыкаясь, несётся вниз по склону холма. Там, где кончается лес и перед глазами распахивается небо, она чуть замедляет шаг. Наконец-то! На горизонте — серые волны, в воздухе — запах соли. Город, порт, тропинка, ведущая к маяку... Она опять переходит на бег.

Улицы почти пустые, тут и там попадаются кучки людей, спешащих на Ветряную пустошь, где раскинулись ярмарочные шатры. Оттуда доносятся обрывки музыки, пьяное пение, крики. И хорошо: так никто не обратит на неё внимания. Ещё два поворота, и она в порту.

День серый и мрачный, морской ветер так швыряет капли на мостовую, что они отскакивают от неё, словно дождь вдруг пошёл снизу вверх. Лампёшка вытирает холодные щёки и слизывает капли с ладони. Соль. Вкусно.

А вот и маяк. Серая башня на сером фоне. Лампёшка замирает на месте и пожирает башню глазами. Ей хочется впитать в себя эту картину до последней капли.

Она бегом спускается по базальтовым ступенькам

на каменную тропинку, ведущую к маяку. Сейчас отлив и не очень мокро, шагать по ней легко. Но чем ближе маяк, тем яснее: всё изменилось. Её дом больше не похож на её дом. Их зелёная дверь с медной ручкой заколочена большими корявыми брусьями крест-накрест — зелёной краски почти и не видно. Окно рядом забито занозистой доской. Садовой скамейки как не бывало, огород затоптан. Растут только колючки, которые она всегда выпалывала, — теперь они вольготно расправили свои цепкие корни и вытеснили всё остальное. Лампёшка останавливается: слёзы жгут ей глаза.

«Да ладно тебе, Эмилия, — уговаривает она саму себя. — Это всего лишь трава. Её вырвать можно». Лампёшка утирает нос — сопли, слёзы, морская вода, всё одинаково солёное. Задрав голову, она смотрит наверх, на галерею: может, он там. Может, заметил её. Может, машет ей. Она прищуривается, но ничего не видит.

— Папа! — кричит она, ещё и ещё раз, но в окне никто не появляется. Подойдя к дому, она дёргает дверное окошко и пытается постучать в дверь сквозь брусья. — Папа, это я! Слышишь? Ты меня слышишь? Папа!

Ветер уносит её голос, в руку впиваются здоровенные занозы, сразу три штуки. Две она вытаскивает зубами, но третья обламывается и застревает в ладони.

— Папа! — кричит Лампёшка снова, изо всех сил. К двери никто не подходит.

— *А ты что думала?* — ворчат брусья. — *Решила заглянуть на чашечку чаю как ни в чём не бывало? Этот дом отныне — тюрьма. Уж мы об этом позаботимся. Когда его выпустят? Через семь лет. Семь. Разве они уже миновали?*

— Нет... — вздыхает Лампёшка и опускается на ступеньку крыльца.

— *Нет ещё, нет ещё!* — орут чайки, кружащие над башней. — *А ты-то что думала, чего хотела?*

— Я просто хотела его проведать...

— *Смотрителя? Смотрителя с тростью?* — шипят колючки.

— *Который так тебя бил?* — возмущаются набегающие волны. — *Да ведь у тебя синяк едва сошёл! Забудь о нём. Он давно тебя забыл.*

— Неправда, не может быть, он бы никогда...

— *Ага, конечно,* — глумится всё вокруг. — *Ведь он всегда был с тобой так ласков! Девочка, да он свой стакан любил больше, чем тебя, ты разве не замечала?*

Лампёшка вспоминает, как отец, спотыкаясь, обшаривал дом в поисках бутылки, которая должна была где-то заваляться, или денег, которые должны были ещё оставаться. Ничего не найдя, он вновь пропадал куда-то, да и если находил — тоже пропадал.

— *Что ты здесь делаешь? У тебя есть новый дом, живи там. Забудь его, забудь смотрителя.*

— Да, но раньше он был другим. Раньше всё было иначе, правда.

Лампёшка оглядывается кругом. Этот пляж, это крыльцо — они ясно стоят у неё перед глазами. Пираты затаскивают шлюпки на песок, на огне жарятся креветки. Отец балагурит, мама... Мама, мама...

— *Знаешь, в чём беда с этим твоим «раньше»?* — нашёптывает ей на ухо весь мир. — *Его больше не существует.*

Лампёшка опускает голову на колени, её пробирают холод и сырость.

Да, но... думает она. Мисс Амалия ведь сказала: он здесь. И маяк горел, я сама видела. Почему же он не отзывается?

— А ты, должно быть, Лампёшка... Кто ж ещё? — неожиданно раздаётся голос.

Лампёшка поднимает глаза. На тропинке стоит женщина. В руках у неё кастрюлька.

— Решила зайти в свой выходной? Ох, по-моему, он... Не повезло тебе... — Она тоже поднимается на крыльцо, и Лампёшка чувствует, как юбка женщины мягко касается её щеки.

— Мистер Ватерман! — кричит женщина в дверное окошко. — Смотрите, кто здесь! Ваша дочь! И ужин ваш в придачу, если желаете! Спуститесь, пожалуйста, — слышите? Мистер Ватерман!

Лампёшка встаёт и прислушивается. Но слышен лишь стук капель по стеклу: дождь зарядил сильнее.

Женщина качает головой.

— Он как раз вчера спускался. Так что теперь мы нескоро его увидим. Тебе и впрямь не повезло.

Лампёшка утирает щёки. Ай, заноза застряла глубоко, ноет уже вся ладонь.

— Но он там? — дрожа от холода, спрашивает она. — Наверху?

— Да где ж ему быть? — Лицо у женщины приветливое, широкое, с обветренными щеками. — Никуда он отсюда не денется. Но, бывает, днями не спускается вниз, даже если я сто раз кричу, что каша остынет... — Она снимает с кастрюли крышку и суёт кашу девочке под нос. — Видишь, сейчас она ещё вкусная, но это ненадолго.

В серую размазню плюхаются капли дождя.

— Но его благородие никуда не торопится... Что он делает наверху? Да ничего, наверное, — а что там делать-то? Запалил фитиль, потушил фитиль — вот и все дела. Казалось бы, поешь, хоть время скоротаешь. Но нет, он упрям, как старый... — Она бросает взгляд на девочку и умолкает.

— Ну вот! — продолжает она голосом повеселее. — Такие дела. А сама-то ты? Я о тебе думала, беспокоилась, как ты там одна в Чёрном доме. Там и впрямь чудовище живёт? Да нет, не может быть — ты-то ещё здесь. Ноги-руки вроде целы. Ты меня-то помнишь? Нет?

Нет, впервые вижу — хочет ответить Лампёшка. А может, и не впервые.

— Я вон там живу, — женщина указывает на конец тропинки, где действительно стоит домик, наполовину спрятавшийся за скалу. — Правда, не так уж и давно, с тех пор как мой муж... Я так часто тебе махала, но ты меня будто не замечала. Вечно в заботах, вечно носишься, бормочешь что-то себе под нос... — Она опять заглядывает в кастрюлю. — Что ж, сегодня ничего не выйдет. Сама-то не голодная?.. Девочка, да ты насквозь промокла! Пойдём, зайдёшь ко мне чаю попить...

Она берёт Лампёшку за руку, и та вскрикивает от боли. Женщина внимательно осматривает руку и тянет Лампёшку за собой, не переставая говорить:

— И чистая иголка у меня найдётся, мигом занозу вытащим. Это от брусьев тех, да? Я от них тоже настрадалась, вот давеча...

Лампёшка пытается впрыгнуть в разговор, как во вращающуюся скакалку.

— Но... — пробует она. — Как у него дела? У отца. У него всё хорошо?

Соседка замедляет шаг и оглядывается на маяк.

— Хорошо... ну, я бы не сказала. Но он жив. И, думаю, ужасно скучает по тебе.

— Правда? Он говорил?

— Нет, говорить не говорил. — Соседка тянет её дальше за другую руку. — Но это как раз и значит, что скучает. Пойдём, девочка, выпьешь чаю. Жаль, что ты выбралась в неудачный день! А теперь на ярмарку? У тебя ещё есть время? А то оставайся ночевать. Нет, тебе нельзя, конечно, — понимающе кивает она, увидев, что Лампёшка мотает головой. — Я ему передам, что ты приходила. Он будет... Погоди, я кое-что придумала!

Она останавливается посреди тропинки и, лучезарно улыбаясь, смотрит на Лампёшку. Внезапно на её лицо набегает тень.

— Ах, нет, нет, конечно, ничего не выйдет. Я подумала, что ты могла бы ему... Хотя вряд ли... Или всё-таки... Скажи-ка, ты писать умеешь?

Впервые за весь свой выходной день Лампёшка расплывается в улыбке.

**ЧАСТЬ 5**
**РУСАЛКА В ШАТРЕ**

## Умопомрачительные уроды

Все аттракционы — по двадцать пять центов, а у Лампёшки в кармане как раз спрятан четвертак, тот, что дала ей Марта. Она могла бы прокатиться на колесе обозрения или покачаться на «бешеных качелях». Или могла бы разок побороться с силачом в полосатой майке, который, похоже, зол на весь мир, — нет уж, спасибо. Можно купить одну сосиску с квашеной капустой, или один раз стрельнуть в тире и выиграть бутылёк пахучей воды и букет бумажных роз, или можно выпить глоток чудо-масла, которое помогает от любых хворей... Но Лампёшка давно придумала, на что потратит четвертак.

Среди развлекающейся толпы и разлетающихся пивных брызг она уже высмотрела лоток, где продают сахарную вату. Она купит один моток и, аккуратно завернув в бумагу, отнесёт Рыбу. Сюрприз! Он в последнее время такой бледный и измождённый — глядишь, немного воспрянет.

Но сперва можно чуток поглазеть вокруг — тут столько всего! Сквозь облака пробился водянистый солнечный свет и раскрасил воздух: небо заиграло фиолетовым, зелёным, золотым. Её рука больше не болит, а сегодня или завтра, самое позднее — послезавтра отец прочтёт письмо и подумает о ней.

«*Дарагой папа,* — написала она. — *Как тваи дела мои харашо. Я тебя вижу из акна дома где теперъ живу. Памаши мне разок? Незабывай кушать я вирнусъ в следующий выхадной*».

Лампёшка улыбается и засовывает руки поглубже в карманы нового платья. Какое же это волшебство — уметь писать!

Ярмарочный люд визжит и веселится, стайки детей перебегают от одного аттракциона к другому. «Гляди, вон там! И там! А это видали?» Ну и хорошо: никто не обращает на Лампёшку внимания, все глазеют на парад-алле, рассекающий толпу.

Клоуны в полосатых костюмах и на ходулях тянут за собой белых собачонок. Жонглёры подбрасывают в воздух всё, что только можно: ножницы, бутылки, апельсины, кроликов. Акробаты раскачиваются друг у друга на плечах, раскинув руки и размахивая флажками. Огнеглотатели дышат пламенем, а за ними...

— Вон, вон он! Слон!

Неужто слон? Такое нельзя пропустить, думает Лампёшка. Она забирается на бочку и смотрит поверх голов. Точно, вон он — выходит из-за шатра, помахивая хоботом.

Но внезапно она замечает кое-что ещё. Глаза Рыба.

Глаза Рыба? Этого не может быть, но вот они: та же форма, тот же цвет — глаза, из которых струится золото.

Они не настоящие — нарисованы на афише у одного из шатров, что стоит по ту сторону от процессии циркачей.

Лампёшка спрыгивает с бочки и пробирается сквозь лес ног, мимо огнеглотателей и клоунов, проталкивается между разгорячёнными, пьяными телами, перепрыгивает через валяющегося на земле бедолагу — то ли спящего, то ли побитого, — и вот она у входа.

«У-мо-по-мра-чи-тель-ны-е у-ро-ды» — медленно читает она жёлтые, чёрные и алые буквы на афише. Под надписью изображены толстая бородатая женщина, карлик с большой головой и женщина с глазами Рыба. Вихрь зелёных волос, рыбий хвост. Русалка. Всамделишная! Неужто она внутри?

В будке у входа сидит толстяк и, подперев голову ладонями, хрипло и равнодушно выкрикивает:

— Ур-р-роды и чудища... Всего четвертак... Диковинные ур-р-роды... Спешите видеть...

У него странный глаз и огромные, сплошь покрытые татуировками, руки.

— Заходите подивиться забавам матери-природы... Дама с бородой, сиамские близнецы с двумя головами, да-да, из далекой России. Женщина, выловленная из моря... Пальцы в воду не совать... Всего четвертак...

Лампёшка дотрагивается до монетки в кармане. Что же делать? А как же вата?

Внутри глазам сперва приходится привыкнуть к полумраку. Между нишами, подсвеченными маленькими лампами, проложена дорожка из парусины. В шатре больше никого нет, все смотрят парад. Снаружи доносятся крики и звуки фанфар.

В первой нише стоит клетка, в ней на табуретке сидит женщина в костюме из перьев. Она маленькая как ребёнок, но старая и почти лысая. Её чёрные глаза-бусинки устремлены прямо на Лампёшку.

— Здравствуйте, — шепчет Лампёшка.

— Здравствуй, девочка. — Голос у женщины высокий, пронзительный. — Не робей, смотри себе на здоровье. Для того я тут и сижу.

— Э-э-э... я ищу русалку, — смущённо отвечает Лампёшка.

— А, русалку! По коридору налево, в аквариуме у задней стены. Но смотреть там особо не на что, да и беседу она поддержать не может. В отличие от меня. Я — с удовольствием. А хочешь, могу песенку насвистеть?

— Нет, спасибо, — благодарит её Лампёшка и быстрым шагом идёт дальше, мимо следующей ниши, где в кресле тихонько похрапывает дама с бородой. Кого-то она Лампёшке напоминает, но кого? Девочка крадётся на цыпочках, чтобы не разбудить женщину, но та внезапно открывает глаза и устремляет на неё внимательный взгляд. Она встаёт и как будто хочет что-то сказать, но Лампёшка идёт дальше, мимо печального темнокожего человека, такого высокого, что он достаёт головой до потолка, мимо двух старушек, у которых одно тело и одна пара ног на двоих, мимо мохнатого существа, что-то строчащего за небольшим бюро. Ей неловко, словно она тут нагишом: все эти создания сами её рассматривают.

Рыб тоже мог бы здесь оказаться, думает Лампёшка. Сидел бы целыми днями, а на него бы все пялились. От этой мысли её захлёстывает гнев. К Рыбу просто нужно привыкнуть. Тогда он больше не кажется страшным и только совсем чуть-чуть — странным. Она ведь смогла к нему привыкнуть. Но в этот шатёр заходят не затем, чтобы привыкать, а затем, чтобы пугаться. Взвизгнуть «ай» — и до свиданья.

— Ай! — пугается Лампёшка.

За углом стоит большеголовый карлик, он не в клетке. Курит самокрутку и хмурится.

— Тут глазеть не на что. У меня перекур. Давай, проходи дальше.

— Э-э-э... мистер, я русалку ищу.

Карлик показывает себе через плечо.

— Да вот она. Приятного просмотра! — говорит он и затягивается.

Аквариум в глубине шатра обрамлён жутковатыми картинами, намалёванными на деревянных щитах. Русалки с острыми зубами и изогнутыми хвостами сражаются с гигантскими рыбинами. Они вонзают в рыбьи тела трезубцы, из ран хлещет кровь. Золотые глаза устрашающе блестят, чешуя искрится.

В стеклянном баке, полном воды, покачивается какая-то фигура. Вода грязная и зеленоватая, почти ничего не видно. Но ясно, что у фигуры есть хвост и зелёные волосы. Или это водоросли колышутся? Кожа у существа серая, хвост покрыт мелкими водорослями и морскими желудями подобно обломкам дерева, давно гниющим в воде. И пахнет здесь гнилью.

Лампёшка подходит поближе, чтобы разглядеть лицо русалки. Та еле помещается в бак, ей почти негде поплавать или распрямить хвост.

Девочке не терпится уйти из этого гнетущего, унылого места. К тому же здесь противно пахнет. Но она делает глубокий вдох ртом и подходит поближе. Русалка не шевелится. Лампёшка прикладывает руку к стеклу. «Ну же, обернись, — думает она. — Мне надо знать, для Рыба».

— Эй ты! Просыпайся! У тебя гости!

Лампёшка испуганно вздрагивает. У неё за спиной стоит карлик, руки в боки.

Русалка тоже вздрагивает. Резко взмахнув хвостом, она оборачивается. Из бака выплёскивается вода. Лицо русалки совсем близко к стеклу, и она свирепо смотрит на Лампёшку. Так же, как иногда смотрит на неё Рыб. И правда: глаза у них одинаковые.

Глаз

Эдвард, отдуваясь, лежит под кроватью. Мышцы рук дрожат. Но отдыхать некогда: он должен стоять, должен. Во что бы то ни стало. Ночью он никак не мог заснуть, а когда всё-таки засыпал, видел странные, беспокойные сны. Но это, разумеется, не оправдание.

Он должен сам, хоть раз сам спуститься по лестнице. На собственных ногах. А отец будет стоять внизу с разинутым от изумления ртом. Хотя нет, он даже не удивится, он кивнет и улыбнётся сыну:

— *Настоящий мужчина! Я в тебе сомневался, но всё-таки ты из правильного теста вылеплен. Браво, Рыб!*

Эдвард! Эдвард! Слишком он привык к дурацкому прозвищу, которое дала ему эта безмозглая девчонка. Его не так зовут, его назвали в честь отца! Ещё неделя, или, может, три дня, или уже завтра.

У отца серые глаза, в которых плещется море, и огрубевшие от ветра щёки. Эдвард мог бы любоваться этим лицом весь день напролёт, пока в памяти не отложится каждый волосок, каждая морщинка, а потом перебирал бы их в уме долгими месяцами, пока отца не будет.

Но никогда не хватало времени.

Уже через полчаса Адмирал начинал нервничать, снимать с полок то одно, то другое и ставить обратно. Усаживался за письменный стол. Принимался что-то писать. А Эдварду ещё о стольком хотелось рассказать, о стольком расспросить, столько показать.

За его спиной Йозеф тоже начинал ёрзать и бормотать, что им уже пора.

— Не будем вас дольше задерживать, господин. У вас ведь ещё столько дел.

Отец буркал в ответ «да-да» или «увы, так и есть» и вставал из-за стола. И тут наступал любимый момент Эдварда. И самый нелюбимый одновременно, ведь он означал, что их встреча закончилась. Отец подходил к нему, брал за подбородок, прищуривался и впивался в него взглядом, будто искал что-то в лице сына. Как-то он даже положил ладонь Эдварду на голову. Мальчик до сих пор точно помнит, когда это было, какая большая у отца ладонь, какая тяжёлая. Больше этого не случалось, хоть он и продолжал надеяться всей душой.

— Что ж, старайся хорошенько, — говорил тогда Адмирал. — В следующий раз хочу увидеть, как ты стоишь.

— Обещаю, отец, — отвечал Эдвард, надеясь, что голос его звучит низко и мужественно. Но обращался он уже к повёрнутой спине.

— С тобой мы ещё поговорим, Йозеф, — говорила спина.

Бросая последний взгляд на комнату, Эдвард пытался запомнить как можно больше: отцовскую фигуру у письменного стола, сам стол, шкафы, полные насекомых и бабочек, маски на стене, чучела животных и — о! — тигра, тигриную шкуру на полу... Ему никогда не хватало времени. Йозеф закрывал дверь и уносил его наверх.

Обычно Адмирал ещё несколько дней гостил дома. Ел, спал, давал пару званых ужинов. Мальчик целый день прислушивался, пытаясь догадаться, что происходит внизу. Но из башни много не услышишь.

В те дни он выставлял напоказ свои самые интересные книги, самые аккуратно написанные сочинения, самые красивые карты.

— Ах, парень, — вздыхал Йозеф, когда видел, что Эдвард, бледный от усталости, тренируется больше обычного, не спит и не отрывает взгляда от двери. — Я спрошу. Но ты же знаешь, он занят.

Адмирал никогда не поднимался наверх.

А через несколько дней отец снова уходил в море. На год, иногда на несколько месяцев. Но чаще надолго. Кажется, в этот раз очень надолго. Эдвард уже потерял счёт времени.

Но ему не надо считать, не надо думать, не надо распускать нюни. Надо браться за дело, вот что. Вперёд, заниматься, чего разлёгся...


Дверь распахивается, и в комнату вбегает эта безмозглая девчонка.

— Пойдём со мной, — говорит она. — Это очень важно, Рыб. Возьмём тележку, Ленни пусть остаётся здесь, так проще. С лестницы я тебя как-нибудь снесу, стащу волоком, если понадобится.

Он не понимает, что она городит, он её даже не слышит.

— Не зови меня так, — отвечает он. — И уходи, я занят. — Он потуже затягивает ремешки сбруи.

— Эдвард так Эдвард. Но, Эдвард, тебе правда надо со мной. Если отправимся прямо сейчас, успеем до темноты. Послушай же, я...

— Ты что, оглохла? Говорю же: я занят. — Он подползает к перекладинам и пробует встать.

— Рыб, ты не можешь... Эдвард, ты не можешь стоять. Брось это дело.

Он мечет ей свой самый грозный взгляд и оскаливается. Она пятится, но не уходит. Эдвард снова сосредоточивается на руках. Но девчонка не сдаётся, она подходит к нему и тянет его за плечо.

— Это важно, — говорит она. — Послушай меня.

Что может быть важнее тренировок? Скоро вечер, а он не знает, сколько времени у него ещё осталось. Он столько дней не занимался...

— Я видела твою маму.

— Что?

Он валится на землю. Девчонка опускается на колени рядом с ним. У неё мокрые волосы, от неё пахнет ветром и улицей.

— Рыб! Эдвард! Честное слово, я видела твою маму. Во всяком случае, я думаю, что это была она.

Нет у него никакой мамы. Так что это невозможно.

— У неё были в точности такие же глаза, как у тебя, и...

— И что? — усмехается он. — Глаза, подумаешь, у кого их нет?

— Ни у кого нет таких глаз, как у тебя, Рыб, — говорит

она. — Клянусь, ни у кого.

О чём это она? При чём тут глаза?

— Ну и что у меня, по-твоему, за глаза?

Она достаёт из кармана осколок зеркала и подносит его к лицу мальчика.

— Ты что, сам не видел? Вот, погляди. А когда ты в воде, они становятся золотыми.

На Эдварда в упор смотрит его собственный глаз.

И внезапно он вспоминает, что ему снилось прошлой ночью.

# В пути

Колёса дребезжат и скрипят, а ехать ещё далеко. Ник и Ленни выпустили Лампёшку с тележкой за ограду, пока Марта, ни о чём не подозревая, возилась в погребе. Ник запер за ними ворота, а Ленни печально провожал их взглядом сквозь решётку до тех пор, пока они не исчезли в лесу.

— Трясёт, — жалуется Эдвард. — А одеяло воняет. Где ты только его взяла?

Лампёшка бережёт дыхание, чтобы тянуть тележку.

— Ай, да поосторожней ты! — восклицает мальчик. — Объезжай камни. Колесо совсем расшаталось, вот-вот отвалится.

Лампёшка останавливается.

— Помолчи, — говорит она. — А то ещё услышит кто-нибудь.

Ненадолго воцаряется тишина.

— А она красивая — мама? — едва слышно спрашивает Эдвард.

— На тебя похожа.

— Я не про то.

— Только ты — полукровка, а она полностью... э-э-э... русалка.

— И волосы у неё зелёные.

— Да.

— А ноги...

— Да.

— А она добрая?

— Не знаю, мы не разговаривали.

— Наверняка нет. Не добрая. — Эдвард смотрит в пустоту. — Добрых вообще не бывает.

— Я добрая. Вон в какую даль тебя тащу.

— Лучше отвези меня домой.

Он не уверен, что и вправду этого хочет. Она приснилась ему ночью, мама или кто она там. Он и сам не понимает, как это возможно, — ему никогда ещё не снилось ничего подобного.

*Он видит её впервые, но уже хорошо её знает.*

*Её лицо — это его лицо, и у них одинаковые хвосты, и их волосы развеваются в воде.*

*Внезапно их разбирает смех, пузырьками вырывается изо рта. Поводов для смеха, оказывается, сколько угодно!*

*И вот она берёт его за руку и тянет за собой. Они устремляются вперёд, в глубину — глубже, чем он мог себе представить.*

*Вдалеке плывут огромные тени полосатых китов. Мимо стайками проносятся маленькие тени, вокруг всё колышется, сверкает и плещется, и она гладит его по щеке и со смехом обгоняет его, и он наконец-то чувствует себя дома.*

Но присниться-то может всё что угодно.

— Забудь об этом, — говорит Эдвард. Ему холодно, его

укачивает, дорога вниз вся в колдобинах. — Забудь, я больше не хочу, едем домой.

— Ты что, спятил? — оборачивается к нему Лампёшка.

— В другой раз съездим. Сначала мне нужно всё хорошенько обдумать. И тренироваться нужно. Я хочу...

— В другой раз нельзя! Ярмарка уедет, — возражает Лампёшка. — Они никогда надолго не задерживаются. Может, завтра их уже ищи-свищи. Должны же мы узнать, твоя это мама или нет!

— Не нужна мне никакая мама, — говорит Эдвард. — У меня её сроду не было, я привык. Отвези меня домой.

— Нет! — не соглашается Лампёшка. Она уверена, что так нельзя.

— Я здесь главный! — шёпотом кричит Эдвард. — Мой отец...

— Рыб, — странным голосом перебивает его Лампёшка. — Под одеяло. Скорей! Лежи тихо и не двигайся.

Кто-то выходит из-за поворота и направляется в их сторону. Лампёшка сразу же узнаёт, кто это.

Она оглядывается по сторонам. Слева и справа — густой лес, колючие заросли кустов. Спрятаться там? Нет, поздно: высокая фигура быстро приближается, Лампёшка не забыла, какая стремительная у неё походка.

«Опять? — думает девочка. — Что ей тут понадобилось? Опять!»

## Сердце учительницы

Да, что ей тут понадобилось, мисс Амалии? На дороге, ведущей к Чёрному дому. Опять.

Да ничего особенного, отвечает она сама себе. Сегодня среда, в школе короткий день, маленьких надоед распустили по домам. Она просто решила пройтись и вправе гулять, где ей вздумается. А вздумалось ей погулять здесь, по тропинке, ведущей к... ну, в общем... к его дому.
На этот холм ещё попробуй заберись — она запыхалась и слегка ослабила бантик на шее.

Как бы мисс Амалия ни восхищалась господином Адмиралом, от дома она не в восторге. Слишком большой, полный сквозняков и грязный. Неудивительно, что о нём ходят странные слухи. Про чудовищ и прочую чепуху, в которую она, конечно, и не думает верить.

И дорогу к дому она тоже не любит. Жутковато здесь, в этой тёмной чаще, где вечно висит морской туман. Вот встреться ей сейчас кто-нибудь... Кто-нибудь с недобрыми намерениями... Услышит ли кто, если закричать?

Она усмехается: ах, нет тут никого! Какой вздор. Или всё-таки... Да, всё-таки есть. Кто-то идёт ей навстречу.

Мисс Амалия тревожно всматривается вдаль. Но тут же облегчённо выдыхает, узнав идущего. Да-да, со зрением у неё пока всё в порядке.

Это та девочка, Эмилия, с какой-то тележкой позади. А в тележке что-то лежит... Что-то такое... Девочка останавливается и пытается повернуть обратно. Словно с перепугу, словно ей есть что скрывать.

Мисс Амалия качает головой. Так она и знала!

Замарашка из гнусной башни, на вид такая смирная и застенчивая, но можно дать голову на отсечение: только отвернись — и она тут же стащит у тебя из-под носа всё, что плохо лежит. Она что-то украла, эта девчонка. Украла из дома, где её так радушно приняли, и вот чем она отплатила, неблагодарная! Ещё надеется прикрыть это что-то одеялом! Нет уж, милая, поздно!

Господин Адмирал будет ей благодарен, думает учительница. Обрадуется, что хоть кто-то следит за порядком в его доме: от прислуги этого ждать не стоит, это мисс Амалия уже давно поняла.

— *Как удачно*, — скажет она ему, — *что рядом оказался человек, который держит ухо востро, человек с неравнодушным сердцем. Неравнодушным к вашему благополучию.*

— Вы просто чудо, сударыня, — наверняка ответит он с загадочной улыбкой. Она и раньше замечала такую улыбку у него на лице.

Мисс Амалия скорее позволит закидать себя камнями,

чем расскажет кому-то о своей тайной мечте. Одинокий мужчина в таком большом доме. Кто-то же должен за ним присматривать? И почему бы не она? Что ж она, не женщина, что ли?

— Эмилия! Какое совпадение! — Мисс Амалия протягивает девочке руку для рукопожатия.

— Здравствуйте, мисс, — Лампёшка легонько пожимает руку и поскорее отпускает её.

— А где твое новое платье?

«Платье?» — удивляется Лампёшка. Ах, да!

— Оно-о-о... — тянет она. — Оно лежит в...

— Ты в город? У тебя сегодня выходной?

Это же было вчера! Ах, нет, сегодня всё ещё среда. Лампёшка неуверенно кивает:

— Я... меня отпустили на ярмарку.

— На ярмарку? Чудесно! Господин Адмирал уже вернулся?

— Ещё нет, но, кажется, уже скоро. Мы приводим дом в порядок.

— И тебя в такое время отпустили?

— Да, мне надо... э-э-э... я иду...

— На ярмарку, говоришь? И прихватила с собой что-то?

— Нет-нет, — мотает головой Лампёшка.

— А это что такое?

— Ничего. — Лампёшке решительно ничего не приходит в голову.

Она видит, как Рыб шевелится под одеялом. «Шла бы эта женщина своей дорогой, — думает Лампёшка. — И почему она никак не оставит меня в покое? Почему везде суёт свой нос?»

— Ты, верно, думаешь: и почему она везде суёт свой

нос? — недобро усмехается мисс Амалия.

Лампёшка пожимает плечами.

— Но я всё же хотела бы знать, что у тебя там. Покажешь?

Лампёшка мотает головой. Одеяло снова шевелится. Спокойно, Рыб!

— Ты уверена?

Лампёшка кивает.

— А теперь мне пора, мисс. Прошу извинить. — Она пытается протащить тележку мимо учительницы.

Мисс Амалия видит её плохо сшитое платье и стоптанные башмаки. Да нет, все понятно, конечно... Ребёнок вырос в бедности и вдруг попадает в такой большой богатый дом... Пусти козла в огород... Долг велит ей сообщить об этом Адмиралу, и она, безусловно, сообщит, она уже предвкушает их разговор. Если есть на свете человек с добрым сердцем, то это она. С большим сердцем. От этой мысли на её губах появляется улыбка.

— Знаешь что, Эмилия? Ты мне покажешь, что лежит у тебя в тележке, честно расскажешь, что украла, и мы вместе вернём это обратно. — Мисс Амалия укоризненно смотрит на Лампёшку. — Честно живёшь — дольше проживёшь, вот так-то, детка. Конечно, господин Адмирал тебя накажет, этого требует справедливость, но я лично прослежу, чтобы он обошёлся с тобой не слишком...

Тут она замечает, что девочка совсем не слушает её, а дёргает за ручку тележки.

— Эмилия Ватерман, тебе даётся шанс, и на твоём месте я бы им воспользовалась. Сейчас же покажи, что прячешь под одеялом!

— Нет, мисс. — Лампёшка, покрываясь потом, пытается сдвинуть с места зацепившееся за камень колесо. — Не могу, правда.

— Детка, я и так знаю, что это.

— До свидания, мисс, — говорит Лампёшка и пускается бегом. Но мисс Амалия к этому готова.

— Эмилия! — резко говорит она. — Игры кончились.

Она протягивает руку и одним рывком сдёргивает одеяло.

Чёрные глаза, острые зубы. Под одеялом таилось чудовище!

«Не может быть, — думает мисс Амалия. — Чудовищ не существует!»

Но вот же оно, тянется к ней, разевает пасть для укуса, и...

— Рыб! Не надо! — визжит Лампёшка.

И Рыб останавливается в последний момент, его зубы царапают руку учительницы. Женщина, отпрянув, падает, хочет закричать. Но Лампёшка уже накидывает на тележку одеяло, тянет за ручку и бежит дальше, так быстро, что тележка едва не переворачивается, а Рыб едва не вываливается на землю.

— Чу... — только и может выдавить из себя мисс Амалия. — Это чу...

Спотыкаясь, Лампёшка мчится дальше и тянет за собой прыгающую на кочках тележку. Она оборачивается на миг, но учительница не преследует их, а так и сидит на тропинке с раскинутыми по земле юбками. Держится за запястье и не сводит с них взгляда, пока они не исчезают за поворотом.

Ещё через два поворота Лампёшка останавливается перевести дух. У дороги стоит сарайчик, за которым можно укрыться. Рыб выглядывает из-под одеяла.

— К-к-кто... кто это был? — заикаясь, спрашивает он. Лицо у него белое как мел.

Лампёшка пару раз глубоко выдыхает.

— Это, — отвечает она, — школьная учительница.

— Школьная? Из какой школы?

— Из моей школы.

— Но ты же не училась в школе.

— Две недели училась.

— У неё?

— Да, у неё.

— Это тогда ты ничему не научилась?

— Научилась, — Лампёшку разбирает смех. — Букву «Э»-то я выучила.

— Ах, да, «э»... — Эдвард тоже смеётся, но потом бросает на Лампёшку озабоченный взгляд. — Она меня видела. Меня никто не должен видеть.

Лампёшка пожимает плечами. Ничего не поделаешь.

— Надеюсь, ты будешь сниться ей по ночам, — говорит она. — В кошмарах.

— Она не гонится за нами? — испуганно спрашивает Эдвард.

— Я никого не вижу.

— Может, лучше вернёмся?

— Нет, — решительно отвечает Лампёшка. — Тут недалеко. Правда.

Отсюда уже виднеются домишки на окраине города. Вдалеке грохочет ярмарочная музыка.

Стараясь не попадаться никому на глаза, Лампёшка въезжает на пустошь, где раскинулась ярмарка. Шатёр с русалкой стоит на отшибе, где не слышна музыка и почти никого нет.

Эдвард подглядывает в щёлку.

— Это здесь?

— Тс-с! Да, в том шатре.

Лампёшка окидывает взглядом натянутую парусину, деревянный настил, намалёванных у входа уродов и будку, в которой сидит здоровенный толстяк. Он читает газету.

— Всего четвертак... — бормочет он, не поднимая глаз.

Четвертак! Об этом она не подумала. Четвертака-то у неё больше нет!

## Четвертак

У толстяка только один видящий глаз, на месте второго — дыра, а в глубине дыры болтается бледно-голубой стеклянный шарик. Жирное тело, сплошь покрытое татуировками, еле умещается в будке. Тот, у кого нет четвертака, может полюбоваться на труппу прямо здесь: из-под мышки толстяка выглядывает женщина-птица, на предплечье извивается русалка, а на шее карлик режется в карты со скелетом в высоком цилиндре.

Лампёшка делает глубокий вдох и подходит к будке.

— Мистер, я сегодня уже один билет купила, — говорит она. — Но хочу ещё разок посмотреть. Можно бесплатно?

Толстяк даже не отводит взгляда от своей пожелтевшей газеты.

— Заплатила — зашла, — бормочет он. — Вышла — плати снова. Всего четвертак.

— У меня нет денег, — говорит Лампёшка. — Но мне очень нужно. Я ненадолго.

Глаз на миг отрывается от газеты и впяряется в девочку. Толстяк качает головой и возвращается к чтению.

— А если я пообещаю, что заплачу́ завтра?
— Завтра мы уезжаем.
— А если...
— Или плати, или кыш отсюда.

Лампёшка разглядывает толстяка, его грязную рубашку. С такими татуировками и с этим своим глазом он легко мог бы сойти за пирата. Когда-то пираты давали ей монетку за то, что она пела для них матросские песни. Особым успехом пользовались печальные, в которых герой тосковал по утраченному: по дому или, наоборот, по морю... По щекам морских разбойников катились слёзы, и они не глядя отдавали ей всё, что находили в карманах: медяки, золото, жемчуг. Верёвки и рыболовные крючки тоже. У неё набралась полная шкатулка, её собственная копилка, говорила мама, на будущее. Но... однажды шкатулку нашёл отец — и назавтра она уже валялась на полу пустая.

Лампёшка прочищает горло.

— *Моряк, что шатаешься...* — затягивает она. Слишком тихо, толстяк даже не замечает. Ещё раз. — *Моряк...*

— Ты чего? — Рыб привстаёт в тележке. — Когда мы уже попадём внутрь? Нам же внутрь надо?

— Тихо! — шипит Лампёшка. — Не шевелись, замри!

Хозяин шатра по-прежнему сидит уткнувшись в газету. Неужто и впрямь ничего не заметил? Лампёшка встаёт, стучит по стеклу и пробует ещё раз, погромче:

*Моряк, что шатаешься ночь напролёт?*
*Вспомни о матери, что... м-м-м... дома ждёт...*

Толстяк таращится на неё, как на сумасшедшую.

В глазах ни слезинки, щёки сухие.

— *Сладки уста матросской невесты...* — не сдаётся Лампёшка. Эта песня тоже пользовалась успехом. Но всё напрасно.

— Ну и ну, — странно усмехается толстяк. — Целая серенада для дядюшки Эйфа, вот это да! С чего вдруг?

— Я хотела... Это в обмен... — шепчет Лампёшка, вспыхнув. — Я думала заплатить за вход песней... или... э-э-э... ладно, нет так нет.

Она озирается. Если это не помогло, что ей ещё остаётся?

— Ах, ты меняться хотела? — Толстяк наконец откладывает газету. Своим здоровым глазом он оглядывает девочку с головы до пят и наклоняется как можно ближе к ней, прижавшись животом к столешнице. — От слащавых песенок нам ни жарко, ни холодно. — Он улыбается, не слишком дружелюбно. — Но можно попробовать кое-что другое....

Он жестом подзывает Лампёшку к себе. Она делает шаг к будке. Интересно, чем же ещё с ним можно поменяться? Что ему от неё нужно?

Моряк складывает губы трубочкой, как рыба, и показывает на них пальцем:

— Поцелуйчик? Один? Сюда?

— Чего? — До Лампёшки не сразу доходит. — А-а-а... — говорит она и делает шаг назад. — Нет, спасибо.

— Два. Два поцелуя. Один — за тебя и один — за твою тележку.

— Нет, так не пойдёт. — Лампёшка нагибается и нащупывает в примятой траве ручку тележки, не находит, поскальзывается и падает на колени в холодную грязь.

Толстяк громко хохочет, сотрясая будку.

— Не пугайся, милая. Сговоримся и на одном, а тележку оставишь здесь, дядюшка Эйф за ней присмотрит...

Лампёшка поворачивается и, оскальзываясь, уходит, увозя за собой тележку.

— Ах... — доносится сзади. — Ах, всего один маленький... — Толстяк опять разражается хохотом. — Ха-ха-ха! Как она на меня зыркнула! Да, девушки — они от меня без ума...

Лампёшка отошла уже далеко, а хохот всё не умолкает. Она резко дёргает тележку, та подскакивает.

— Ай! Эй! — кричит Эдвард из-под одеяла. — Ай, да тише ты! Осторожней!

Он сильно стукается подбородком о бортик и умолкает. Между двумя шатрами Лампёшка находит безлюдное местечко и останавливается.

— Тьфу! Ух, гадость! — дрожит она. — Фу!

— Ты чего? — не понимает мальчик. Он садится в тележке. — Что случилось? Чего он хотел?

— Поцелуй он хотел, — плюётся Лампёшка.

— Чего?

— Поцелуй.

— Твой?

— Да.

— А зачем он ему?

Лампёшка пожимает плечами:

— Ну как... Мужчины это любят. Или поцелуй, или четвертак. Но четвертака у меня нет.

— А поцелуи есть?

Лампёшка вздыхает. Гадость, какая же гадость!

Она вытирает губы. Что же делать? Как попасть в тот шатёр? Становится всё темнее и холоднее, ярмарка вот-вот закроется. А домой она возвращаться не хочет. Сегодня Рыб увидит свою маму, и точка. Согласиться, что ли? Она вздыхает. Досчитать до трёх, зажмуриться, и они внутри. Она представляет себе дядюшку Эйфа, и тошнота подступает к горлу.

Эдвард сидит в тележке и не понимает, что он тут, собственно, делает. Тонкое одеяло не греет, а мир вдруг стал таким огромным: музыка, гам, крики со всех сторон, в любой момент к нему может кто-то подойти, сорвать одеяло и завизжать, и на него будут таращиться и тыкать пальцами. Он устал от новизны, устал пугаться, а в голове роятся незнакомые мысли. О мамах. О губах. О поцелуях.

Он ворочается с боку на бок: лежать в тележке ужасно неудобно. И почему только людям хочется целоваться? Чувствовать слюни другого у себя на щеке? На губах? Во рту...

— Тьфу! — фыркает он, в точности как Лампёшка. Он косится на девочку. В сумерках ещё можно различить её лицо, рот, губы, на вид они довольно мягкие, розовые, не слюнявые...

— Ну и не надо! — вырывается у него так громко, что он и сам вздрагивает. — Пошли домой. Вези меня обратно. Сейчас же!

Как бы он уже хотел там оказаться, залезть под кровать, где ему и место!

— Нет, — качает головой Лампёшка. — Нужно её увидеть обязательно. Я соглашусь. Подумаешь, всего лишь поцелуй — ничего страшного.

Эдвард вырывается, но она вновь заталкивает его под одеяло и тянет тележку обратно к пустоши. На них чуть не натыкается компания гуляк, горланящих пьяные песни.

— Поосторожней! — говорит она.

— Это ты поосторожней, цыпочка! — кричит один из них, а остальные продолжают петь:

*Все на берег, все на берег!*

Пение ненадолго затихает, потом возобновляется:

*Все с мамзелями гулять!*
*До утра, пока с причала*
*Мы не свалимся опять.*

— Эй, постой, цыпочка, — окликает её тот же голос. — Куда собралась?

«Да чтоб тебе провалиться! — думает Лампёшка. — Чтоб вам всем провалиться!» Она шагает дальше, туда, к тому дядьке, она поцелует его — дважды, если надо, — и Рыб увидит свою маму. Увидит всё равно, увидит, даже если...

— Лампёшка?

Она опять едва не врезается в кого-то. Да она и по сторонам-то толком не смотрит. К ней наклоняется высокий худощавый мужчина. За его спиной — огни факелов, они слепят глаза, но Лампёшка всё равно его узнаёт.

— Здравствуйте, мистер Розенхаут, — говорит она.

## Миссис Розенхаут

— Надо же, и правда ты!

Мистер Розенхаут протягивает руку, словно хочет погладить Лампёшку по голове, но останавливается.

— Ах, милая, — говорит он, — как же я рад тебя видеть, я столько о тебе думал! Как поживаешь?

Лампёшка пожимает плечами. Как она поживает? Она рассержена, и ей боязно находиться здесь с Рыбом у всех на глазах, она замёрзла, и, чтобы заработать денег, ей предстоит решиться на то, чего ей совсем не хочется...

— Я хорошо, — отвечает она.

— А твой отец? Болтают, что он...

Но Лампёшка так и не успевает узнать, что болтают люди о её отце: через грязную истоптанную ярмарочную пустошь к ним уже спешит невысокая женщина. Она отпихивает мужа и встаёт прямо перед Лампёшкой.

— Вы только полюбуйтесь! — восклицает миссис Розенхаут. — Она по ярмарке разгуливает! — Женщина окидывает

Лампёшку с ног до головы пристальным взглядом, не оставляя без внимания и тележку. — Теперь-то ты видишь? — Она толкает мужа в бок. — А ещё говорил... да все говорили: «Сидит под замком!.. В том жутком доме!.. Её сожрало чудовище, ай-ай-ай!» Если всё так, отвечала я — а я и тогда-то в это не верила, — если всё так, то я разорву их счёт, прощу все долги. Такой уж я человек. Но...

— Хил, — вздыхает мистер Рознехаут. — Помолчи. Мы рады, что Лампёшка цела.

— Ещё бы не рады! И руки-ноги при ней, как я погляжу. Развлекается себе тут, на ярмарке. За наши, между прочим, денежки. Ну, ты со мной, понятно, не согласен, но так оно и есть. Они нам и цента не заплатили, так что...

— Так что ничего. — Мистер Розенхаут берёт жену под руку. — Так что мы оставим Лампёшку в покое и пойдём домой. Ты ведь домой собиралась?

Но миссис Розенхаут не двигается с места.

— Так что то, что ты везёшь в той тележке, на самом деле наше. Что бы это ни было. — Все трое переводят взгляд на прикрытый одеялом бугорок. — Ну, что там, кстати, такое?

— Не наше дело! — шипит мистер Розенхаут. — Пойдём, Хил. Сейчас же.

— Мы тоже пойдём, — живо добавляет Лампёшка. — То есть... я пойду. Мне ещё кое-что нужно...

Миссис Розенхаут выдёргивает руку и подходит к тележке.

— Что это? Что у тебя там?

— Ничего. — Лампёшка вдруг чувствует, что ужасно устала от приключений. Почему её никак не оставят в покое?

— Это нас не касается, — повторяет мистер Розенхаут.

— Ещё как касается! — Миссис Розенхаут протягивает руку к одеялу, которое вздымается и опускается, будто дышит.

— Ох, женщина, прекрати, ради бога, оставь девочку в покое и послушай меня...

Но миссис Розенхаут никогда не слушала мужа и сейчас слушать не собирается. Она хочет знать. Она хочет завтра рассказать об этом покупателям, а «загадочный бугорок под одеялом» — это ещё не история. Что же там такое? Что она там прячет? Миссис Розенхаут протягивает руку к бугорку, который медленно растёт. Раздаётся какое-то рычание, и в тёмном силуэте под одеялом она различает то, о чём и так уже догадывалась.

— И-и-и! — визжит она. — Чудовище, чудовище из Чёрного дома!

Никто не визжит так, как жена бакалейщика. Её голос пронзает вечернее небо, и тут же оборачивается весь ярмарочный люд. Ох, и будет ей что рассказать завтра, аж язык чешется! Миссис Розенхаут хочет отбросить одеяло и присмотреться получше, но девчонка уводит тележку у неё из-под носа.

— Помогите! На помощь! — вопит миссис Розенхаут. — Оно меня укусило, чудовище укусило меня! До крови, я истекаю кровью! Поглядите же!

Из-под одеяла Эдвард смотрит на Лампёшку испуганными чёрными глазами и мотает головой:

— Я её не трогал, я её не кусал!

Вокруг раздаются всё новые вопли. Отовсюду слышится:

— Чудовище! Там чудовище!

— Что-что? Правда? — Народ сбегается поглазеть. Много народу. — Что за чудовище?

— То самое, из Чёрного дома! Оно ей полруки отхватило, сам видел!

— Но где же? Где? — Большинство, ожидая увидеть что-то огромное, смотрит в другую сторону или вверх. Миссис Розенхаут теряется в толчее. Лампёшка пытается протиснуться сквозь толпу, но её толкают со всех сторон, тележка вот-вот перевернётся.

— Пустите! Дайте пройти! — кричит она. Никто её не слышит, никто не уступает дорогу.

Внезапно становится легче. Чья-то большая рука ухватилась за ручку и помогает тянуть тележку.

— Сюда! — Мистер Розенхаут тащит тележку прямо через сборище любопытных. Он показывает себе за спину. — Там! Там оно! У-у-у, жуткое, смотрите туда!

Все возбуждённо кидаются в ту сторону.

— Пойдём, — машет он ей и тянет тележку на другой конец пустоши. Добравшись до затенённого прохода между двумя шатрами, он останавливается.

Приотставшая Лампёшка, задыхаясь, подбегает к тележке:

— Рыб! Рыб, как ты? — Она кладёт руку на одеяло, в которое закутался дрожащий мальчик.

— Домой, — отвечает одеяло. — Домой-домой-домой...

— Конечно, — шепчет Лампёшка, гладя мальчика по голове. — Пойдём, сейчас пойдём.

Она вздыхает. Не вышло, её план не сработал. А завтра ярмарка уедет, и вернётся только через год... И как теперь... она даже точно не знает, была ли это...

— Иди вон той дорогой, — тихо говорит мистер Розенхаут, разглядывая тележку и лежащего в ней Эдварда. — Там народу поменьше.

Лампёшка понимает, что он будет держать язык за зубами.

— Он никакое не чудовище, — говорит она. — Правда. Он...

Мистер Розенхаут мотает головой:

— Мне это знать необязательно.

Он бросает взгляд на толчею вдалеке, откуда до сих пор доносятся вопли и крики. Люди всё ещё ищут чудовище или какую другую забаву: в последний вечер ярмарки без переполоха никогда не обходится.

— Что ж, пойду выручать свою благоверную, — вздыхает бакалейщик. — Вдруг ей помощь нужна. Дай-ка руку. — Он достаёт из кармана горстку медяков и высыпает их девочке в ладонь. — Ты уж прости... Вообще-то она не такая. Или была не такая. Или... — Он снова вздыхает. — Или мне стоило получше присмотреться.

Лампёшка разжимает кулак — осторожно, чтобы ничего не выронить. Пятачки, гривенники и четвертаки — целых три, а то и больше.

— Ну что, едем? — раздаётся голос Эдварда из тележки. — Едем домой?

— Знаешь... — говорит Лампёшка. — Пожалуй, пока нет.

## Сияющий Алмаз

В шатре, к счастью, спокойно. Эйф едва взглянул на Лампёшку, когда она положила перед ним два четвертака, лишь удивлённо вздёрнул бровь и махнул рукой в сторону входа.

Наконец-то! Внутри темнее, чем в прошлый раз. В нишах по обеим сторонам от прохода горят свечи. Умопомрачительные уроды бросают на идущую по проходу Лампёшку недоуменные взгляды.

— Ещё одна? — бормочет женщина-птица. — Разве нам не пора ужинать? Ну так и быть, погляди чуток.

Она слезает с табуретки и скачет туда-сюда, помахивая крыльями. Тонкие чёрные перья, привязанные к её костюму, подпрыгивают вместе с ней. Бородатая женщина встаёт с кресла и внимательно рассматривает девочку с тележкой, но Лампёшка уже у следующей ниши. Сиамские близнецы режутся друг с другом в карты. Одна из голов поворачивается к Лампёшке:

— Здравствуй, девочка. Сегодня ты будешь нас кормить?

Вторая голова не смотрит в её сторону.

— Кто нас будет кормить?

— Я-то откуда знаю?

— Ну так спроси.

— У кого?

— У девочки этой.

— У какой девочки?

Лампёшка поворачивает за угол, и голоса стихают. Она останавливается. Эдвард выглядывает из-под откинутого края одеяла.

— Здесь? — шепчет он.

— Тс-с! Да, вон в том баке, видишь?

Лампёшка подвозит тележку поближе. Вот они: русалки с блестящей чешуёй, трезубцы, фонтаны крови над грязным аквариумом.

Эдвард садится в тележке, одеяло соскальзывает с него.

— Там, внутри? — Морща нос, он всматривается в бак с коричневой водой. — Я ничего не вижу.

— Одеяло! — шипит Лампёшка. — Вдруг кто войдёт! — Она снова укрывает мальчика и подтягивает тележку поближе. — Она там, разве не видишь? В глубине, та тёмная...

Из облака водорослей проступает лицо русалки и прижимается к стеклу. Зелёные волосы колышутся в воде, большие чёрные глаза как будто что-то ищут и находят Рыба. Он смотрит на неё, ошеломлённо разинув рот. Русалка прижимается к стеклу сильнее, так что её нос, рот и щёки расплющиваются и белеют. Из её рта вылетают пузырьки.

У Рыба вырывается тихий писк. Он не в силах оторвать от неё глаз. Одеяло опять сползло вниз.

— Так я и думал, — раздаётся чей-то голос.

Лампёшка подскакивает от испуга.

— Я знал, что ты ещё вернёшься. У тебя на лице было написано. — Карлик стоит в темноте шатра, уперев руки в боки, в углу рта самокрутка. Но смотрит дружелюбно, на губах улыбка. — И, вижу, ты не одна.

Эдвард пытается поскорее укрыться, но запутывается в одеяле.

— Ку-ку! — весело говорит ему карлик. — Я тебя уже заметил. Ты где такого нашла? — спрашивает он у Лампёшки. — Дома под кроватью?

Лампёшка хочет помочь Эдварду с одеялом, но оно сползает на пол.

— Безмозглая девчонка! Дура! — шипит мальчик. — Подними сейчас же. — Он рычит и скалится на карлика. — Я кусаюсь, понял? Сейчас раскушу тебя напополам! Спроси у неё!

— А я и не сомневаюсь, Рыбий Хвост. — Карлик невозмутимо подымает с грязного пола одеяло, встряхивает его и укрывает мальчика. — Пришёл родню навестить?

Рыб снова переводит взгляд на русалку. Они с ней родня?

— У меня вообще-то спайка, — сердито отвечает он. — Ноги уже здорово окрепли, надо просто много тренироваться.

— Ах, мальчик, ну конечно. Я вижу. — Карлик протягивает Лампёшке руку. — Здравствуй, милая девочка! Меня Освальдом звать.

— Эмилия, — застенчиво представляется она, пожимая ему руку. — Но все зовут меня Лампёшкой.

— Лампёшка, — улыбается карлик. — Чудесно! А это?

— Эдвард, — говорит Лампёшка.

— Рыб, — говорит Рыб, не спуская глаз с аквариума.

Освальд приносит из-за парусиновой перегородки небольшую приступку, с которой кормят русалку.

— Хочешь туда, к ней? — спрашивает он у Рыба. — Попрошу Лестера тебя подсадить — вон он тут рядом, долговязый такой. Поплаваешь со своей тётей.

— Мы думаем, это его мама, — шепчет Лампёшка — Точнее... точнее, я так думала.

Карлик прищуривается.

— Ну, это вряд ли, — говорит он. — Сомневаюсь. Но можно спросить. Так как, — обращается он к Рыбу, — поплаваешь чуток?

Мальчик мотает головой:

— Я не могу. Скажи ему, — пихает он Лампёшку в бок. — Мне нельзя с головой под воду!

— Как хочешь, — пожимает плечами Освальд и сам забирается на приступку. — А она бы обрадовалась.

— Откуда вы знаете?

— Со мной можно на «ты».

— Э-э-э... ты её понимаешь? Разговариваешь с ней?

— Бывает. — Карлик закатывает рукав пиджака и опускает пальцы в воду. — Она почти всегда говорит одно и то же.

Снизу всплывает белая перепончатая рука и сжимает пальцы карлика. Но глазами русалка сквозь мутную воду сверлит мальчика в тележке. Из её рта поднимаются пузырьки и лопаются на поверхности.

— Нет, она не твоя мать, — говорит Освальд. — Но тебя она знает. Она твоя... она тебе кто-то вроде тёти, если я правильно понимаю. Говорит, они тебя искали.

Глаза Рыба округляются.

— Кто искал? К-когда? Г-г-где?

Карлик закрывает глаза.

— Сияющий Алмаз, — сообщает он. — Так её зовут.

Лампёшка разглядывает зеленовато-коричневое существо в баке. Сияющий Алмаз?

— Она далеко от дома, — продолжает карлик. — Уже очень давно... Она тоскует, так тоскует...

Он начинает говорить другим, грудным, голосом — голосом русалки. Лампёшка чувствует, как пальцы Рыба сжимают её руку. Крепко, но ничего, можно потерпеть. В полутьме из ниш появляются другие существа и подходят ближе. Тощий темнокожий верзила, бородатая женщина, рядом с ней потрёпанная женщина-птица: все тихонько окружают аквариум и прислушиваются к льющемуся из карлика голосу.

— Она приплыла... — Карлик немного помолчал и начал снова. — Я приплыла сюда, чтобы найти сестру, мою милую, красивую сестру, прекрасней её среди нас не было. Однажды она исчезла. Поговаривали: сбежала с двуногим, уплыла на корабле. Я не могла поверить. Ну кто сам, по доброй воле, захочет жить на суше? Чем дольше я здесь, тем хуже это понимаю. Этот мир не для нас, мы тут угасаем. Лучше бы умирали. Взгляни на меня. Круг, ещё круг — и всё, мне отсюда не вырваться...

Русалка делает пару кругов по аквариуму, потом снова берёт карлика за руку.

— Я сама виновата. Хотела помахать сестре, всего лишь

помахать. Ну, может, ещё осторожно спросить, не тянет ли её домой... Ведь мне так её не хватало! Но я не нашла мою сестру. Говорили, одну из наших пару раз видали в бухте, возле скалы, но, когда я туда добралась, там никого не было. Одни только бестолковые рыбы-сплетницы. Они болтали о русалке с толстым брюхом, с брюхом, в котором сидел детёныш. Долго он там не просидит, подумала я, рано или поздно появится на свет, и я решила подождать. Но прождала слишком долго, подплыла слишком близко к берегу, и тут-то меня и...

Она взмахивает хвостом, и вода выплёскивается через край. Освальда окатывает волна, он пытается удержать русалкину руку, но русалка яростно кружит на месте. Мутная вода пенится и пузырится, русалка бьётся головой о стекло, резко разворачивается и плывёт в другую сторону. Бам! — ещё удар. Обратно. И снова, и снова.

Лампёшка косится на Рыба, тот выпрямился в своей тележке и ни на миг не сводит широко распахнутых глаз с мечущейся русалки. Девочка чувствует, как похолодели его пальцы.

Через какое-то время русалка, поостыв, успокаивается и снова берёт протянутую карликом руку.

— Не знаю, искал ли меня кто. Надеюсь, что да. Хотя нет, лучше бы не искали. Не надо. Надеюсь, они остались там, за Белыми скалами, куда не заплывают двуногие. Или... или есть и другие, такие как я, — в баках, и их выставляют на потеху? Мне иногда снится, что всех моих сестёр повыловили, одну за другой. И ещё... — Она скалит зубы. — Все эти рожи за стеклом, день за днём...

Глумятся... Лапы свои суют в воду...

— Да нет, это вряд ли, — отвечает карлик собственным голосом. — Я на каких только ярмарках не побывал, но подобных тебе не встречал.

— Не встречал... — шепчет русалка. — Значит, меня не искали... — Её лицо омрачается. — Ну и хорошо.

Тут её взгляд цепляется за взгляд мальчика в тележке.

— Так это ты? — спрашивает она. — Ты и есть мой потерянный племянник?

Она смотрит на Рыба. Все на него смотрят. Тот пожимает плечами. Как это возможно? Он же не... он же не... Или всё-таки да?

— Ну-ка, сними с него одеяло, — говорит карлик Лампёшке. — Она хочет взглянуть.

Лампёшка стягивает намокшее одеяло с тележки.

Русалка снова прижимается лицом к стеклу. Она начинает говорить с таким напором, что Освальд чуть не валится с лестницы. А Рыбу карлик и не нужен, у него в ушах и так пронзительно звенит голос русалки.

— БЕГИ ОТСЮДА! — кричит она. — Что ты здесь делаешь? Спасайся! Беги, пока не поздно! Чего ты расселся в этой тележке, как калека? Ты что, не знаешь, кто ты? Прыгай в воду! ПЛЫВИ!

Рыб пугается.

— Я не могу, у меня слишком тяжёлая голова, мне нельзя, я тут же утону, я не умею плавать!

— Ай-ай-ай! — вдруг раздаётся у него за спиной.

Все оборачиваются.

В глубине шатра стоит покрытый татуировками толстяк. В руках у него — два ведра. Он быстро опускает их на пол, вступает в круг, одним движением выхватывает Рыба за хвост из тележки и переворачивает его вниз головой.

— А вот это непорядок! — хихикает Эйф, рассматривая болтающегося перед ним мальчика. — Но ничего, мы тебя мигом научим.

## Эйфу улыбается удача

Эйф — лентяй. А шатёр этот всякий раз разбери, погрузи на поезд, снова поставь... Почти всё делают сами уроды, но кто-то же должен за ними приглядывать, чтобы ничего не попортили, не сбежали или не окочурились без предупреждения.

Жалкое это вообще-то сборище, его труппа. Женщина с бородой всё меньше походит на женщину. Сиамские близнецы давно выжили из ума, русалка того и гляди помрёт... А ведь когда-то поглазеть на неё сбегались целые толпы. Но те времена прошли.

Раньше она, бывало, кусала кого-нибудь из посетителей. Кусаться он ей, понятное дело, запрещал и в наказание оставлял на неделю без кормёжки, но страху на публику это нагоняло. Перед аквариумом тут же собиралась уйма народу и давай визжать от малейшего взмаха хвостом. Но в последнее время она не кусается, даже когда в неё тычут палкой. Жаль, жаль! То, что раньше было главной приманкой для публики, теперь превратилось в самый скучный угол шатра. Сколько блестящих хвостов ни рисуй рядом с баком, сколько табличек с надписями «Осторожно! Кормить опасно!» ни вешай... Всё без толку.

— *Скукотища!* — вздыхают люди, а некоторые даже требуют вернуть им деньги за билет. — *Эка невидаль — дохлая рыбина в баке с водой.*

— Не дохлая она, — объясняет Эйф. — Просто утомилась чуток: тоскует по фьордам. Такие уж они, русалки.

— *Хватит нам зубы заговаривать!* — злятся люди. — *Поймай свежую русалку, вот на неё мы придём посмотреть!*

Да понимают ли они, о чём просят? Отец — высокий как дуб, сильный как медведь — рассказывал ему... Как он эту случайно в бухте выловил. Как она боролась, боролась и не сдавалась. Перегрызала толстенные верёвки. Разбивала хвостом стеклянные баки. Поймать? Свежую? Нечего и думать! Увы: чудища не являются к нему в шатёр просто так, по его хотению.

Не являлись. До сегодняшнего дня.

— Ну, здоро́во, удача! — шепчет Эйф болтающемуся перед ним мальчишке.

Лампёшка визжит. Рыб визжит. Уроды перешёптываются и шипят.

— Так я и думал: она хочет протащить что-то в мой шатёр в этой своей тележке. Хитро придумано, сестричка, но дядюшка Эйф похитрее будет. А ты — бултых к мамочке, будут у меня теперь две русалки по цене одной.

Эйф поднимает Рыба над мутной водой. Мальчик извивается, визжит и пытается вцепиться зубами в держащую его руку.

— Нет! — кричит Лампёшка. — Не надо! Ему нельзя! Он не умеет плавать, я сама видела, отпусти его! — Она пинает толстяка в голень, но тот и бровью не ведёт.

— Это уже слишком, Эйф, — говорит карлик. — Он свободный мальчик.

— Свободный? Мальчик? Это он-то? — Эйф подносит извивающегося Рыба поближе к лицу. — Если существуют на свете чудища, то вот это и есть одно из них. Ух, парень, ну и жуткая у тебя башка. — Эйф поворачивается к карлику, который медленно спускается со ступенек. — Как думаешь, Освальд? Поставить ещё один бак? Или так сойдёт? Не перегрызут они друг другу глотки?

Лампёшка в отчаянии оглядывается по сторонам. Остальные существа вышли из своих ниш, дряхлые сиамцы медленно подтягиваюся ближе, опираясь на деревянные ходунки. Старухи с любопытством рассматривают болтающегося вверх тормашками мальчика. Уроды подталкивают друг друга и качают головами. Но ничего не предпринимают: никто не бросается на толстяка, никто не вырывает мальчика у него из рук.

«Нельзя ему здесь!» — звенит у Лампёшки в голове. Никак нельзя! Нельзя, чтобы на него пялились целыми днями, это ещё хуже, чем жить под кроватью. Рыб свихнётся или умрёт...

— Помоги же ему! — тянет она карлика за пиджак. — Сделай что-нибудь!

Тот печально смотрит на неё.

— Но... что я могу? Эйф!.. — пробует он опять. — Не надо, пожалуйста...

Лампёшка оглядывается кругом: темнокожий верзила

пугливо пятится назад, бородатая женщина закрыла лицо руками, будто не хочет ничего видеть.

— Не пора ли ужинать? — спрашивает одна из старушечьих голов.

— Да, а чем сегодня кормят? — отзывается другая.

Нагнув голову, Лампёшка кидается на здоровяка Эйфа. Он в любую минуту может бросить Рыба в воду, но пока внимательно разглядывает его, как будто ему некуда торопиться — и ведь так оно и есть? Уродцев своих он приструнил неплохо, никто и пикнуть не смеет. А коли посмеют, то знают, что их ждёт: клетки, цепи, недельная голодовка, а то можно и кое-что похуже придумать ...

Вдруг ему в поясницу врезается голова девочки. Эйфу скорее смешно, чем больно.

— Ну и ну, сестричка... Передумала, что ль? Явилась-таки за поцелуем?

Тут Рыб изворачивается и что есть мочи впивается в руку толстяка. Эйф вскрикивает, разжимает кулак, и мальчик со всплеском ухает в аквариум.

— Хозяина кусать вздумал? — вслед ему кричит Эйф. — Ну, погоди, я тебя живо отучу!

Из красных точек у него на руке начинает сочиться кровь.

Лампёшка в ужасе смотрит на аквариум. Рыб камнем идёт ко дну и брякается головой.

Лампёшка вцепляется в толстяка ногтями, царапаясь и кусаясь, но он хватает её за шкирку и поднимает.

— А теперь вон из моего шатра, сестричка! Хорошенького понемножку.

Лампёшка пронзает его самым ядовитым взглядом, на какой способна. Ей хочется отрубить ему голову, изрешетить его стрелами... Но тут она замечает, что за его спиной вырастает чья-то фигура. Это из грязной воды вынырнула русалка. Она хватает его за шею и тянет к стеклу. Эйф пронзительно визжит и отпускает девочку.

Лампёшка валится на землю и катится кубарем. Карлик Освальд помогает ей подняться.

— Рыб! — кричит девочка. — Его надо... ему нельзя... Он утонет!

— Тс-с-с! — шепчет Освальд, кладёт руку ей на плечо и показывает на аквариум. — Ты только погляди.

Она — русалка — больше не похожа на выжатую тряпку, это настоящая хищница, вроде тех, что на расставленных рядом деревянных щитах. Даже ещё свирепее. Её оскал сверкает, в глазах полыхает пламя. Чёрное пламя. Золотое, оранжевое пламя. И она не отпускает толстяка. Повсюду летят брызги, глаз Эйфа сейчас выскочит из глазницы. Он молотит обессилевшими руками, пытается вырваться, что-то мычит своим подопечным: ну пожалуйста, разве я плохо о вас заботился?

Но они лишь молча наблюдают за тем, как русалка выжимает из него воздух до последней капли.

Лампёшка пытается заглянуть полузадушенному толстяку за спину, найти в аквариуме Рыба, но грязная вода в баке клубится так, что ничего не видно. «Где та приступка? — думает она — Мне надо нырнуть в бак, вытащить его!»

Уже теряя сознание, Эйф вдруг вспоминает. Предупреждал же его отец: «Против этих тварей ничто не поможет, они не сдаются. Не дай им себя подстеречь, всегда носи с собой...» Эйф с трудом поднимает ногу, нащупывает сапог. Только бы дотянуться! Но нет, не выходит, он не дотягивается самую капельку. Стальные руки у него на шее не разжимаются, мир вокруг темнеет, угасает. Но его пальцы всё ищут и ищут и наконец нащупывают спрятанный в сапоге нож.

Он пыряет им вслепую позади себя, и на этот раз вскрикивает русалка. Почувствовав, что её хватка ослабла, он ударяет ещё и ещё. Русалка бьётся и извивается, яростно колотя хвостом по стене аквариума. По стеклу разбегаются трещины, целая паутина трещин, хлопок — и стена лопается. Огромной волной вода вперемешку с осколками выплёскивается наружу, подхватывая задыхающегося толстяка, окровавленную русалку и мальчика с рыбьим хвостом. Мальчик откатывается от бака и остаётся лежать неподвижно.

Лампёшка подбегает к нему, шлёпая по воде. В шатре висит противный солёный запах грязной морской воды. Девочка опускается на колени:

— Рыб? Ты живой? Рыб?

Его глаза закрыты, но он кашляет и давится водой. А тот, кто кашляет и давится водой, — тот не умер! Лампёшка помогает мальчику приподняться, и он исторгает из себя воду, ещё, ещё — и немного еды, что оставалась в желудке. Дрожа от облегчения, Лампёшка кладёт голову Рыба к себе на колени и гладит его мокрые волосы. Его снова начинает тошнить.

— Молодец, Рыб, — шепчет она. — Молодец, давай ещё.

Только после этого она осматривается вокруг.

Шатёр наполовину затоплен. Женщина с бородой выжимает подол своего платья, женщина-птица возбуждённо мечется туда-сюда, поднимая брызги, а две сросшиеся старухи всхлипывают в углу. Длинный Лестер и карлик склонились над двумя телами, лежащими в глубокой луже. То, что внизу, пыхтит и хрипло откашливается. То, которое сверху, не шевелится. Русалку стаскивают с Эйфа. К её землисто-серому лицу липнут мокрые пряди волос, руки и хвост безжизненно повисли.

Лампёшка прикрывает глаза Рыба ладонью.

— Что такое? — бормочет он.

— Т-с-с! — шепчет Лампёшка. — Ничего. Лучше не смотри.

**Вечер у костра**

Настала тёмная ночь, последняя ночь ярмарки. Холодно, на ясном небе — тонкий серпик луны.

Жюли — женщина с бородой — развела костёр, и Рыб разглядывает тени, которые пламя отбрасывает на лица сидящих вокруг огня. Они едят курицу с хлебом, заедают тортом. Карлик Освальд опустошил запасы Эйфа — столько вкусного им обычно не перепадает.

Лампёшка дала тарелку и Рыбу, но он ковыряется в курятине и ничего не ест. Только смотрит. На Жюли, которой, чтобы присесть, требуются два стула, на то, как она откусывает и жуёт, как кусочки застревают у неё в бороде. На женщину-птицу, которая по-цыплячьи поклёвывает свою еду. На темнокожего Длинного Лестера — он, хоть и горбится, всё равно возвышается над всеми. Сросшиеся старушки держат на коленях одну тарелку на двоих, их головы бранятся между собой из-за лакомых кусочков.

Как всё это странно! Странно, что он сидит тут, под вечерним небом. Что он не у себя в комнате, не таится, что он у всех на виду. Никто на него не косится, лишь Освальд время от времени встречается с ним взглядом и подмигивает. Рядом с карликом сидит его жена — самая обыкновенная женщина, не толстая, не худая, не лилипутка. На коленях она держит младенца, которого без конца целует и гладит. И он, Рыб, не может оторвать от них взгляд.

Почти всё съедено, и Лестер берёт гитару — в его ручищах она кажется игрушечной — и начинает перебирать струны. Песни разлетаются в ночь. Вокруг тишина, лишь сверчки трещат. Ярмарочная пустошь обезлюдела, публика давно разошлась по домам. Только им с Лампёшкой позволили остаться, раз уж они такого страху натерпелись, а он чуть не утонул (но не утонул!). Эйф храпит у себя в вагончике, за крепко запертой дверью.

— Мы его сегодня больше не увидим, — сказал карлик. — Не бойтесь.

А Рыб и не боится. Что тоже странно, конечно. Он чувствует себя чудно́, в голове откуда-то целый рой новых мыслей. О том, почему он не утонул, например. О том, что у него вдруг появилась тётя, а теперь её больше нет. А может, ещё и мама. И как это всё вышло. И как его чуть не поймали и не выставили всем на потеху на веки вечные — так же, как этих сидящих рядом людей, что день за днём позволяют на себя пялиться. Как они это выносят? Почему не сбегают?

Лампёшка сидит рядом с ним и тихонько подпевает

песням, которые знает. А знает она почти все. Она полуобняла его — это тоже странно. Ладно, пусть.

Все рассказывают истории про русалку, вспоминают, какой она была, когда появилась в труппе, и как изменилась потом. Лестер наигрывает печальную песню, которая Лампёшке тоже знакома:

> *Спи средь дельфинов, слейся с волною,*
> *Покойся в пучине, спи вечным сном.*

Но она не спит, Рыб это знает — она умерла. Лежит, завёрнутая в одеяло, в тёмном шатре. Это его одеяло — а ему жена карлика дала другое, сухое, пахнет от него совсем не так. Он покрепче закутывается в него, хотя у огня не так уж холодно.

— Мой красавчик, — шепчет женщина каждый раз, когда гладит младенца. — Да-да, это ты, ты мой красавчик.

Рыб уже давно заметил, что красавчиком малыша никак не назовёшь. Заячья губа, перекошенное лицо, на голове — ни волосинки. Как же она может считать его красивым?

Или все матери так считают? Все, но не его.

Лампёшке хорошо как никогда. Щёки её порозовели от огня, она старается надышаться запахом дыма, а Длинный Лестер, похоже, знает все её любимые песни. Она словно перенеслась в прошлое: стоит слегка прищуриться, и странные люди у костра вполне сойдут за пиратов, а пустошь — за пляж. Лампёшка слушает их истории, обгладывает куриную ножку, подпевает, а иногда и смахивает слёзы — но это ничего, такой уж сегодня вечер.

Жена карлика постелила им на полу фургона. Домой возвращаться слишком поздно, сказал Освальд, к тому же утром им ещё предстоит кое-что сделать.

Лампёшка совсем размякла от песен и захмелела от стакана пунша, которым её угостили. Она прижимается к Рыбу и тут же засыпает.

Мальчик не спит, лежит с открытыми глазами и всматривается в незнакомую темноту. Он осторожно откатился от Лампёшки, потому что уверен, что ей не захочется прикасаться к его холодному хвосту. Наверное, можно сказать — к хвосту. Хвост был у его тёти — у тёти, которую он знал совсем недолго, а теперь её больше нет. Он думает об Эйфе и его цепких пальцах. И ещё о своём отце: как бы тому понравилось, что он здесь? Среди ярмарочного люда, среди отребья, среди неудачников — разве здесь место его сыну? В голове у Рыба сразу миллион разных мыслей — о том, как сложился сегодняшний день и как сложится его жизнь.

И среди всех этих мыслей есть одна, которую не отогнать, которая пульсирует, словно бьющееся сердце: что́ он почувствовал на миг, когда с головой погрузился под воду, перед тем как аквариум разлетелся вдребезги, — каково это было...

А у ворот Чёрного дома сидит Ленни. Он отказывается заходить в дом, не возвращается ни к чаю, ни к ужину. Сколько бы Марта ни кричала, сколько бы ни грозилась — он не идёт. Сквозь ограду он во все глаза вглядывается в темноту, туда, откуда должна появиться она. Но её не видать, девочки не видать, хотя он смотрит всю ночь напролёт. Уже стемнело и похолодало, в дом давно вернулись псы, а Ленни не вернулся, Ленни ждёт.

## Письмо

Глаза у Августа закрыты, но он не спит.

Он всё время видит её перед собой. Каждый день. Каждый час. Ежеминутно.

Вот она стоит посреди комнаты, прижимая ладонь к щеке. А её мать выглядывает из-за плеча. Обе ни на миг не упускают его из виду: ни в кровати, ни в гальюне — нигде. Лишь наверху, на галерее, ветру удаётся выдуть их у него из головы, вот Август и торчит там целыми днями.

«*Как ты мог!* — читается в их взоре. — *Как ты мог!*»

В дверь стучат. Опять эта соседка со своей кашей. Ну её, кашу, ему кусок в горло не лезет.

— Ничего не нужно, — хрипло кричит он. — В другой раз.

— Мистер Ватерман! — не сдаётся женщина. Вот же визгливый у неё голос! — У меня для вас кое-что есть. Возьмите, пожалуйста.

Что это может быть? Десерт, поди, или лакомство какое. Ради этого он с кресла подниматься не собирается.

— Ничего не нужно! — кричит он снова. Что ж она никак не оставит его в покое!

— Сегодня ваша дочь приходила.

Что? Лампёшка? У него ёкает сердце. Не может быть! Лампёшка сидит где-то взаперти, выйти на волю не может, а если бы и...

— У меня нет дочери! — ревёт он.

Женщина! Не заставляй меня думать обо всём этом! Никаких «а вдруг» и «может быть», от этого только хуже.

— Как же нет? Лампёшка, так ведь её зовут? Это вам, возьмите, пожалуйста. И суп заодно.

Сквозь дверное окошко просовывается что-то белое и, кружась, опускается на пол. Похоже на лист бумаги. Август, хромая, подходит к двери.

— А вот и суп! Осторожно, капает!

Он наклоняется, и ему на шею падают тёплые капли. Август едва замечает их. Женщина ещё что-то говорит, ждёт ответа, потом уходит. Он не отрывает взгляда от листка бумаги в руке. Буквы — большие, кривые, угловатые. На миг он позволяет себе поверить, что записка действительно от неё. Что Лампёшка пришла сюда чёрт знает откуда, специально чтобы просунуть ему этот листок под дверь. Что она, стало быть, ещё иногда думает о нём. Что она не плюёт на его имя.

Он комкает бумагу. Это невозможно, такого не бывает. Лампёшка не могла это написать. Его дочь не умеет ни читать, ни писать — так и не научилась. Как, впрочем, и он.

Август швыряет комок в остывший очаг и медленно ковыляет по ступенькам наверх, навстречу ветру.

## Рыб плывёт

Ещё до завтрака, в утреннем тумане, они идут к порту. Впереди — Длинный Лестер и Бородатая Жюли. Самые сильные, они несут мёртвую русалку, завёрнутую в одеяло. Остальные молча бредут сзади. Все, кроме Двойной Ольги — дряхлых сиамских близнецов: для них дорога далековата. Последней шагает Лампёшка и тянет за собой скрипучую тележку с Рыбом.

Русалок не закапывают в землю. Они должны обратиться в пену морскую, вернуться туда, откуда пришли.

На пристани пока безлюдно, да они и не собираются здесь задерживаться. Они останавливаются на самом дальнем пирсе и некоторое время стоят молча. Потом Карлик говорит: «Прощай, Сияющий Алмаз!» — и тело бросают в воду. Раздаётся тихий всплеск. Два тихих всплеска.

Лампёшка оборачивается — тележка пуста.

Рыб плывёт вслед за телом. Видит, как оно распадается на пузырьки, словно избавляясь от размокшей кожуры. Поблёкшая кожа, струящиеся зелёные волосы, чёрный хвост —

всё тает в бурлящем облаке, как порошок от головной боли, который давал ему Йозеф. Из облака вдруг что-то выплывает, нечто тонкое и извивающееся, как морская змея, но добрее, милее, с мягкими волосами и ласковой улыбкой. Оно подплывает к нему, обвивает со всех сторон, убирает липнущие к его лицу волосы, прикладывает свои губы к его уху и ничего не говорит. Но он всё равно её понимает.

— *Найди их, малыш. Дай им себя найти.*

После этого она становится всё зеленее, всё прозрачнее и растворяется в пене.

— *Спасибо тебе!* — доносится до него, прежде чем её голос затихает навек. — *Огромное спасибо тебе!*

Он вертится, ища её, но вокруг лишь мутная морская вода. Солнечный свет пронзает её косыми лучами, а вдали качаются на волнах тёмные тени кораблей.

Они же с ней родня, сказал карлик? Она ему кто-то вроде тёти?

Прекрасно! Выходит, у него была тётя. Ровно на полчаса — и хватит с него. Ну конечно! Никто не остаётся с ним надолго, никогда. И никто не приходит ему на помощь — полюбуйтесь, всем наплевать, а он вот-вот утонет в этой грязной...

...воде.

Он здесь уже довольно долго и до сих пор не утонул. Дышит как ни в чём не бывало.

Что-то в нём дышит, каким-то образом способно дышать. Он ощупывает горло, но ничего похожего на жабры там нет. На выдохе у него изо рта и из носа вырывается струя пузырьков.

Но как...

И к тому же...

Он ведь не умеет плавать!

Он смотрит на свои ноги, на сросшийся, неуклюжий комок там, внизу. Он видит, как тот медленно машет из стороны в сторону — сам по себе. Заострённая ступня превратилась в плавник, который неторопливо и без всякого труда движется в воде.

Он ничего не делает, всё происходит само собой.

Он зажмуривается.

Он щиплет себя — больно.

Он вновь открывает глаза — хвост никуда не делся.

Так плыви, говорит он себе. И мышцы подчиняются.

На суше они не слушались его никогда, ему приходилось их уговаривать, проклинать, понукать, чтобы они держали его на ногах и не подводили... А здесь они просто служат ему, и всё.

Вперёд! Он стрелой несётся по волнам. Поворот! Обратно. Он плывёт и плывёт. Сквозь частокол скользких зелёных свай под пирсом, влево-вправо-влево, он легко петляет среди них, не задевая ни одной.

Он такой быстрый!

Он такой сильный!

Он такой счастливый!

Он никогда не думал, что...

Нет, думал: там, в том мерзком аквариуме он на миг почувствовал, какое спокойствие воцарилось у него в голове под водой... Несмотря на испуг, он заметил, как... А потом столько всего произошло.

А что, если взять и...

Он бросается вперёд... его хвост — одна большая

мышца... и выпрыгивает из воды, раскинув руки, словно крылья. На мгновение перед ним мелькают Лампёшка и остальные — низкие, высокие, худые, толстые — силуэты на пирсе.

— Смотрите! — вопит он и, вновь нырнув, набирает полный рот воды. Он разворачивается и снова выпрыгивает. — Смотрите же!

Силуэты двигаются. Непонятно, видят ли они его — предрассветные сумерки и туман ещё не рассеялись. Брызги летят до неба, и он кричит:

— Смотри! Лампёшка-а-а! Что я могу! Смотри, какой у меня хвост! Лампёшка-а-а!

ЧАСТЬ 6
ГЕРОЙСКОЕ ТЕСТО

## Прощание на пирсе

Он не желает вылезать из воды. Он всё лавирует между сваями, кувыркается в воздухе и проверяет, как глубоко может нырнуть и как высоко прыгнуть. Но, услышав, как с пирса его зовёт Лампёшка, Рыб всё же медленно подплывает к ней.

— Оставила бы ты его здесь, — предлагает карлик. — Разве на свободе ему не лучше?

— Не знаю, — отвечает Лампёшка, и она действительно не знает.

Что будет, если она вернётся с пустой тележкой? *«Где адмиральский сын, девочка? Ах, где-то в море — кто его знает...»* В лучшем случае её выгонят. А как же деньги, как же семь лет, как же отец? Ну а Рыб, как теперь с ним? Обратно в башню, обратно под кровать?

— А вот сама ты могла бы поехать с нами, — слегка смущаясь, предлагает карлик. — Если хочешь. Умопомрачительного урода из тебя не выйдет, ты для этого слишком удачно получилась. Но просто так? За компанию?

— Тебе бы «Чёрную М» отыскать, — слышит Лампёшка. Это в разговор вступила толстуха с бородой. — Она ничего не боится, даже за Белые скалы ходит...

Жюли впервые заговаривает в присутствии Лампёшки. Голос у неё низкий, хриплый, и девочка опять пытается вспомнить, где могла её видеть. Но она никогда не встречала женщины с бородой.

— А что это — «Чёрная М»? — спрашивает Лампёшка.

— Она должна стоять где-то там, — отвечает женщина, взмахивая голой рукой куда-то в конец пристани. — Ты ведь её дочь, да? Её и штурмана.

— Нет, что вы, — качает головой Лампёшка. — Мой отец — смотритель маяка.

Сквозь туман девочка видит, как вдали неторопливо скользит по кругу маячный луч.

— Вот я и говорю, — отвечает Жюли. — Но в море она, по слухам, больше не ходит... А я не прочь бы снова...

— Опять ты за своё, Жюли, — нетерпеливо перебивает её карлик и оборачивается к Лампёшке. — Ну, что скажешь? Поедешь с нами? Будет весело, обещаю. Увидишь много нового, хотя на самом деле всё везде одинаково. Люди нам всегда рады. Рады, что они не на нашем месте...

Лампёшка пожимает плечами. Почему бы и нет, думает она. Стать частью труппы. Ездить повсюду, по вечерам сидеть у костра. Посылать из каждого нового города открытку на адрес «Серый маяк, Папе»... Нет, невозможно. Она качает головой. Это не для неё.

— А как же Эйф?

— Ах, Эйф, — бормочет карлик. — Он безобидный.

Сидит в своей будке и воображает, что он тут главный...

— Лампёшка! Ты меня видела, Лампёшка? Видела меня?

Внизу, между сваями, Рыб стряхивает с волос капли воды, его золотые глаза сияют.

— Вот это да! — говорит карлик. — Малыш, какое чудо!

— Где? — Рыб оборачивается посмотреть на чудо.

— Да ты, ты и есть чудо, — улыбается Освальд.

— А... Но ты видела, видела меня? Я могу двойное сальто, легко, а, если потренироваться, то, может, и тройное выйдет, и даже...

Лампёшка садится на край пирса.

— Рыб, ты больше не хочешь домой? — спрашивает она. — Хочешь остаться здесь?

Здесь? Рыб смотрит по сторонам, на высокие скользкие сваи, на воду, в которой плавают мёртвые водоросли, мусор, рыбьи головы.

— Ну, может, и не здесь, — продолжает Лампёшка, — а подальше, в море, у Белых скал, где живут русалки. Она ведь про Белые скалы говорила, да? — Рыб качается вверх-вниз на волнах, молчит. Ей будет так его не хватать! — Но это, наверное, далеко.

Рыб оборачивается и смотрит на море, туда, где выход из бухты, далекий горизонт и бесконечное небо. Поплыть туда? Одному? Внезапно его охватывает усталость, ему ужасно хочется домой, отдохнуть, поспать в знакомой темноте под кроватью. И отец ведь вернётся — уже скоро, значит, нельзя оставаться здесь, значит, надо... А может быть... может быть, он даже сможет показать отцу, как... Но додумать эту мысль Эдвард не решается.

У одной из свай прибита скользкая лесенка. Рыб подтягивается по ней, насколько может, и Лестер вытаскивает его на пирс. Лампёшка помогает мальчику снова забраться в тележку.

Вокруг них просыпается порт. Гремят катушки с канатами, в небо со свистом взмывают паруса, рыбаки перекрикиваются друг с другом. Некоторые хмурятся при виде их: что эта странная компания здесь забыла?

Карлик берёт Лампёшку за руку:

— Нет?

Девочка качает головой.

— Жаль, — говорит Освальд. — Но мы каждый год возвращаемся. Так что кто знает...

Он тянет её руку, чтобы она нагнулась, и целует в щёку.

— Кто знает... — вторит ему Лампёшка.

Она обнимает его и Лестера, целует женщину-птицу, передаёт привет двойной Ольге и всем остальным, кроме Эйфа.

— Пошли, ребята, — говорит карлик. — Вперёд, нам пора. Жюли, женщина, поторопись же.

Жюли всё ещё стоит на краю пирса и вглядывается в море, её юбки развеваются на ветру. Она медленно поворачивается.

Проходящий мимо рыбак смачно плюёт ей под ноги.

— Фу ты, гадость какая! Мужик в юбке!

На миг она сжимает кулаки, но всё же невозмутимо переступает через плевок и целует девочку в лоб.

— Как бы я хотела уйти с ней... — тихонько шепчет бородатая женщина Лампёшке в волосы. — Запомни: «Чёрная М», — слышит Лампёшка и хочет что-то спросить, но Жюли уже бросается догонять остальных.

Лампёшка с головой укрывает Рыба одеялом и поворачивает тележку. Под колёсами грохочут доски пирса, сквозь щели мелькает море.

Заговаривают они, только когда город остаётся позади.

— Что он тебе сказал? — спрашивает Рыб. — То есть она... Что она сказала?

— Не знаю, — отвечает Лампёшка. — Что-то про «Чёрную М».

— Чёрную... а что это?

— Я думаю, это такой корабль.

— Да, но... что это значит? Может, «Чёрная Мачта»? Или «Чёрная Медуза»? Или... или «Чёрная Метка»?

— Или «Чёрная Масть»...

— «Чёрная Месть», — испуганно шепчет Рыб.

— Жюли сказала: она и за Белые скалы ходит. Может, нам нужно отправиться туда на корабле?

— Куда?

— К твоей маме.

— «Чёрная Мама»... — Рыба пробирает дрожь.

Лампёшка еле затаскивает тележку на вершину холма. Можно подумать, Рыб потяжелел. Его хвост округлился, и она тянет из последних сил. Но ещё до того, как они достигают вершины, из-за ограды, словно щенок-переросток, выбегает Ленни. Он прыгает вокруг Лампёшки, смеётся и всхлипывает одновременно, хочет обнять её, но не решается. Она вручает ему Рыба, и Ленни, радостно прижав его к себе, большими шагами несётся к Чёрному дому. Пустую тележку Лампёшка тянет сама.

Ленни всё время оборачивается: хочет убедиться, что она правда, правда вернулась.

## Фотокарточка

Марта рассержена. Она уже услышала их — скрип тележки, радостные возгласы Ленни, лай собак, — но навстречу не вышла. Она продолжает надраивать тарелки, стоит спиной к двери. Не поворачивается, и когда они заходят в кухню и девочка робко здоровается. Руки Марты намыливают чистую уже тарелку.

— Так, — медленно говорит Марта, — мы не договаривались.

— Э-э-э... а мы о чём-то договаривались? — спрашивает Лампёшка.

— А как же! Полдня выходного — это полдня. Не вечер. Не ночь. Не полтора дня... И как тебе только в голову пришло так долго не возвращаться? Да ещё когда господин Адмирал...

— Он уже здесь? — вырывается у Рыба. — Он... он наверху?

Марта продолжает мыть тарелку. За её спиной Ник молча качает головой.

— Да, вот было бы замечательно! «Где мой сын, Марта?.. Понятия не имею, господин. Развлекается где-то со служанкой».

— И вовсе нет! — сердито отвечает Лампёшка. — Ничего он не развлекается!

— Ему нельзя за ограду, я же тебе говорила. Нельзя на улицу. Нель-зя. У меня что, голос слишком тихий? В этом всё дело? — Марта с грохотом ставит тарелку на место и берёт следующую.

Ник сажает Рыба на стул и ловко подсовывает под него две подушки, чтобы не съезжал.

— Ничего же не случилось, женщина, — тихонько бормочет он. — Не заводись.

— Нам нужно было кое-что выяснить, — говорит Лампёшка. — Я кое-что видела...

Марта поворачивается и гневно смотрит на девочку.

— Видела, говоришь? Ну, так я тоже, бывает, кое-что вижу. Много чего. Но я держу рот на замке и делаю свою работу, и тебе советую. Куда нам, по-твоему, податься, а? Нам с Ленни? Если мне откажут от места? Ты хоть раз об этом подумала?

Нет, хочет сказать Лампёшка, но её опережает Рыб:

— Если... если... Если мой отец вас прогонит, то... — Мальчик сидит выпрямившись, Лампёшка ещё ни разу его таким не видела. — Он никогда так не поступит. Мой отец справедливый.

— Ах! — усмехается Марта. — Ах, да ты-то что об этом знаешь, чудовище?

— Никакое он не чудовище! — кричит Лампёшка.

Ленни, который в своём углу комкает газетные обрезки,

не смеет взглянуть на мать, когда она так рассержена, но тоже мотает головой.

— Не чудовище? — Марта взмахивает мокрой тарелкой. — Хотела бы я тогда знать, кто он. Полюбуйтесь — получеловек, полу... — Её руки замирают в воздухе, она не договаривает. — Ах, да кто его знает, бог с ним.

— Русалка, — говорит Лампёшка.

Клац — и конец тарелке.

Чуть позже осколки подметены, чай заварен. Ник намазывает и молча раздаёт бутерброды. Все ждут, пока Марта нарушит молчание. Через некоторое время она наконец заговаривает:

— Ох... Ах... Ну что тут скажешь... Столько времени прошло. О том, что она здесь жила, что она... Об этом никому не следовало знать. Такой был уговор.

Она была... Конечно, она была красива. Необычной красотой — с зелёными волосами и чудны́ми глазами. Но красивая. Только мы её недолюбливали. Странный они народец, всё в них против естества. Не богоугодное это дело, чтобы такие жили среди людей. Но мы помалкивали. Ради господина. А с ней не разговаривали. Она и сама говорила немного — пожалуй, что и совсем не говорила. Да, не помню, чтобы она хоть раз раскрыла рот. А когда она проходила мимо, мы поскорей крестились у неё за спиной и сплёвывали на пол. Такие создания приносят несчастье, так мы думали.

Поначалу она могла ходить и не так выделялась. Но мы, конечно, знали, всё знали. Что по ночам она бегала плавать. Что Йозеф снимал для неё засов с двери. Что она плавала всё чаще. И что господин ей запрещал. Его крики доносились через стену.

— Ты не рыба! — кричал он ей. — Так не веди же себя по-рыбьи!

Ванну ей было разрешено принимать очень редко, плавать в бассейне — запрещено, а уж в море и подавно. Но потом господин снова уходил в поход, и она всё равно плавала. Всё чаще сбегала из дома. Пока не понесла — тогда она почти перестала спускаться вниз. Порой мы видели её силуэт у окна наверху, но никто её не навещал. Только Йозеф. Я её жалела. Но всякого есть за что пожалеть... А после — после я её больше и не видела.

— Видела, — Ник толкает её в бок. — Помнишь историю с фотокарточкой?

— С какой фотокарточкой? — спрашивает Лампёшка.

Она видит, что Рыб весь побледнел и грызёт ногти. Его бутерброд остался нетронутым.

— Ни с какой! — огрызается Марта.

— Она там, в ящике, — услужливо показывает Ник.

Закатив глаза, Марта подходит к буфету. Она выдвигает один из ящичков, ворошит в нём рукой, вынимает что-то и швыряет на стол. Это пожелтелая фотокарточка в картонной рамке.

— Знать бы заранее, я бы ни за какие коврижки... — рассказывает Марта. — Приходил этот, как его... фотограф. С таким аппаратом, под простынёй. Это по особому какому-то случаю... ах да, господин стал Адмиралом — вот по какому случаю. Про него написали в газете, и нужен был фотопортрет. Господин хотел, чтобы его одного сфотографировали, но нет: «А как же ваша красавица жена, вы ведь женаты?..» Ну что ж... И дом, и прислугу, всех решили запечатлеть. Вот беда-то!

Лампёшка осторожно берёт карточку со стола и переворачивает её.

— С лестницы её пришлось снести, сама она и шагу не могла ступить. Посадили на стул, прикрыли пледом, надели чёрные очки, чтобы совсем ничего не было заметно. Господин злился, целый день рычал на всех, а на меня особенно... Ленни ведь тоже должен был позировать, бог весть зачем. А в то время Ленни от меня убегал. Постоянно. Ни секунды не мог устоять на месте, а как раз это от него и требовалось — долго стоять, очень долго. Я вся вспотела, состарилась за полдня на десяток лет. А карточку эту так и не напечатали в газете — взяли портрет, на котором господин Адмирал один. Столько хлопот, и всё напрасно...

Лампёшка подталкивает фото к Рыбу. На крыльце дома, гораздо более опрятного, чем теперь, стоит молодая сердитая Марта и держит за ручку белое облачко вихря. Глаза Адмирала скрыты под тенью козырька. Рядом с ним на стуле сидит белая как полотно женщина в тёмных очках. Вокруг сгрудились другие слуги — люди, которых Лампёшка никогда не видела, если не считать Ника, у которого смешно торчат уши. А за стулом стоит мужчина с всклокоченными седыми волосами и усмешкой на губах.

— Йозеф, — шепчет Рыб.

Лампёшка не думала, что Марта способна разозлиться ещё сильнее, но, видимо, ошибалась.

— Да, Йозеф, — ледяным тоном повторяет она. — Который решал все проблемы. Йозеф, который вечно пропадал наверху сначала у неё, а потом у того... у тебя. Вечно в башне, а я тут одна, весь дом на мне, ещё и Ленни... Так и сидел там целыми днями, а однажды взял и не вернулся, когда этот... — Она бросает взгляд на Лампёшку. — И ты ещё утверждаешь, что он не чудовище? Что ты с ним сделал, монстр?

У Рыба перехватывает дыхание от испуга, видит Лампёшка. Никакой он не монстр, хочет сказать она, но Рыб её опережает. Его голос сперва дрожит, но только сперва.

— Н-ничего, ничего я с ним не сделал, он просто... — Мальчик выпрямляет спину, и его чёрные глаза не таясь смотрят на Марту. — Он всегда мне всё объяснял. Очень многое. Всё. Книги, карты, рассказывал истории. Забывал, что уже рассказал, и начинал заново, а потом ещё раз. Да я и не возражал. Но он всё чаще засыпал, и мне приходилось его трясти. Или кусать. Потому что он уже почти не просыпался. И однажды. Ну... — Он сглатывает.

— И что однажды?

— Однажды он взял и упал. Внезапно. Я так испугался. Он умер. Я ничего не мог поделать, мисс.

Марта заглядывает в чёрные чудны́е глаза мальчика и вдруг понимает, что верит ему. Так всё и случилось. Она кивает.

— Это было ужасно, — говорит Рыб. — Все умирают и умирают. Как же я это ненавижу!

— Я тоже, — говорит Марта. Подступают слёзы, но она прогоняет их. — Ох... — вздыхает она. — Ладно. Можешь оставить карточку себе. Я всё равно на ней плохо вышла.

Рыб поднимает на неё глаза:

— Правда? Спасибо. Я очень это ценю, мисс.

— Марта. — Марта поднимается, чтобы заварить кофе, и замечает, как внимательно мальчик рассматривает фото.

— Ах, — вздыхает она. — Ох... Эх... — Она опять поворачивается к нему. — Я ещё вот что хотела сказать... Мне очень жаль, что ты получился таким... неудачным. Я хочу сказать...

Лампёшка проглатывает последний кусок бутерброда.

— Но он вовсе не неудачный, — говорит она. — Правда! Я тоже поначалу так думала, но зря. Видели бы вы его сегодня утром! Надо им показать, Рыб!

Чуть позже все собираются вокруг относительно чистого бассейна. Бассейну, конечно, далеко до бухты, а до моря и подавно, но места для нырка спиной вперёд и для парочки сальто должно хватить. А Ник ещё и приносит два деревянных обруча, через которые можно прыгать.

Рыб с блестящей кожей и золотыми глазами прыгает так высоко и ныряет так легко, что даже Марта ему аплодирует. А Лампёшка наблюдает за мальчиком с таким сияющим видом, что Ленни не отрывает от неё взгляда и жалеет, что у него самого нет хвоста.

— Если твой отец это увидит... — говорит Лампёшка, когда Рыб появляется на поверхности, чтобы перевести дух. — Он обязательно должен это увидеть!

— Над сальто ещё нужно поработать, — тяжело дыша, отвечает Рыб. — Оно пока выходит не очень, а нырок...

— У нас есть время: Адмирал же ещё не прибыл. Или я должна помочь по хозяйству?

— Работа почти вся сделана, — начинает Марта, — но...

— Так, значит, у нас ещё целых полдня. Или ты уже устал?

— Нисколько я не устал! — Рыб отталкивается от края, готовясь к новому кругу.

— Ленни, — говорит Лампёшка. — Ты тоже помогай. Будешь держать обручи — сможешь?

Ленни радостно кивает.

— Ленни обещал мне сегодня насобирать ведро ежевики. Правда, сын?

Ленни озадаченно смотрит на мать. Ему хочется поработать держателем обруча.

— Отпусти его, — говорит Ник, — я насобираю.

— Да, но...

— Да отстань ты от них, — шепчет Ник Марте и подталкивает её к дому. — Пусть пробуют.

Марта качает головой.

— Не верю, что господину придётся по душе эта затея...

— И я не верю, — соглашается Ник. — Пойдём, выдашь мне ведро.

Остаток дня в саду Чёрного дома звучат плеск воды, визги и смех. Окна удивлённо косятся вниз. Они думали, жизнь здесь давно закончилась: это мёртвый дом, мёртвый сад. Но всё переменилось. Вокруг бассейна с лаем носятся псы. Брызги падают на зверей, выстриженных на изгороди по краям лужайки: на извивающегося дракона, незаконченного лебедя, голову носорога и двух больших зелёных псов, как две капли воды похожих на своих рыжих собратьев. В длинных тенях предвечернего солнца их можно принять за живых.

## Адмирал сходит на берег

Стройные ряды моряков на палубе отдают салют. Адмирал подносит руку к козырьку, стараясь не сутулиться. В последнее время ему всё труднее держать выправку. Совсем задеревенели старые кости. Но кто их когда о чём-то спрашивал, его кости? Рядом с Адмиралом возвышается его верный адъютант Флинт. Адмирал едва доходит ему до плеча. Но, чтобы дослужиться до адмиральского чина, одного роста недостаточно. Адмирал дотрагивается кончиками пальцев до лба. Дух — вот в чём секрет. Дух превыше тела.

Щёлкнув каблуками, Адмирал разворачивается и спускается вместе с Флинтом по сходням.

Мэр с шерифом уже поджидают его, чтобы встретить со всеми почестями. Как долго вас не было, как мы рады вашему благополучному возвращению! Да-да. Корабль разбился о скалу, виновного наказали, им оказался смотритель маяка. Адмирал слушает вполуха. Он устал, чувствует себя стариком. Наконец его оставляют в покое.

— Я провожу вас домой, сэр.

— М-да... — отзывается Адмирал. — Домой.

Он откладывал сколько мог, но теперь пора. Его ждёт дом, в котором он уже давно не чувствует себя дома. Дом, полный старого барахла, вещей, которые его когда-то увлекали и которые он тащил со всего света... Зачем они ему? К тому же дом слишком велик, там не найти покоя.

Этот ребёнок, глаза этого ребёнка, который приходится ему сыном и в то же время — помилуй господь — никак не может им быть...

Надо бы начать заново. Может, стоит снова жениться, взять в дом женщину, чтобы не бродить по комнатам в одиночестве? Она бы повесила занавески, расставила бы пуфики тут и там и по вечерам приносила бы ему — бокал портвейна, к примеру.

Флинт ведёт под уздцы двух коней, Адмирал вскакивает в седло — стиснув зубы, но этого никто не замечает.

— Ура Адмиралу! — кричат с палубы. — Ура!

Да-да, ура, машет им Адмирал. Чтоб оно провалилось, это море.

Они разворачивают коней и выезжают из порта. Собралась толпа: не каждый день в город заходит такой корабль, как «Эксельсиор», его прекрасный белый «Эксельсиор» со стальным носом, который рассекает льды легко, как... ну и так далее. Адмирал вздыхает.

Просто какая-нибудь милая женщина. Красавица ему не нужна, навидался он красавиц.

Они молча выезжают на окраину города, копыта лошадей цокают по мостовой. Вдруг адмиральский конь встаёт на дыбы. На дороге кто-то стоит.

— Тпру, мальчик, спокойно! — бормочет Адмирал и похлопывает коня по тёплой шее.

Женщина — стоит и не двигается с места. Некрасивая, старая уже, вся в сером — юбки и всё прочее. Она заговаривает с ним.

— Как мы удачно встретились, господин Адмирал, — кудахчет она. — Я сразу пришла, как только узнала, что ваш корабль в порту, подумала, что уж об этом-то вы захотите услышать немедленно...

Боже, не успел он ступить на берег, а уже начинается. Бабья болтовня — этого ему сейчас только и не хватало. Нет, надо искать такую, чтобы умела молчать. А эта ещё встала прямо посреди дороги — не объедешь.

— Я весь внимание, сударыня.

Конь Флинта фыркает рядом с её головой, она испуганно подскакивает. Адмирал покашливает, чтобы скрыть улыбку, и бросает строгий взгляд на адъютанта.

— Я бы и словом не обмолвилась, если бы это были только пустые слухи, вы же понимаете. Слышать-то я слышала много раз от разных людей. Но я бы никогда не пришла к вам, если бы сама, собственными глазами не...

Кажется, он её знает. Школьная учительница? Да, она. Какое ему до неё дело? Хочется поскорее оборвать её и ехать дальше.

— Таких созданий не бывает, это знает каждый разумный человек. Во всяком случае, их не должно быть. Вы это понимаете, я это понимаю...

От неожиданности Адмирал теряет дар речи. Что эта женщина только что сказала?..

— Но если они всё же существуют — я говорю, если, —

то им уж точно не место в нашем городе, среди приличных людей. На ярмарке — да, оттуда слухи и поползли, но там такое в порядке вещей: небывалые уроды, всякая мерзость... вот там — пожалуйста.

Боже, думает Адмирал, опять. Двенадцать лет тишины, и вот опять! Он так сильно натягивает поводья, что конь снова встаёт на дыбы. Женщина пугается, пятится, но не уходит и не умолкает.

— Однако когда такое случается посреди бела дня на проезжей дороге... рядом с вашим домом... вашим собственным домом, господин Адмирал!..

— Сударыня, я всё ещё не понимаю, о чём вы.

Адмирал давно всё понял, он чуть не взрывается от возмущения. Мальчишка выходил из дома? Показывался людям на глаза? Такого ещё не бывало!

Женщина делает шаг к нему, но сторонится лошадиных копыт.

— Я отказывалась в это верить, — проникновенно говорит она. — Хочу, чтобы вы знали. Мало ли что болтают, я не позволяю себе верить слухам.

— Это делает вам честь, сударыня.

— Но на этот раз... на этот раз я видела всё собственными глазами. И испытала на собственной плоти...

— На собственной плоти, сударыня?

Флинт прыскает со смеху. Но Адмиралу не до веселья.

Мисс Амалия торжественно закатывает рукав и демонстрирует перевязанное запястье.

Отделаться от неё не так-то просто, замечает Адмирал. Учительница, кажется, собралась увязаться за ним, чтобы продолжить разговор. Ни за что, уж лучше повеситься.

Когда глупая баба со своими покусами и своим рассказом уходит, когда он уже дал ей честное офицерское слово, что подобные встречи ей больше не грозят, когда она наконец исчезает за углом со своими чопорными юбками, Адмирал поворачивается к адъютанту. Тот глядит на него, недоуменно вскинув брови, но, как и полагается солдату, не задаёт лишних вопросов.

Адмирал прочищает горло.

— Флинт, — говорит он. — То, что я тебе сейчас расскажу, должно остаться между нами.

— Конечно, сэр!

— А потом я дам тебе задание.

Поверх городских крыш Адмирал смотрит на тёмный лес, сквозь который вьётся дорога к дому.

Он принял решение.

## Ежевичный пирог

Лампёшка болтает ногами в воде. Над бассейном и садом висит изнуряющая духота и вгоняет всех в сон — всех, кроме Рыба. Тот крутит одно двойное сальто за другим, ему уже почти удаётся тройное. Лампёшка тревожится, как бы он не шмякнулся головой о мраморный край бассейна, но раз за разом всё обходится благополучно.

— Рыб, может, передохнёшь? — предлагает она.
Но Рыб так решительно трясёт головой, что вокруг разлетается облако брызг. У него уже почти получается ещё один оборот. Но почти не считается.

Ленни закатал штанины и опустил свои большие ступни в воду рядом с Лампёшкой.

Сидят они тут с самого раннего утра, ведь если Рыбу что взбредёт в голову, его не остановить. Он выпрыгивает из воды, кувыркается и носится туда-сюда. В воде и в разлетающихся брызгах искрится солнечный свет. Лампёшка чувствует, что на неё накатывает сон, и, вытащив ноги из воды, прислоняется спиной к Ленни.

Вот он какой, Ленни: и обруч держать может, и спинкой стула служить.

Внезапно до них доносится цоканье копыт, и они испуганно вздрагивают. В ворота, раскидывая гравий, въезжает чёрный конь, в седле — человек в тёмной форме. Спешившись, он направляется к дому, по дороге бросает беглый взгляд на группу у бассейна, но не останавливается, а поднимается на крыльцо, к полуоткрытой двери. Псы, лениво валявшиеся на нагретых солнцем камнях, вскакивают и, склонив головы, подбегают к нему, лижут руки. Он треплет обоих по спинам, потом поворачивается и входит в дом. Собаки следуют за ним.

Лампёшка медленно поднимается на ноги.

— Это и был твой?.. — Она умолкает.

Плеск в бассейне прекратился. Рыб лежит в воде не шевелясь и смотрит вслед отцу.

— Но он даже не взглянул на тебя!

Рыб кивает. По воде медленно расползаются круги.

— Думаешь, он видел? Может, он не понял, что это ты? Может, решил, что это кто-то другой? — Лампёшка переводит взгляд с Рыба на Ленни, но тот тоже не знает. — Позвать его?

— Не надо, — шепчет Рыб, наполовину погрузившись в воду.

— Надо, как раз надо! Мы его позовём.

Позовём? Рыб вспоминает, как он всё ждал, ждал, ждал у себя в комнате, когда же у отца наконец появится для него время. Как долго приходилось ждать! Может, он просто забыл, какой он, отец, но теперь вспомнил.

— Надо, чтобы он увидел! — Лампёшка спрыгивает с бортика бассейна и натягивает носки на мокрые ноги.

— Думаю, он видел.

— А я думаю, нет! Пойдём. Ленни, бери Рыба — и пойдём.

Рыб вяло позволяет Ленни выловить себя из бассейна, и Лампёшка тянет их к дому, путаясь в незавязанных шнурках.

— Это правда твой отец? Я думала, он гораздо выше ростом.

У себя в кабинете Адмирал ест ежевичный пирог. Молча, вилка за вилкой. Псы смирно лежат рядом с ним на тигриной шкуре. Когда за его спиной, оставляя за собой мокрые следы, входят Лампёшка и Ленни с Рыбом и останавливаются на пороге, Адмирал, не оборачиваясь, вытирает рот белой салфеткой. На ней остаётся маленькое тёмное пятнышко.

— Ах, Марта, — кивает Адмирал. — Как я скучал по твоему ежевичному пирогу. Чудесно!

— Благодарю, господин, — отвечает Марта.

Она-то заметила троицу на пороге. Увидев, что Лампёшка собирается зайти в комнату, она медленно качает головой: не надо. Лампёшка останавливается. Она слышит, как рядом с ней дрожит Рыб. Скорее всего, не от холода, ведь в доме тоже жарко. Девочка оглядывает мёртвых бабочек в шкафах и звериные головы на стене, те пялятся на неё своими стеклянными глазами.

— Ещё кусочек?

Адмирал кивает.

— Но отложи немного для моего адъютанта, он вот-вот будет здесь.

Когда Марта протягивает ему ещё один кусок пирога на тарелке, Адмирал берёт её за руку.

— Мне очень жаль, что Йозефа больше нет, Марта, — ласково говорит он. — Ты была к нему привязана, я знаю.

— Спасибо, господин, — отвечает Марта и подаёт ему пирог. Адмирал ест.

«Интересно, он заметил, что мы здесь?» — думает Лампёшка. Она пытается поймать взгляд Рыба, но тот по-прежнему смотрит в спину отцу сквозь свисающие на лоб мокрые волосы. Его глаза опять почернели. Со штанины Ленни стекают капли и стучат по полу. А Адмирал всё ест и ест пирог, жуёт и глотает. Доев второй кусок, он опускает вилку.

— Я кое-чего не понимаю, — говорит он, по-прежнему сидя спиной к двери. — И очень хотел бы понять. К примеру, почему мой сад похож на безумный зверинец. — Он отпивает кофе, который налила ему Марта. — Но это даже не главное. Почему, не успел мой корабль войти в порт, мне тут же сообщают, как что-то... что-то бродило по городу. Что-то плавало в бухте и кусало достопочтенных горожан... Странно, думаю я. Что же это может быть? И какое это имеет отношение к моему дому? Или к моему сыну? Это невозможно. Потому что с сыном я договорился. Не так ли? Он сидит в своей комнате наверху со своими книгами, и картами, и всем прочим и учится ходить. Так мы договорились. — Он оборачивается, прямо вместе со стулом, и смотрит на Рыба. — И как обстоят дела, парень? Много тренировался?

— Я... — начинает Рыб, но останавливается.

— Судя по тому, что полудурок носит тебя на руках,

добился ты пока немногого. Прошу прощения, Марта, я, разумеется, ничего плохого не имел в виду. К тому же...

Лампёшка видит омрачившийся взгляд Марты, замечает, что Рыб побледнел от горя. В ней пламенем занимается гнев.

— Вы бы его видели! — говорит она. Её голос звучит хрипло и тихо.

— Прошу прощения? — Адмирал поворачивает голову и вперяется в девочку ледяным взглядом.

— Вы должны на него посмотреть, — говорит Лампёшка уже громче. — Он очень быстрый, когда... когда не ходит, и может делать сальто, и...

— Так вот что означали эти цирковые трюки в бассейне! М-да... Мой сын — рыба, — последним словом Адмирал едва не плюётся.

— Да, — говорит Лампёшка, пытаясь ответить ему таким же ледяным взглядом. — А ещё можно сказать — русалка.

Адмирал отъезжает на стуле назад, ножки царапают пол.

— А ты кто такая? — говорит он. — И почему лезешь не в своё дело?

Марта торопливо ставит тарелку на стол.

— Это моя... помощница, она с маяка, она здесь, потому что...

— А! Пьяный смотритель. — Адмирал встаёт и подходит к Лампёшке. Вблизи он всё-таки оказывается очень высоким. — Так ты его дочь? Дочь человека, из-за которого погиб мой корабль?

— Ваш корабль? — пугается Лампёшка.

— Мой корабль, да. — Он осматривает девочку с головы до ног, от растрёпанных волос до башмаков с развязанными шнурками. — Грубая халатность, шериф мне только что сообщил. Неужели ты думала, что сможешь замыть такой долг у меня на кухне? Неужели ты думала, что я позволю твоему отцу остаться там, на маяке? Знаешь, как за это — за пьянство и халатность — наказывают у меня на борту?

— Нет, — дрожащим голосом отвечает Лампёшка.

— Думаю, лучше тебе и не знать.

У Лампёшки перехватывает дыхание, она не понимает, куда бежать и что делать. В коридоре раздаются шаги. Отодвинув Лампёшку с дороги, в комнату входит высокий статный незнакомец. Он как будто полностью состоит из мышц, из-под околыша его фуражки спускаются кудрявые бакенбарды.

— Приказ выполнен, сэр! — отдаёт честь адъютант Флинт. — Пара пустяков. Я нашёл того, кто готов его забрать. И даже, кажется, ждёт не дождётся.

Он бросает любопытный взгляд на Рыба, висящего у Ленни на руках, но тут же отворачивается и дальше смотрит прямо перед собой.

— Отлично, — кивает Адмирал. — Угощайтесь пирогом, адъютант.

«Скорее», — звенит у Лампёшки в голове. За дверь, за ограду, по дороге, через город, по тропинке к маяку. Нужно как-то освободить отца — и бегом отсюда. Она пока не представляет как, но выбора нет. Пока Адмирал... или кто-то другой не... Лампёшка уже готова сорваться с места и бежать, но тут она бросает взгляд на своих друзей — один на руках у другого — и понимает: они ждут. Сейчас случится что-то, от чего станет ещё хуже. И она не двигается с места.

Адмирал оборачивается и идёт в глубину комнаты, где на шкуре дохлого тигра лежат псы. Он наклоняется и гладит их.

— Не будем драматизировать, — говорит он. — Я хорошенько поразмыслил и уверен, что тебе там будет лучше, чем среди... среди обычных, скажем так, людей. — Он бросает взгляд на сына и опять поворачивается к собакам. — А уж налюбовавшись на твои трюки в бассейне, я не сомневаюсь, что принял правильное решение.

— Нет! — Рыб мотает головой и говорит очень быстро. — Нет, правда. Я знаю, что у меня получится, однажды, если я буду тренироваться, я научусь стоять и ходить, клянусь...

— Ах, ходить, — вздыхает Адмирал. — Я давно оставил надежду. Что ж, мой адъютант Флинт отвезёт тебя. Кстати, где это, адъютант?

— Он будет ждать меня на вокзале. — Флинт дожёвывает пирог. — Но недолго. Такой одноглазый. Эйф, что ли. Да, Эйф.

И Лампёшка, и Рыб одновременно вздрагивают. Они поворачиваются к Ленни и одинаково громко вопят ему в уши:

— Бежим, наверх! — вопит Рыб.
— На улицу! — вопит Лампёшка.

Ленни стреляет глазами туда-сюда. Бежать в двух противоположных направлениях он не может. Но он делает пару шагов назад, в коридор, с Рыбом на руках. Лампёшка тянет его за рукав — вниз, к выходу!

— Адъютант! — рявкает Адмирал. — Оставьте пирог и сделайте то, о чём я просил.

— Сэр!

Флинт прикладывает руку к козырьку и поворачивается, чтобы вырвать Рыба из рук Ленни. Но натыкается на маленькую девочку, которая скалится и визжит прямо ему в лицо.

Адъютант, который мог бы раздавить девчонку двумя пальцами, вопросительно смотрит на своего командира: можно?

Адмирал вздыхает. Значит, по-хорошему не выйдет. Он жестом показывает на собак:

— Пусть лучше псы. Дуглас, Логвуд!

Два здоровенных рыжих пса поднимаются со шкуры и направляются к девочке. Лампёшка пятится. Они ни разу не причинили ей вреда, но сейчас обнажили жёлтые зубы и угрожающе рычат. Она делает ещё один шаг назад, и ещё. Псы начинают лаять ей прямо в лицо.

И тут изо рта Ленни вырывается слово.

Это первое слово, которое он сказал в своей жизни, и, возможно, последнее. Его единственное слово.

— Псы, — говорит он.

Собаки тут же оставляют Лампёшку в покое и подбегают к Ленни. Их исказившиеся морды снова добреют, хвосты ходят из стороны в сторону.

— Эй, вы, ко мне! Дуглас! Логвуд!

Адмирал может звать сколько угодно — звери не сдвинутся с места.

— Наверх, наверх! — шипит Рыб в ухо Ленни, и парень выскакивает в коридор.

— Постой, нет! На улицу! — кричит Лампёшка, но бежит за ними вслед.

Адмирал разражается ругательствами. Не сдерживается и Флинт: он пытается выбежать в коридор, но псы его не пускают, они рычат, шерсть у них на загривках встаёт дыбом. Адъютант, которого не напугаешь парочкой зверюшек, пытается их оттолкнуть. И они вцепляются в него: Дуглас в одну ногу, Логвуд — в другую. Псы болтаются на нём, пока чертыхающемуся, окровавленному Флинту не удаётся стряхнуть их с себя.

С другого конца комнаты за происходящим наблюдает Марта. Ей бы стереть улыбку с лица, но она не в силах. Она никогда ещё так не гордилась сыном.

Адмирал поворачивается к ней.

— Марта, — в бешенстве шипит он, — чтобы этот полоумный сегодня же покинул мой дом!

Марта медленно опускает на стол поднос с сервизом.

— Вот как, — говорит она. — Что ж... Тогда его покину и я.

Она выходит из комнаты, спокойно проходя мимо рычащих псов. Они её не трогают.

## Ник

Ленни бежит не в ту сторону.

— Не надо наверх! — кричит Лампёшка ему вслед. — Не надо в башню, только не туда!

Но его не остановишь, он уже свернул за угол, в тёмный коридор, и поднимается по узкой лестнице наверх. Лампёшка бросает взгляд в другую сторону, где лестница уходит вниз, где открыт путь к выходу... Но всё-таки поворачивается и сломя голову кидается догонять друзей.

Рыб зажмурился и, дрожа, вцепился Ленни в шею. Наверху, как только парень выпускает его из рук, Рыб тут же заползает под кровать и исчезает.

В комнату, задыхаясь, вбегает Лампёшка.

— Рыб, бежим отсюда, тебе нельзя здесь оставаться. Рыб!

Но Рыб не собирается вылезать.

Лампёшка хочет вытащить его из-под кровати, но его не достать.

— Ах ты... забери тебя чесотка! — ругается она. — Ты что, не понимаешь? Они же сейчас ворвутся, схватят тебя, отдадут Эйфу, засунут в аквариум, как твою тётю. Разве ты этого хочешь?

Из-под кровати ни звука, словно там никого нет.

— А моего отца твой отец... Мне нужно его предупредить. Рыб, помоги мне. Ну пойдём же со мной...

Рыб не идёт.

Лампёшка наклоняется и заглядывает под кровать, прижимаясь щекой к полу. В самом дальнем углу виднеется маленькая чёрная тень.

— Рыб, — шепчет она. — Эдвард. Мне правда надо бежать. Предупредить отца. Пожалуйста, пойдём. Но если нет, я пойду одна.

Она замечает, что с его носа на пол стекают слёзы. Разве можно его так оставлять?

Лампёшка смотрит на Ленни, который всё ещё стоит на месте.

— Ленни, — говорит Лампёшка. — Что нам делать?

Парень смотрит на неё круглыми глазами и качает круглой головой, в которой совсем пусто, — никакого от неё проку.

Снаружи, в саду, кто-то свистит на пальцах. И ещё раз. Свист влетает в комнату сквозь открытые рамы. Лампёшка поднимается с пола и подходит к окну. Внизу, рядом с зелёным носорогом, стоит, задрав голову, Ник и чем-то машет.

Лампёшка высовывается из окна как можно дальше.

— Ник! — кричит она. — Помоги нам, пожалуйста, мне нужно к отцу и...

Да, кивает Ник. Он манит её и показывает ей штуку,

которую держит в руке. Лампёшка не понимает, что это. Короткая палка с какими-то ремешками? Зачем она ей? Ник опять манит её. Сюда!

Лампёшка оборачивается к кровати. Пойти? И бросить Рыба?

Внизу раздаётся громкий лай, крики и какой-то хлопок.

— Ты в своём уме, Флинт? — гремит грозный голос Адмирала. — В моих собак вздумал стрелять! Идиот!

Лампёшка качает головой. Не выйдет: мимо них ей не пройти.

— Ник! — кричит она. — Ты можешь... Кто-то должен сбегать к моему отцу и сказать, что...

Поднимается ветер. Деревья и изгороди шумят и шуршат.

— Он должен знать, что... что Адмирал вернулся! — вопит она поверх шума. — И что он, что он... Ему надо...

Ник что-то отвечает, но слов не разобрать.

— Что-что? — кричит она.

Его слова опять уносит ветер.

Лампёшка оглядывает комнату.

— Погоди! Погоди, Ник! Я тебе кое-что сброшу!

Ник кивает. Он подождёт.

Трясущимися руками Лампёшка открывает баночку с чернилами и опускается на колени у низкого столика. «У меня получится, — уговаривает себя она. — Я же училась. Может, как раз ради этого». Она макает перо в чернила и тут же сажает кляксу.

«Милый папа, — думает она. — *Милый папа, это твоя дочь, Лампёшка, как твои дела...*» Нет, не так, лучше: «*Тот корабль принадлежал Адмиралу, в чьём доме я живу, он вернулся, и тебе надо бежать, немедленно, а не то...»* Она сжимает перо. Опять кляксы. *«А не то...»*

Её мозг тоже, похоже, трясётся от страха. А надо торопиться! Кажется, кто-то поднимается наверх? Известно ли Нику, где живёт её отец? Адмирал сказал: знаешь, какое наказание положено за пьянство и ещё за что-то?.. Но не сказал, какое. Сажают на хлеб и воду, а то и похуже, намного хуже... но что?

Ленни сидит на кровати, смотрит испуганно. Снизу доносятся новые крики и грохот. Потом вдруг — жалобный вой одного из псов. Парень вскакивает и хочет броситься к двери, но Лампёшка хватает его за рукав и тянет вниз.

— Пожалуйста, не надо, пожалуйста, оставайся здесь, Ленни!

Ленни медленно садится, не сводя глаз с двери.

Лампёшка возвращается к записке. Лист бумаги по-прежнему чист.

— Рыб, — шепчет она. — Что мне написать? Какое наказание положено на корабле за пьянство и... и...

Голос из-под кровати совсем тихий, но Лампёшка слышит его.

— За это вешают, — говорит Рыб. — На самой высокой мачте. — Он-то в таких вещах, конечно, разбирается. — Твоему отцу надо немедленно бежать. Это и напиши.

*«Милый папа, милый папа...»* Лампёшку начинает трясти ещё сильнее, она даже букву «м» забыла.

— Я так хорошо научилась писать! — разражается она вдруг слезами. — А теперь не могу.

— Давай сюда, — говорит Рыб и выползает из-под кровати. — Я напишу.

Он начинает писать, быстро и аккуратно. Миг — и лист уже исписан.

«Поможет ли это? — думает Лампёшка. — Дойдёт ли записка до отца, прочтёт ли он её?..»

Из сада опять доносится свист. Лампёшка подбегает к окну.

— Почти готово! — кричит она. — Ещё минуту!

Внизу хлопает дверь — кажется, совсем близко. «Ключ!» — вспоминает она вдруг. Она нащупывает его в кармане и запирает дверь.

— Готово, Рыб? Ну пожалуйста!

Мальчик кивает и машет листком, чтобы чернила подсохли.

— Готово, — отвечает он. — Но как...

Кто-то взбирается по лестнице тяжёлыми, неровными шагами. Этот кто-то хрипло дышит, хромает и ругается себе под нос.

Рыб, похоже, окончательно пришёл в себя. Он окидывает взглядом окно, дверь, девочку.

— Лампёшка, — говорит он. — Лампёшка, что нам делать? Что мне делать?

Лампёшка и сама хотела бы это знать, но способна удержать в голове только что-то одно. Её глаза находят камень с золотой жилкой, он всё ещё лежит на шкафу. Она заворачивает его в записку и обвязывает шнурком башмака. «Сначала это, — думает она. — Остальное потом». Она высовывается из окна.

Ник ждёт внизу, ветер раздувает полы его плаща. Лампёшка осторожно бросает камень, и тот падает в стороне от Ника, но аккуратно подкатывается к нему. Ник засовывает его в карман и поднимает глаза к девочке в окне. Лампёшка хотела бы быть этим камнем. Хотела бы уйти вместе с Ником.

— Ник, ты правда доставишь записку? — шепчет она.

Он кивает, словно понял её, и улыбается. Потом складывает руки рупором и медленно выкрикивает два слова:

— Шестое! Окно!

— Шестое окно? — повторяет Лампёшка.

Ник снова кивает и поворачивается, чтобы идти.

— Какое окно? — вопит Лампёшка ему вслед. — Ник! Подожди!

Но Ник не ждёт, он исчезает в саду, торопясь к лесной дороге, к маяку. Во всяком случае, так надеется, изо всех сил надеется Лампёшка.

Кто-то дёргает дверную ручку.

— Ты там, гадёныш? — сквозь замочную скважину ревёт адъютант Флинт. — Там-там, где ж тебе ещё быть!

# Пора

Шестое окно? Лампёшка медленно оглядывается. В комнате всего пять окон, это и слепому видно.

Даже в обычный день, когда мыслишь ясно и не сходишь с ума от тревоги, когда никто не пытается ворваться в комнату, чтобы натворить бед, — даже в такой день не так легко было бы разглядеть в этой комнате шестое окно, а уж сейчас.... И всё же... может, вот там, за кое-как приколоченной к стене доской? Надо же, до сегодняшнего дня Лампёшка и внимания на эту доску не обращала, а теперь вдруг ясно видит, что за нею скрыто. И знает, что делать.

— Ленни! — зовёт она. — Вставай! Помоги мне!

Ленни вскакивает. Он рад помочь.

Ломом было бы проще, но Ленни протискивает между доской и стеной свои железные ножницы, засовывает в щель пальцы и тянет. Дерево трещит.

Дверь тоже начинает трещать: адъютант налегает на неё плечом, ломится в комнату.

— Он здесь, сэр! — кричит он вниз. — Дверь на замке. Но я её в два счёта открою!

Рыб глядит то на окно, то на дверь, то опять на окно.

— Да что же ты делаешь, что вы все делаете? — шепчет он.

Ещё один рывок — и доска с треском расщепляется и отрывается от стены. Вот оно, шестое окно! Оно всё это время было здесь! Лампёшка толкает раму, та распахивается.

В комнату тут же врывается ветер, а с ним вместе сильный запах моря. Из этого окна видна не только часть бухты с маяком, но весь морской простор — до той линии, где море сливается с небом. На горизонте сгущаются темноголовые облака.

Ленни берёт Рыба на руки, и они вместе смотрят вниз. Там, под башней, у подножия утёса, на котором построен дом Адмирала, на тёмной поверхности воды виднеется зелёная лодочка. Она привязана канатом и мягко покачивается на волнах.

— Не пойму, — говорит Рыб. — Откуда ты узнала, что там окно? И откуда взялась эта лодка? Туда и добраться-то невозможно.

— Думаю... думаю, эта лодка для меня, — медленно говорит Лампёшка.

— Для тебя? Как это?

В коридоре Флинт ещё раз наваливается на дверь всем своим весом. Потом, выругавшись, пинает её, но и это не помогает.

Рыб глядит на Лампёшку, белый как мел.

— Нет, — дрожащим голосом говорит он. — Останемся здесь. Дверь крепкая, выдержит, нам нужно просто дождаться, пока... Пока он уйдёт или... или пока не придёт отец. Я с ним поговорю...

Лампёшка заглядывает ему в глаза и качает головой. Потом опять оборачивается к окну.

— На этот раз он меня послушает, — не сдаётся Рыб. — Если я ему расскажу, покажу...

— Рыб, я тоже боюсь, — тихо говорит Лампёшка. — Но, похоже, другого выхода нет.

Дверь начинает трещать. С каждым ударом сильнее.

Лампёшка чувствует, как всю её, от макушки до пяток, охватывает страх. Неужели придётся прыгать? Там, наверное, ужасно глубоко. Нужно вытянуться в струну, думает она, и стрелой войти в воду, чтобы смягчить удар. И хорошенько оттолкнуться, чтобы отлететь подальше от подножия утёса, туда, где глубже. Нужно... чтобы на такое решиться, нужно быть не в своём уме...

А Рыб оглядывается на комнату, где прожил всю жизнь. Книги, карты, ванна, кровать. На кровати ещё лежит фотокарточка, которую вчера отдала ему Марта, с Йозефом и мамой. Мамой, чьё лицо едва видно, мамой, которая когда-то тоже здесь жила, и смотрела на море, и скучала по воде... Внезапно он чувствует свой хвост, сухой и обмякший, которому ужасно хочется снова... Он слышит, как вода тихо плещется о подножие утёса, такая глубокая, такая зелёная, такая холодная.

— Надо разуться, — говорит Лампёшка и развязывает второй шнурок. — Ленни, тебе тоже.

Парень не двигается с места. Даже когда Лампёшка снова его зовёт.

— Ленни, — говорит она. — Ты ведь умеешь плавать?

Ленни качает головой.

— Совсем?

Ленни слегка пожимает плечами и печально смотрит на девочку. Совсем.

— Хотя бы чуть-чуть? До той лодки? Это недалеко, а если мы...

Он по-прежнему мотает головой.

— А если Рыб будет тебя держать, и я тоже... Мы тебя ни за что не выпустим. Правда, Рыб?

Ленни медленно опускает Рыба на пол. Лампёшка обхватывает Ленни за шею.

— Эх, забери меня чесотка! — ругается она и крепко, изо всех сил прижимает его к себе, но это не помогает.

Новый мощный удар в дверь. Адъютант ревёт, дверная коробка трясётся. На лестнице раздаются чьи-то шаги.

— Пора, — бормочет Лампёшка. — Прыгаем! Другого выхода нет.

Она отпускает Ленни и взбирается на подоконник, не глядя вниз. Вытянутся в струну. Оттолкнуться как следует.

— Рыб? Ты со мной? — Она протягивает руку, и Ленни поднимает мальчика и сажает на подоконник.

— Ленни, если ты пойдёшь ко дну, я тебя вытащу, — тихонько шепчет Рыб парню на ухо. — Я могу, правда могу!

Но Ленни всё трясёт головой — ни за что, ни за что. У него едва хватает духу выглянуть в окно.

Рыб обхватывает Лампёшку руками за шею и обвивает хвостом.

— У тебя ноги, — говорит он. — Оттолкнись хорошенько.
— Да.
— И вытянись в струну, чтобы смягчить удар.
— Да.
— И набери побольше воздуху.
— Рыб, я не смогу.
— Сможешь, — говорит мальчик. — Ты вылеплена из правильного теста. Такого, как надо.
— Теста? — дрожит Лампёшка. — Какого ещё теста?
— Геройского теста.

Он покрепче обхватывает её за шею. На мгновение они встречаются взглядами.

А потом Лампёшка зажмуривается. Набирает побольше воздуха.

И прыгает.

## Адмирал смотрит в окно

Взяв из шкафа Марты связку ключей, Адмирал поднимается в башню, где не был уже так давно. Наверху Флинт всё ещё пытается взломать дверь. Он потирает отбитое плечо.

— Вольно, адъютант, — говорит Адмирал. — Не можете победить дверь?

— Прошу извинить, сэр. Очень уж она крепкая. Дубовые двери — они ведь на то и дубовые, чтоб их нельзя было...

— Придержите свои рассуждения при себе. Он там?

— Я никого не выпускал, сэр.

— Хорошо. Заберёте мальчишку. Что до остальных...

— Сэр?

— Посмотрим. Пусть пока тут посидят.

Адмирал отпирает дверь. Внутри воет ветер, окно распахнуто. Под окном, на полу, сжавшись в комок и прикрыв глаза руками, сидит придурочный сын Марты.

Больше в комнате, кажется, никого нет. Адъютант

Флинт забегает внутрь, набрасывается на Ленни и прижимает парня к полу.

— Этого я обезвредил, сэр!

— Благодарю, Флинт, — отвечает Адмирал. — Можете его отпустить. Похоже, он не опасен.

Адмирал подходит к окну и смотрит вниз, на далёкое море. На пенистых волнах покачивается маленькая лодочка.

Двенадцать лет назад он тоже стоял здесь. Точно так же смотрел вниз с точно такой же смесью облегчения и... чего ещё? Сожаления, горечи, что ли?

Конечно, он любил её, свою прекрасную, зеленовласую, златоглазую принцессу. Но не ожидал, что она последует за ним, внезапно явится к нему — а она явилась, и у неё были ноги, но она не умела говорить и была совершенно не приспособлена к жизни на суше.

Под водой он понимал её. Или ему это чудилось. Она касалась своей головой его головы, и они вполне понимали друг друга. Но на борту корабля он перестал её понимать. Эти глаза, которые всё время чего-то жаждали... Чего, девочка? Чего? Не мог же он привезти её домой и сделать из неё чучело, как поступал с другими своими трофеями — тиграми, носорогами.

Но она не уходила.

Что ж, тогда всё-таки домой. Где всё пошло наперекосяк. Ноги её перестали быть ногами и превратились обратно в хвост. Ей нужна была вода, нужно было всё время плавать. Все это видели, все об этом судачили.

Конечно, негоже заводить шашни с русалками. Но куда её было девать? А потом она ещё и понесла. И чем сильнее раздавался её живот, тем сильнее из неё лезла рыбья натура. Она стала его кусать. Его свирепая зелёновласая принцесса превратилась в громоздкое чешуйчатое создание с гигантским белым брюхом.

Поначалу он ещё гладил это брюхо, нашёптывал: «Пусть будет сын, пожалуйста, пусть будет сын, и пусть у него будут ноги, такие, чтобы могли выстоять качку, пусть он будет прирождённый моряк!»

Но его желание не сбылось. Да и глупо было надеяться.

После рождения мальчика она сбежала, выпрыгнула из вот этого самого окна. Он точно так же стоял здесь. Но с сыном на руках. С хвостатым сыном.

Почему она не забрала ребёнка с собой?

Флинт обыскал всю комнату. Никого не найдя, он снова хватает Ленни и заводит ему руку за спину. Парень не сопротивляется. Даже когда адъютант начинает трясти его, он не поднимает глаз.

— Куда они подевались? А ну, отвечай!

Снизу доносится голос Марты, зовущей своего сына:

— Ленни, да где же ты?

— Адъютант, отпустите его.

— Но, сэр, он же свидетель. Он знает, что произошло с...

— Я сказал, отпустите.

Марта снова зовёт, и Ленни с поникшей головой семенит к двери и исчезает в коридоре.

«В конце концов, — думает Адмирал, — бывает и хуже, чем хвостатый ребёнок. У моего хоть голова на плечах».

Адмирал оглядывает книги, бумаги, карты на стене. Вот только жить здесь такому созданию было никак нельзя.

Почему она не забрала сына с собой?

Адмиралу в голову бы не пришло задать этот вопрос слабоумному, который и говорить-то не умеет. А напрасно, потому что Ленни знает ответ. Он один знает.

Ему было восемь, и он всегда убегал от матери — всегда, когда ему это запрещали, и именно туда, куда запрещали. Однажды в поисках нового потайного места он забрался на самый верх, в башню. Вбежав в комнату, он увидел русалку — она как раз залезала на подоконник, чтобы выпрыгнуть из окна. А попробуй сделай это с хвостом! Ленни, отродясь не видавший таких существ, испугался и завопил. Но русалка испугалась не меньше мальчика — испугалась так сильно, что выпустила из рук то, что прижимала к груди, потеряла равновесие, выпала из окна и полетела спиной вперёд — в море, обратно к себе домой.

То, что она уронила, соскользнуло с подоконника на пол и тут же разразилось плачем.

Ленни закрыл за собой дверь и помчался вниз, на кухню, к матери.

С тех пор Марте зажилось намного легче: убегать он перестал.

Ветер захлопывает окно, и Адмирал запирает его на задвижку. Он только что обошёл весь дом снизу доверху и никого не встретил. Чудно́, ведь в доме должно быть полно прислуги? Кроме адъютанта и его самого, в Чёрном доме никого не осталось.

Он выглядывает в окно с другой стороны комнаты и видит: с крыльца спускаются Марта с сыном, таща за собой чемоданы и прочий скарб. Когда они ступают на дорожку, ведущую к воротам, из дома выбегают псы и догоняют их. Один из них хромает и подволакивает лапу. Не обернувшись, мать с сыном исчезают за деревьями. Теперь в доме больше никого нет.

Так ведь он сам этого хотел, думает Адмирал. Хотел же?

## Лодка

Она падает бесконечно долго и погружается бесконечно глубоко.

Вода тёмная и студёная. Силясь всплыть, Лампёшка едва не задыхается — так далеко до поверхности. Ей кажется, что она плывёт не в ту сторону, и её охватывает ужас, но потом вода вдруг светлеет и голубеет. Наверх, к свету! Она выскакивает из воды и набирает полные лёгкие воздуха.

Над ней высится серый утёс, на нём дом, чёрный от плюща, на самом верху — башня с распахнутым окном.

И как ей только хватило смелости? Им. Как им только хватило смелости? Она оглядывается вокруг. Где Рыб? Впереди, за спиной, куда ни глянь — везде одно лишь море.

— Рыб!

Она чуть не захлёбывается солёной водой. Его нигде не видно. Лодочка — вот она, рядом, качается на волнах. Лампёшка подплывает к ней, время от времени озираясь вокруг.

— Рыб! Ну Рыб же! Где ты?

У неё крутит живот от страха. Это была её идея, её вина. Какой дурацкий план!

Но, когда она хватается за деревянный борт, Рыб внезапно выныривает из воды, взмывает в воздух, тут же ныряет обратно и возвращается к ней, крутанув сальто два раза подряд.

— Здорово, а? — ликует он. — Здорово, а, Лампёшка? Ты только посмотри, что я ещё могу!

Лодка ему, само собой, не нужна. Лампёшке — да, ей лучше не оставаться в холодной воде, но, когда она забирается внутрь, поднимается ветер и обдувает её до дрожи. Она трясётся в мокрой одежде и негнущимися пальцами отвязывает верёвку. Что ей надо было делать, кого спасать? Ах да, отца. Обогнуть утёс, добраться до маяка... и надеяться, что отец ещё там, а Адмирал пока нет. И что Ник... Она вспоминает машущего Ника и искажённое злостью лицо Адмирала... Происходит столько всего и сразу!

Она вставляет вёсла в уключины и тянет их на себя. Вёсла такие тяжёлые, а руки у девочки такие короткие. Её трясёт от холода.

— Греби, Лампёшка, — приказывает она себе. — Согреешься.

Она начинает грести и немного согревается, но одежду так не высушишь. Вдалеке грохочет гром, ветер дует всё сильнее. Волны толкают лодку в другую сторону.

Рыб то и дело выныривает из воды то впереди, то сзади и кричит что-то — не разобрать. Лодка ползёт вперёд. Умей Ленни плавать, сидел бы он здесь со своими длинными крепкими ручищами — в два счёта добрались бы до маяка...

— Рыб! — кричит Лампёшка против ветра. — Может,

поплывёшь вперёд, глянешь на маяк, проверишь, там ли... там ли...

Ветер уносит, развеивает её слова над водой. Парочка долетает до Рыба, он машет в ответ:

— Хорошо, плыву!

— Рыб! — кричит она. — Скажи, что... Скажи...

Но его уже нет.

Перед глазами качается горизонт: выше-ниже-выше. В ушах свистит ветер:

— *Какая встреча!* — воет он. — *Мы ведь знакомы? Помнишь меня? Опять пришла поиграть, дочка смотрителя?*

# Гвозди

— Мистер Ватерман! Мистер Ватерман!

Август как раз присел на ступеньку отдышаться. Чёртова нога! Он так и не привык, что её нет, до сих пор вздрагивает, глянув вниз, а ведь минуло уже столько лет. Там была его ступня, там должны быть пальцы.

Шериф — этакая свинья! — забрал его трость, его удобную, надёжную трость, пришлось приспособить вместо неё завалявшуюся в доме полусгнившую корягу, которая едва выдерживает его вес.

— *Да-да*, — звучит у него в голове. — *Сам виноват, нечего было поднимать ту трость на собственного ребёнка...*

— А-а-а! Прикуси язык, сейчас же! — кричит он собственной голове.

— Мистер Ватерман, вам опять письмо. Думаю, вам обязательно надо...

Он встаёт, коряга гнётся, почти ломается. Вечно здесь всё ломается — это неуёмный морской ветер виноват. Это он жрёт древесину. Брусья, которыми забили вход, тоже:

если их толкнуть, дверь вполне можно приоткрыть. Шерифу и прочим сухопутным крысам это и в голову не приходит. При желании он мог бы легко отсюда выбраться. Но зачем? Куда ему податься?

— Вы меня слышите? Спуститесь, пожалуйста!

Из дверного окошка торчит что-то белое. Это ещё что? Август ковыляет через комнату к двери.

— Тут приходили... не ваша дочь, а какой-то человек, и он передал вот это... Вы уж простите, но письмо без конверта, и я краем глаза увидела, о чём речь, и сразу подумала... В общем, лучше уж вы сами прочтите. Что же нам делать?.. То есть вам... Что вы будете делать? Здесь вам оставаться нельзя!

Для виду Август вынимает скомканную бумажку из окошка и осматривает её. Да, на ней явно написаны буквы. Аккуратные буквы, не такие, как в прошлый раз. Он чешет бороду.

— Это от Лампёшки?

— Нет, я же говорю, человек какой-то принёс, очень вежливый, хоть и торопился. Но что вы скажете, что думаете, что будете делать?

Голос у соседки тонкий, дрожит от волнения. Чего она от него хочет?

— Вы же прочли?

— Да, да... конечно.

— Ну и? Что теперь?

— Что ж, спасибо, — говорит он. — До завтра.

Он надеется, что она уйдёт. Но она не уходит.

— Мистер Ватерман?

Она совсем близко от окошка, Август видит кусочек её

лица. Карий глаз.

— Что ещё?

— Вы правда прочли?

Что ей ответить? Можно, конечно, соврать. Или выставить себя на посмешище.

— Мистер Ватерман? Вы же умеете читать?

О самом главном здесь ни слова, думает Август, выслушав письмо. Ну, что Адмирал собрался вздёрнуть его на рее — это понятно, этого следовало ожидать. Конечно, надо бежать. Но куда? И где сама Лампёшка?

— Она в бухте, в какой-то лодке, сказал тот человек... А вдруг лодку понесёт к скале?

— Что? — ревёт Август в окошко. — Она в лодке, в такую бурю?.. Мне надо бежать!

— Так я и говорю, — отвечает соседка. — Конечно, надо. Но как?

Август толкает дверь своей тюрьмы. Надвигается нешуточный шторм, он это чует, видит по всем приметам. Нельзя, чтобы его дочь где-то тонула, а он сидел дома сложа руки. Надо мчаться в порт немедля, сломя голову. Он толкает опять, сильнее. Дверь приоткрывается на ширину ладони. Двух ладоней. Гвозди держат, но уже вот-вот выдернутся. Соседка тянет дверь снаружи и показывает, где толкать.

— Нет, пониже. Нет, не так... Эх, жаль, нет у нас... Погодите, я сбегаю за клещами мужа.

«У неё есть муж?» — думает он. Хотя ему-то какая разница?

— Он умер, — добавляет она. — А ваша жена тоже?..

— Да, — отвечает Август.

— Вот ведь как... — говорит она. — Погодите, я мигом.

Клещами они легко выдирают оставшиеся гвозди, те звонко стукаются о камни. Август толкает ещё раз, изо всех сил, и дверь, оглушительно скрипя железными петлями, распахивается. Август выходит наружу.

На свету он в первую минуту прикрывает глаза рукой, хотя солнца нет. Небо быстро затягивает тучами, вдали уже громыхает. Нужно бежать в порт, скорее, но так ему далеко не уйти. Он оглядывается по сторонам.

— Чего же вы ждёте? — удивляется соседка. — Поесть сперва хотите, что ли?

— Нет, нет, мне нужна палка. Хорошая, крепкая палка.

А улыбка у неё ничего, замечает Август. А потом замечает что-то у женщины в руке.

— А, так я и думала! — говорит она. — Тот человек передал ещё кое-что, теперь понимаю зачем.

Она показывает какой-то деревянный обрубок, слишком короткий для трости, но на удивление точно подходящий к тому, что осталось от его ноги. И эта штука ещё и крепится ремешками. И боли от неё никакой. Соседка помогает ему застегнуть пряжки.

— Что ж, удачи! Коли окажетесь поблизости и захотите супу — я живу вон там! — последние слова она почти кричит — ветер крепчает.

Шагая по тропинке, он ещё раз оглядывается. Она чуть старше и чуть полнее, чем он себе представлял. Август машет ей рукой. Подгоняемый ветром, он направляется к берегу.

## Порт

Шаг — цок, шаг — цок.

Август шагает по порту, и ему до смешного легко, словно его нога опять на месте. С лица у него не сходит глупая улыбка. Это всё из-за ноги, но и из-за писем тоже, ведь они и вправду были от Лампёшки. Как это возможно — загадка. Но она думает о нём, она пишет ему о своём плане. План, конечно, дурацкий — но всё же.

Вокруг бурлит вода, корабли беспокойно бьются о пристань. В дальнем конце есть полуразрушенный пирс, у которого не желает швартоваться ни один приличный рыбак. Рядом болтаются полузатопленные шлюпки и старая обгорелая плоскодонка, от которой все держатся подальше, потому что на ней водятся привидения.

Если корабль сейчас в порту, то он наверняка где-то здесь, поблизости. Август щурится против света... Да, вот он: швартовы скрипят, на борту свежие заплаты.

Он подходит к кораблю и хлопает по борту.

— Бак! — кричит он сквозь доски. — Слышь, Бак! Мне

нужна твоя посудина. — Он стучит кулаком. — Бак, это я! Она мне нужна срочно!

Не дождавшись ответа, Август задирает голову. Паруса спущены, но обтрёпанный чёрный флаг вытянулся по ветру. Там он, конечно.

— Бак!

Из глубины трюма раздаётся голос:

— Как у тебя только хватило наглости сюда явиться!

— Бак...

— Проваливай! Или ты хочешь, чтобы я к тебе вышел? У тебя вроде одна нога оставалась? Отсечём и её.

— Бак, это всё в прошлом, — кричит Август. — А сегодня мне нужна твоя посудина.

— Вот как? А мне нужна была моя жена. И я тоже остался с пустыми руками.

Голос капитана перемещается в другую часть судна, теперь он совсем близко и изрыгает проклятия — таких даже Августу слышать не доводилось.

— Не для себя прошу, — отвечает Август как можно спокойнее. — Для...

— Проваливай отсюда! Залезь в постель к своей жене — к моей жене, я первый на ней женился, — залезь под одеяло и хоть задохнись там, мне наплевать!

— Думаешь, мне самому бы этого не хотелось? Рад бы, да не могу.

— Почему это?

Август молчит. Он отдал бы свою единственную ногу, ещё и руку в придачу, только бы его жена ждала его дома. Но разве такой обмен возможен?

— Ого! — Бак вдруг разражается смехом. — Она и тебя

бросила? Ха-ха, так тебе и надо! С такой огуречной башкой она тоже, конечно, оставаться не пожелала. Я и сам думал: на кой ты ей сдался?

Этого Август и сам никогда не понимал. Бак и наружностью вышел, и шевелюрой не обделён, ещё и капитан. Чертовски несправедливо, но что тут поделаешь? Да ничего не поделаешь.

Август ничего и не делал, и не пытался, даже рта не открывал. Лишь смотрел на неё целыми днями. Как она ходила по палубе, работала плечом к плечу с мужчинами — ничуть не хуже их, подобрав юбки и перехватив чёрные волосы верёвкой.

Не было ему покоя и по ночам. Он оставался на палубе, глазел на луну и думал о ней. Каждую ночь всё больше. Может, она это почувствовала, потому что однажды ночью вылезла из их с Баком постели, вышла на палубу и встала рядом с ним у поручней. Они разговаривали — точнее, говорила по большей части она, а он слушал и время от времени вставлял пару слов. Он был рад темноте, потому что чувствовал, что краснеет как омар.

Она стала приходить ещё, ночь за ночью, рассказывала о разном, пела песни и не желала возвращаться в душную каюту на полубаке. На палубе ночь была нежной, ветер — мягким.

На корабле тесно, тут тайн быть не может. Само собой, через пару дней все всё знали, и капитан тоже. Разозлился он не на шутку.

— В ближайшем порту сойдёшь на берег! — прорычал он своему штурману. — И тебе ещё повезло, что я тебя за борт не сбросил! Предатель, охотник до чужих жён! Я думал, мы друзья.

На это Августу ответить было нечего. Завязав свои пожитки в узелок, он ступил на сходни.

— Постой! — закричала она. — Я с тобой.

Понять её никто не мог. И рожей он не вышел, штурман этот, и слóва из него не вытянешь — что ж он ей так приглянулся? Ох, уж эти бабы...

Бак не собирался её отпускать.

— Тогда будем драться! — воскликнул он. — Кто победит — тому она и достанется.

У пиратов так заведено: победитель забирает добычу. Капитан потряс двумя саблями и бросил одну безоружному Августу. Тот пожал плечами. Драться так драться.

Они сражались на палубе, гоняя друг друга от борта к борту. «О!» — восклицали пираты, когда Август чуть не выпал за борт, и «А!» — когда Бак в третий раз обегал вокруг мачты: всё-таки его штурман с саблей обращаться умеет, а у того, кто дерётся по страсти, сил вдвое больше. Больше, но недостаточно: вжих! — и прощай нога. Наполовину отрублена — жуткое зрелище, даже для пиратов с их стальными нервами.

Капитан перевёл дыхание.

— Всё. Будешь моей.

Он хотел было поцеловать жену в шею, но, встретив её ледяной взгляд, остановился.

— Я сама себе хозяйка, — ответила она и, поддерживая своего возлюбленного, спустилась с ним по сходням на берег и ушла. Август волочил за собой полуотрубленную ногу. Сохранить её не удастся, это он понимал.

Гроза приближается, над морем уже сверкают молнии. Тяжёлые тучи жаждут наконец избавиться от бремени. С неба начинают падать огромные капли.

— Она умерла, — говорит Август. — Вот в чём дело.

— А? Что ты сказал?

— Она умерла! — пытается перекричать ветер Август.

— Что?!

Наверху, над поручнями, появляется с десяток голов, волосатых и лысых, с мокрыми бородами, некоторые одноглазые или безносые. Потрясены все. Бак перегибается через борт.

— Что ты несёшь? Умерла... Когда?

Сто лет назад, хочет ответить Август. Так ему кажется.

— Года два тому.

— От чего?

— Просто так. Заболела и умерла.

— Просто так? — ревёт капитан. — Что за чушь, просто так не умирают!

Но пираты печально кивают. Умирают, умирают просто так, бывает такое.

— Но как же... Как же... — От ярости Бак заливается краской. — Нет, не может такого быть!.. А я-то сгорал от ревности, завидовал, что у вас всё как в сказке. У тебя и жена, и работа на берегу не бей лежачего, и дочь в придачу. У вас ведь дочь родилась, так?

— В том-то и дело, — кричит Август. — Из-за неё я и здесь, из-за дочери. Из-за Лампёшки.

— Да-да, Лампёшка. Так её звали! — кивают несколько голов. — Та малышка, что сиживала с нами у костра, лапушка.

Бак удивлённо озирается.

— У костра? Какого костра?

— Ну, как тебе сказать, кэп... Мы, бывало... Нам иногда хотелось с ней повидаться, с нашей Эм.

— Первый раз слышу. Как так?

— Мы нечасто. Иногда только, когда ты... пораньше спать ложился...

— Ладно, об этом мы после поговорим, — отвечает капитан Бак.

— Она в бухте! — кричит Август. — Одна! В лодке! В бурю!

— Что? Рехнулась она, что ли? Зачем?

— Понятия не имею. Но я беспокоюсь, как бы она...

— Если она хоть немного похожа на мать, — говорит Бак, — я бы на твоём месте крепко беспокоился. Залезай на борт, безумец! Отчаливаем.

— В такую непогодь? — ахают пираты.

— Ну и что? С тем рохлей, что сейчас стоит у штурвала, мне бы такое и в голову не пришло, — отвечает капитан. — Но с настоящим штурманом... Иль не справишься, без ноги-то?

— Я же не ногой штурвал держу, — бурчит в ответ Август.

Дождь льёт стеной, но чёрный парус разворачивается, тросы натягиваются, корабль рвётся вперёд. Ему не терпится.

— Постойте! — раздаётся чей-то голос. — Меня подождите! Я с вами!

По пирсу к кораблю несётся, насколько ему позволяют высокие каблуки, толстый пират в платье.

— Жюль! — кричат морские разбойники. — Жюль вернулся!

Теперь всё будет как прежде. Ну и денёк! Ветер гонит корабль в море.

## Шторм

Шторм швыряет зелёную лодочку по волнам: туда — сюда. Вёсла он отобрал уже давно, и Лампёшке остаётся только держаться за борт, терпеть приступы тошноты. Главное не свалиться в воду.

— *Неженка!* — бушует ветер. — *Эй! Борись же! Не сиди сложа руки!*

Но Лампёшка устала. Устала бороться с миром, у неё больше нет сил. Суши уже не видно — лодку отнесло слишком далеко. Лампёшка вглядывается в волны в надежде увидеть Рыба, но вокруг одно только море.

Под водой не штормит, в ушах звенит тишина. Он поднырнул, чтобы плыть быстрее, но теперь тьма манит его глубже, глубже. Во все стороны простирается вода — далеко, далеко, далеко, а он — посередине. Как глубоко он может нырнуть? Что там? А тут? А вон там, внизу? В темноте мимо него проплывают стайки рыб с выпученными глазами, он видит только, как сотни блестящих огоньков, по одному на рыбку, одновременно сворачивают в сторону, огибая его. Над ним парят тени крупных рыбин, их плавники машут как крылья, а вон там — стадо гигантских медуз, таких прозрачных, что их будто бы и нет совсем, но вот они, вдруг окружили его со всех сторон. Он видел их на картинках в своей «Энциклопедии морских обитателей», знает, что дотрагиваться до их длинных щупалец опасно — прожгут насмерть. Но он легко проскальзывает между ними. А может, его бы они и не прожгли — он ведь русалка... сын русалки. Его сердце стучит ровно, он ничего не боится, погружается всё глубже и глубже, туда, где вода черна как ночь, где обитают страшилища с дьявольскими очами, с огромными грозными зубами и болтающимися впереди удочками, на которых горит огонёк, маленький, жёлтый, как...

«Лампёшка!» — вдруг вспоминает он.

Лампёшка лежит навзничь на дне лодки в холодной воде. Лодка ещё не утонула, но это дело времени. Девочка перекатывается с боку на бок вместе с волнами и смотрит в небо, по которому несутся облака. Ветер уже давно нашёл себе другие игрушки: мимо проплывают пучки водорослей и обрывок старого паруса с затонувшего корабля. А вон летит корзинка! Не её ли это корзинка, с коробком спичек высшего качества внутри? Но нет, это невозможно, думает Лампёшка. Такого не бывает.

В кармане промокшего насквозь платья её пальцы нащупывают осколок зеркала, он всё ещё с ней.

«Мама, — думает она. — Больше я не могу. Что ж, скоро увидимся!»

Волна поднимает лодочку и швыряет об огромную скалу посреди бухты. Она разлетается на части, и Лампёшка падает в море.

Она погружается прямо ему навстречу, и Рыб мчится к ней. Как раз вовремя, правда? Вот как быстро он плавает! Как раз вовремя он хватает её за подол платья и тащит наверх, поднимает её голову над волнами, чтобы она могла глотнуть воздуха. Но она не глотает, она бледна как смерть и не шевелится.

— Дыши, безмозглая девчонка! Дыши же! — шипит Рыб и трясёт её изо всех сил. Но она не слушается.

Он кусает её, а что ещё остаётся? А когда и это не помогает, тянет Лампёшку к скале, чтобы собраться с мыслями. Затаскивая её на камень, он обдирает ей колени и локти, но если она мертва, какая разница?

— Лампёшка! — вопит он ей в ухо. — Лампёшка! Лампёшка, ну проснись же, пожалуйста!

Он оглядывается в поисках кого-то, кто мог бы помочь, но он не знает здесь ни души — ни души во всём огромном море.

Грозовые тучи, к счастью, рассеялись. Солнце принимается светить во всю мочь, прежде чем спрятаться за горизонтом. Пираты всматриваются в даль, но лодки с девочкой нигде не видно. Знать, потонула. Вот и нечего сухопутным крысам соваться в море... Но всё равно жалко, конечно.

Пират Ворон, сидящий наверху, на марсовой площадке, почти оставил надежду. Во всей округе — никого и ничего. Или всё-таки... Кажись, там кто-то плывёт?

— Эй? — не верит он своим глазам. — Эй! — спустя миг кричит он опять. — Эй, кэп!

— Разглядел? — Бак тоже ищет, вглядывается в другую сторону, прикрывая глаза от солнца.

— Нет. Но мне показалось...

— Смотри дальше! Скоро стемнеет.

— Это невозможно, но... Мне показалось, я видел русалку...

— Они сюда не заплывают. Так что и правда невозможно. Смотри дальше!

— И всё же... Да вон она... это, кажись, детёныш. Смотри, кэп, там! Смотри, машет нам рукой!

## Скала

Скала торчит на этом месте с давних пор: когда-то море откусило от берега огромный кусок, а этот маленький кусочек словно бы выплюнуло.

Неудобная штука эта скала. Ничего на ней не растёт, и ни башни, ни форта тут не построишь: слишком она маленькая и слишком далеко от берега. На скале часто собираются тюлени — погреться на солнышке. Бывает, что о неё разбивается корабль. А теперь вот на ней лежит маленькая мёртвая девочка.

По крайней мере, ей кажется, что она мёртвая. Потому что глаза её закрыты, и при этом она всё видит.

Она видит ярмарочный поезд, ползущий по рельсам длинной змеёй, в каждом окошке — друзья: Освальд, Лестер, двойная Ольга, ну и взбешённый Эйф тоже там.

Она видит, как у открытого окна стоит Адмирал, как в своей комнате одиноко сидит мисс Амалия, как на скамье у бакалейной лавки греется в последних лучах солнца мистер Розенхаут.

Она видит маяк с распахнутой дверью, брусья болтаются на ржавых гвоздях. У двери рыжий шериф допрашивает соседку, которая с улыбкой показывает куда-то вдаль.

Она видит, как в порту Марта с чемоданом присела на оградку передохнуть. Рядом с ней — Ленни, у него на коленях покоятся головы псов. Они с матерью вглядываются в море, словно ждут чего-то.

Она видит вдали Белые скалы, где русалки ждут своего потерянного племянника, который прочёл все книги и знает всё на свете и в то же время не знает ничего.

И ещё она видит Ника в плотницкой, в руках у него бутылка, из горлышка свешивается верёвочка. Он осторожно тянет за неё, и крошечный кораблик за стеклом медленно расправляет паруса. Паруса чёрные, а на мачте вздёрнут флажок с черепом — размером с ноготок на мизинце.

— Смотри, — говорит Ник. — Вот и она.

Лампёшка смотрит и видит маму. Она опять живая и здоровая, её чёрные волосы стянуты верёвкой.

— Здравствуй, мама!
— *Здравствуй, милая!*
— Теперь-то я точно умерла.
— *А ты бы этого хотела?*
— Не знаю, — отвечает Лампёшка. — Кажется, я ещё не всё успела. Или всё-таки успела?
— *Не мне судить*, — говорит мама. — *К тому же это неважно.*
— Как я рада тебя видеть! — Лампёшка не может отвести от мамы глаз. — Тебя так долго не было.
— *Да нет же. Я всё время была здесь.*
— Где — здесь?

— *Здесь, повсюду.*

— *А... Но не со мной.*

— *Конечно, с тобой. Всегда. Ну же, открой глаза.*

Этого Лампёшке совсем не хочется:

— *Но тогда я тебя больше не увижу.*

— *Как раз увидишь. Давай же!*

Сквозь ресницы Лампёшка видит, как вокруг светло. Пробившись сквозь разрыв в облаках, солнечные лучи освещают воду и превращают всё вокруг в золото. Золото колышется, брызжет.

«Значит, я умерла», — думает она. Ведь это рай, понятное дело.

— *Что же ты так торопишься?* — говорит мама. — *Это просто вода. Смотри: корабль.*

И точно, к скале плывёт корабль, большой, с тёмными парусами и пиратским флагом.

— *Смотри*, — говорит мама. — *«Чёрная Эм» спешит тебе на помощь.*

— Да что же это такое — «Чёрная М»?.. — бормочет Лампёшка.

В мамином голосе слышна широкая улыбка:

— *Это я*, — говорит она.

## «Чёрная Эм»

Причалить к скале в шторм — ну, положим, шторм уже утих, но ветер-то ещё дует нешуточный, — не пробив борт, да так, чтобы можно было спрыгнуть на камень с палубы, — на такое способен только самый искусный штурман. Но Августу это по плечу. Конечно, он немного отвык, но полюбуйтесь, как здорово у него уже получается.

Лампёшка пугается до смерти, когда рядом с её головой внезапно плюхаются два огромных сапога, когда две огромные руки хватают её под мышками, а два огромных глаза на бородатом лице вглядываются ей в лицо, словно ждали этой встречи всю жизнь. Хотя она видит бородача впервые.

— Пушки-ёшки! — ахает капитан Бак. — Чтоб мне провалиться! Как же ты на неё похожа!

— Э-э-э... на кого? — удивлённо спрашивает Лампёшка.

— На Эм. На твою мать.

— Правда?

— О да! — капитан Бак радостно скалится. Потом взваливает её себе на плечо и взбирается обратно на палубу. — Только у тебя рыжие волосы, а не чёрные, иначе бы я подумал, что она снова стала моей.

— Вообще-то я сама себе хозяйка, — бормочет Лампёшка.

— То-то я и говорю, — вздыхает капитан Бак.

На палубе он ставит её на ноги. Пират в платье закутывает её в одеяло и целует в макушку.

— Жюли! — радостно восклицает Лампёшка. — Вы что, все здесь? И карлик, и Лестер, и...

— Нет, — мотает головой Жюль. — Только я.

— И мы! Мы тоже, да!

Её окружают пираты. Она узнаёт их лица и помнит по именам. Билл протягивает ей мазь для ободранных коленок, а Ворон приносит сухую одежду не по размеру. А она всё это время украдкой поглядывает на ют.

Она давно уже заметила его там, у штурвала. А он — её.

Иногда, когда о чём-то очень долго мечтаешь и мечта наконец сбывается, на миг воцаряется такая особенная тишина, когда никто не знает, что делать.

Лампёшка так часто представляла себе эту встречу — и вот он, перед ней. На голове меньше волос, чем она помнит, на лице — длинная борода. И деревянная нога. И то, что он стоит у штурвала, — это ей тоже внове.

Бак берёт штурвал на себя, и Август подходит к ней. Они кладут руки на поручень, рядом. Ветер треплет им волосы.

— Вот ты и нашлась, — помолчав, говорит отец.

Да, кивает Лампёшка. Вот она и нашлась.

— Я о тебе думал, — бормочет Август. — Все эти дни, каждый день. И...

Да, снова кивает Лампёшка. Она о нём тоже. И вот они вместе.

— Знаешь, ты и правда ужасно похожа на маму.

Лампёшка опять кивает:

— Да, так все говорят.

У себя в голове она слышит, как мама вздыхает:

— *Ну сколько можно тянуть!*

Тянуть с чем? Что она должна сказать?

— *Да не ты,* — говорит мама. — *Он.*

— Это наш старый корабль, — показывает вокруг Август.

— Да, — говорит Лампёшка. — Здорово!

— Тебе правда нравится?

— Очень, — отвечает Лампёшка и смотрит на море.

Что может быть лучше, чем ходить под парусами, куда вздумается? Ну и пиратствовать — что ж поделаешь... Спать на подвесных койках. Видеть чужие земли. Жариться на солнце.

— Я могу научить тебя вязать узлы. И управлять штурвалом, когда твои руки окрепнут. Или, может... может, ты станешь для нас готовить?

— Ещё чего не хватало! — Этого Лампёшке совершенно не хочется.

— Жаль! Кока у нас нет, так что придётся сосать лапу...

— Кажется, я знаю кое-кого подходящего, — вспоминает Лампёшка. — Если она захочет. И если Ленни тоже возьмут. И если он не струсит.

Она думает, что не струсит. Вместе с ней — нет.

— Может быть. Твоя мама тоже этого не любила — готовить.

Это Лампёшка помнит.

Отец снова переводит взгляд на горизонт, где в море опускается последний краешек солнца.

— Я... — начинает он и пару раз прокашливается. — Я страшно по ней скучаю.

— Я тоже, — говорит Лампёшка. — Но иногда она совсем рядом.

Отец удивлённо смотрит на дочь.

— Я слышу её голос у себя в голове.

— Голос Эм? И что она говорит?

— Что тебе надо поторопиться.

— Мне? Куда?

Лампёшка пожимает плечами:

— Я и сама толком не знаю.

Август устремляет взор вдаль и погружается в размышления. Потом кивает и переводит взгляд — такой знакомый взгляд — на неё. А сам молчит.

«Он просит прощения», — думает Лампёшка. Просто вслух не может сказать. Но это ничего.

Внезапно из тёмного моря выпрыгивает детёныш русалки:

— Лампёшка, вот ты где! Они тебя нашли! Но спас-то тебя я, помнишь?

— Рыб! — кричит Лампёшка. — Эй, Рыб, представь, я стану пиратом! Как мой отец!

— Это твой отец?

Лампёшка кивает и горделиво косится на мужчину с деревянной ногой.

— Здравствуйте, — вежливо говорит русалочий детёныш, подпрыгивая.

Август кивает:

— Здравствуй. М-да. Надо же! Ты прости меня.

— А? Чего-чего? — переспрашивает Рыб, тяжело дыша, ему ведь приходится поспевать за кораблём.

— Да я не тебе, я ей, — говорит Август. — Прости меня. — Он кладёт ладонь Лампёшке на щёку, с которой давно сошёл синяк. — За всё. Пожалуйста.

Лампёшка расплывается в улыбке. За отцовской спиной во все стороны простирается водная гладь. Они могут делать всё, что захотят, могут плыть куда угодно.

— Давно простила. Всё хорошо, — говорит она.

И так оно и есть.

Литературно-художественное издание

## Аннет Схап
## ЛАМПЁШКА

Для младшего и среднего школьного возраста
В соответствии с Федеральным законом № 436
от 29 декабря 2010 года маркируется знаком 6+

*Обложка и иллюстрации* Аннет Схап
*Перевод с нидерландского* Ирины Лейченко
*Литературный редактор* Наталья Калошина
*Вёрстка* Акмаля Ахмедова
*Корректор* Ольга Дергачёва
*Ведущий редактор* Ольга Патрушева
*Главный редактор* Ирина Балахонова

ООО «Издательский дом «Самокат»
119017, Россия, г. Москва, ул. Малая Ордынка, д. 18, стр. 1
+7 (495) 180-45-10
info@samokatbook.ru, www.samokatbook.ru

Отдел продаж
sales@samokatbook.ru

Книги по издательским ценам можно приобрести
в магазинах издательства:
Москва, ул. Малая Ордынка, д. 18, стр. 1;
Санкт-Петербург, ул. Мончегорская, д. 8Б
и в интернет-магазине samokatbook.ru

Подписано в печать 19.06.2020
Формат издания 60×90 / 16
Усл.-печ. л. 21,0. Тираж 4000 экз.
Заказ № 5853.

Отпечатано в ОАО «Можайский полиграфический комбинат»
143200, Россия, г. Можайск, ул. Мира 93.
www.oaompk.ru. тел.: (495) 745-84-28, (49638) 20-685